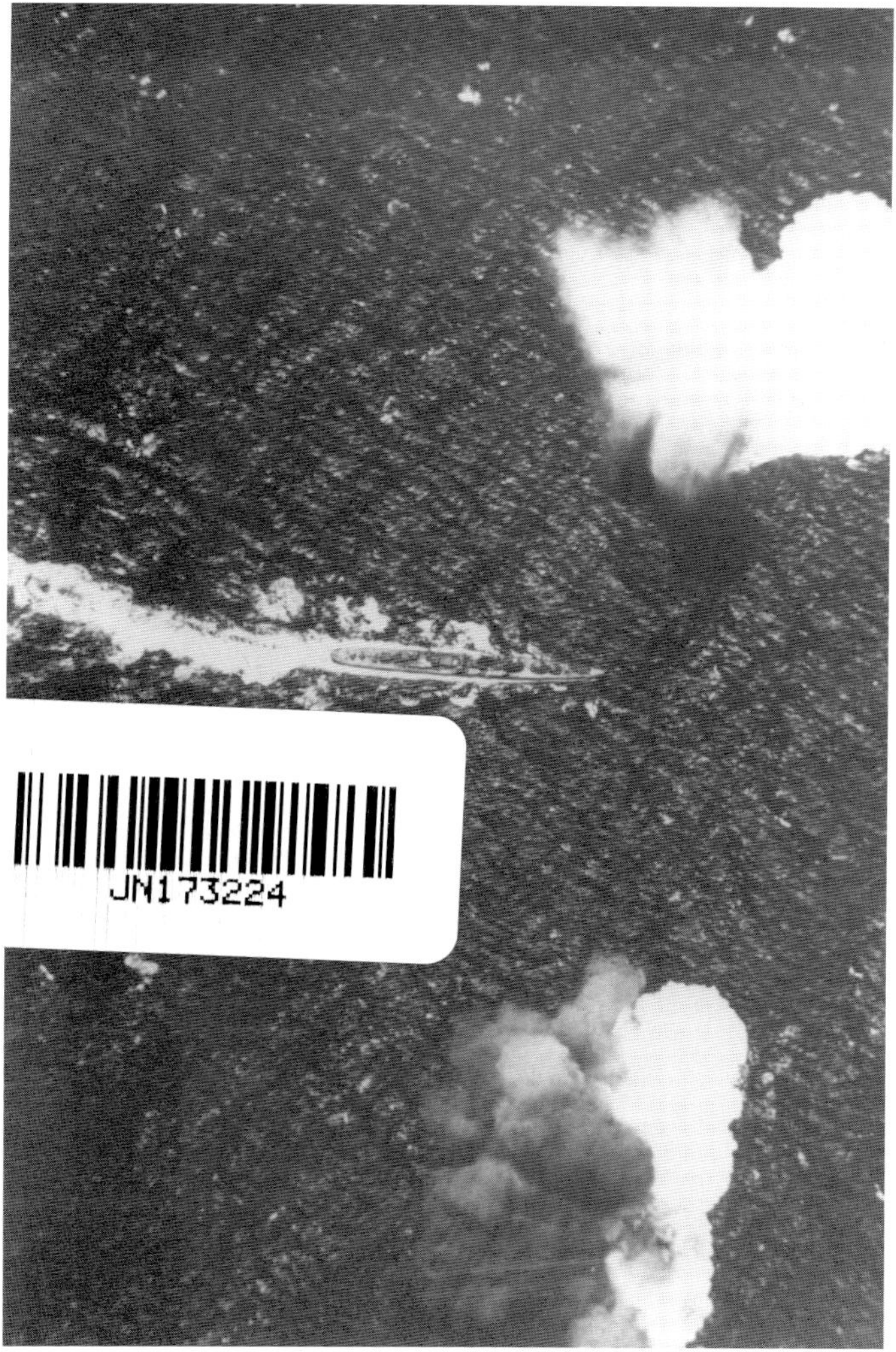

昭和19年５月25日、舞鶴工廠で竣工した「秋月」型駆逐艦８番艦の「冬月」。「秋月」型の流麗なフォルムを伝える写真である。主砲の10センチ連装高角砲の他、25ミリ機銃が数多く装備されているのがわかる。当時、著者が乗艦した「秋月」にも、対空用火器が同様に増設されていた。

前ページ写真▶昭和17年９月29日、ブーゲンビル島エンプレス・オーガスタ湾外で米軍機によって初めて撮影された防空駆逐艦「秋月」。同艦は爆撃を回避中である——「秋月」型は乙型駆逐艦（甲は艦隊型）と称され、空母機動部隊の直衛を主任務とし、最新式の65口径九八式10センチ連装高角砲4基を搭載していた。

NF文庫

ノンフィクション

新装版

防空駆逐艦「秋月」爆沈す

海軍予備士官の太平洋戦争

山本平弥

潮書房光人社

まえがき

太平洋戦争の開戦から、すでに半世紀近い歳月が流れた。戦後、この戦さにかかわる公式記録が印刷物となって世に出るのと前後して、戦いに参加した将兵の私的記録もまた数多く出版された。そのなかで一億玉砕をまぬがれた人心を、ひときわ強く打ったものに、若き出陣学徒の遺書『きけわだつみのこえ』がある。

私的出版物が多く出た動機には、いろいろあるであろう。あるものは戦闘のまさにその場にいた者でないと知りえない記録として、またあるものは公的記録の誤りを是正する意味において書かれているのであろう。

著書にも将あり、佐官あり、尉官あり、下士官あるいは兵もある。戦場の一つの現象も、「将の視座」「士官の視座」「下士官の視座」、さらに「兵の視座」――この視座によって趣きが異なってくる。一方、「本職軍人の視座」「徴兵の視座」、そして一銭五厘の「老年兵の視座」もある。『きけわだつみのこえ』は、「出陣学徒の視座」から響いてくる。

軍は本職の軍人が長く勤めている間に経年変化し、その機能が劣化すると、平時においては佐官級で予備役に編入した。つまり、中古の予備品にしておき、戦争がはじまって部品が不足すると、ふたたび倉庫から出して使用するという算段である。

他方、予備品にも別な種類のものがあった。

会社も政府も拡大政策に終始すると、部品が不足してくる。そのことに、つとに気づいた明治政府は、英国の制度を真似て、明治十七年、早くも若い海軍士官の予備品を造り出した。明治八年、東京に設立された三菱商船学校は、明治十五年四月、官立東京商船学校となった。そして二年後の明治十七年、海軍予備員制度が制定され、志願者に限って同年十二月から、海軍兵学校で砲術の授業を受けさせるようになった。

また明治二十年、商船学校第七期生は強制的に砲術の練習をさせられ、海軍予備員となった。

さらに、明治十八年以降の入学者は、入学時に全員が海軍予備員にならなければならないという制度が確立された。ここに、「さらの予備品」が誕生したのである。

その後、大正九年に神戸にも高等商船学校が設立されて、東京と同様に予備員制度が適用された。

今次大戦がはじまるまでに、東京、神戸両高等商船学校は、合わせて九千五百四名の卒業生を世に送り出したが、そのうち二千七百名が赤紙によって海軍に召集され、三分の一の九百名余りが戦死した。

ひとたび戦争がはじまると、海軍兵学校や海軍機関学校を卒業した本職の軍人だけでは士官が不足し、またその人たちの消耗も激しくなる。そこで、商船の士官として会社勤めをしている予備士官の召集が行なわれる。

やがて、本職の軍人の不足がはなはだしくなるに及んで、高等商船学校を卒業すると同時に、船会社に入社はしたものの一日も勤務することなく、全員が海軍に召集となる。つまり、「さらの予備品」をまるごと使用しはじめた。

卒業と同時に、クラス全員が召集となった期間は数年つづいたが、その最後が私のクラスである。その後は商船のほうで士官不足がはなはだしくなったので、次のクラスからは全員でなく一部の者が召集された。

このような経過をたどって、わがクラスは全員「さらの予備品」として、昭和十八年九月、すでに気息奄々となっていた海軍の機構の中に組み入れられた。

応召後、一ヵ月の初任士官教育を終わり、それぞれ配属艦に出発する昭和十八年十月二十五日の直前、私はクラス全員から弔慰金を集めた。

「この中から戦死者が何人かは必ず出る。その弔慰金にあてるから、全員、金を出してくれ」

という私の提案に反対はなかった。一人三円か五円であった。このとき、

「戦死者は四、五名くらいかな」

というのが、偽らざる私の気持であった。

戦争が終わってみると、提案し実行した私が生き残り、クラス全員三十一名のうち、当初の予想をはるかに越える十八名が戦死していた。齢すでに六十のなかばを過ぎて想うに、若気の至りとはいえ、戦死する当の本人たちに向かって、自己の死に対し弔慰金を出させたこ

とは、無謀の誹りをまぬがれがたい気がする。

戦死した級友の全遺族を捜し、全員に一応の弔意を表し終わったが、墓参はまだ二、三残っている。この負い目は余生でなくしなければならない。

他方、私はレイテ沖海戦では、防空駆逐艦「秋月」の罐部指揮官の配置にあった。「秋月」はこの戦いで艦の中央部に被弾し、真二つに折れて轟沈した。

科別の戦死者は機関科がもっとも多い。艦底深く戦闘配置にあった者は、機関長以下約八十名、そのうち生存者は私の直属部下の下士官二名と私を含め三名だけであり、ともに海軍病院で療養生活の身となった。

退院後ふたたび乗艦、その後、横須賀海軍砲術学校教官で敗戦を迎えた。「秋月」で上官や部下のほとんどを失い、機関科の責任者としてただ一人帰って来たことも、負い目の一つである。

本書は、負い目を背負った一予備士官が「予備品の視座」から見た太平洋戦争の一断面である。

一九八九年十月

山本平弥

防空駆逐艦「秋月」爆沈す——目次

第四章　「忠君愛国」の教育現場で

第五章　最後の海軍予備生徒

第六章　同期の桜たちの慟哭

口絵写真提供・著者・雑誌「丸」編集部

防空駆逐艦「秋月」爆沈す

——海軍予備士官の太平洋戦争

第一章　軍艦旗の下に死なず

焦熱地獄の中で

昭和十九（一九四四）年十月二十五日午前六時——松田千秋少将指揮の前衛部隊は、空母四、軽巡三、駆逐艦四の本隊と合流したあと、機動艦隊本隊第一群の空母二隻「瑞鶴」「瑞鳳」のうち、「瑞鶴」の直衛として二十ノットほどの速力で航行中であった。

この日は快晴、海上平穏、視界五十キロである。午前八時八分、艦隊旗艦「瑞鶴」は、南南東方向に米軍機の大群を発見した。時を移さず対空戦闘のブザーが「秋月」の艦内に鳴りわたり、午前八時十五分をわずかに過ぎたころ、ついに戦いの幕は切って落とされた。

第一波の敵機は約百八十機で、うち約百十機は小沢部隊の第一群に、約七十機は第二群に殺到した。第一次空襲は午前八時二十一分から八時五十九分まで、約四十分間つづくことになる。

このとき、罐指揮所では、私と特務下士官と伝令の三人が配置についていた。機関指揮所からの指令にもとづき、私は罐の蒸気圧力を見ながら、燃料油圧や重油噴燃器の本数などを指示していた。艦は二十ノット、二十二ノット、二十四ノットとしだいに増速する。

罐指揮所へ入って十数分、八時二十五分ころ、速力は二十四ノットぐらいか、いよいよ対空戦闘がはじまった。艦底ふかくの罐室へも、わが防空駆逐艦が誇る八門の主砲から、それぞれ毎分十九発の発射音が間断なく響き、機銃の音もけたたましく伝わり、至近弾の炸裂音が敵機の上空到達を思わせる。けれどもその間わずか数分という感じで、一呼吸つく。

およそ、いかなる格闘競技においても、相手を見ずに戦うものはあるまい。まして生命の争奪戦で、こうした敵を、みずから直接攻めることもかなわず、ひたすらおのが生命の断たれる瞬間を待つほど、やるせなく、いらだたしいことはない。

一呼吸あって数分後、敵機の攻撃が再開された。三十三ノットは優に出せるのだが、護衛する空母の速力に合わせているのか、本艦は最大戦速には増速せず、そのとき二十六ノットくらいであった。

攻撃が再開され、主砲と機銃の発射音が鳴り響くなか、突如、大爆発らしい轟音が起こり、艦は躍り上がって灯りが消えた。そのとたん、甲板からラッタル通路を走って、猛烈な爆風が指揮所へ吹き込み、同時に圧力毎平方センチ三十キログラム、温度摂氏三百五十度の過熱蒸気が噴き出し、たちまち罐室に充満する。

瞬間、私は罐内の蒸気を逃がさなくてはならない、と思った。はっと立ち上がって暗闇の中、頭上へ両手を高くさし上げ、逃出弁ハンドルをさぐった。けれども、めざすハンドルは大爆発で吹っ飛んでしまったのか、手に触れない。

その間に、蒸気温度は急速に低下する。だが、二百度や百五十度はあろう。轟音から四、五秒で、あたりはすでに地獄と化し、死の熱気で呼吸は困難である。懐中電灯を点《つ》けると、光はわずか一、二センチしか届かず、向こうは焦熱の暗黒だ。濃厚な蒸気のなかでは、懐中電灯はまったく役に立たない。

火災ならば光がある。光があれば、逃出弁ハンドルの在りかもわかろう。罐指揮盤の計器も読めるはずだ。一号罐の蒸気圧力も、二号罐の油圧も分かろう。だが、蒸気は熱を運ぶだけで、光を運ばない。

希薄な蒸気は霧であり、そっと忍び寄る夜霧にはロマンがある。港にかかる霧もまた、船乗りに望郷の念を誘う。だが、噴出した高温、高圧の蒸気は、秒速百メートルを越える速さで、第一罐室の全空間を、一瞬のうちに支配した。光をともなわない暗黒の帝王は、空間にうごめくあらゆる生物を焼き殺さずにはおくまい。狂暴な帝王は、いかに狭隘な空間にも自由に出入りして、生物たちの逃げ場をゼロにした。

高温、高圧、高速の蒸気は灼熱の槍である。またたくまに、第一罐室員の顔や手の皮膚は、闇の底から突き出された高熱の切っ先によって剝離されはじめた。四方を漆黒に塗りこめられた一坪半の鉄壁の中で、私は光を求めた。せめて一条の光を……。光さえあれば、指揮所にいた二人の所在も判明しよう。

不思議なことに、畳一枚の狭さに肩を触れ合って配置についていた特務下士官と伝令の機関兵が二人ともいない。暗黒の空間で目には見えないが、両腕を伸ばせばだれかに触れるはずだ。それなのに、声もなく手にも触れない。二人は爆発の衝撃で、どこかに飛ばされてしまったのか、艦底に落下したのか、指揮所にいるのは、私一人だけだった。

極楽往生なら一人旅でもよい。だが、地獄行きの旅は一人では淋しい。戦友がおれば話もできように……。焦熱地獄の中で、私は孤独であった。

このとき一罐室への出入りに左舷側を用いていた。

どうやら、甲板上の出入り口蓋は開放状態であったらしい。狭い指揮所を通って甲板に抜けるこの通路は、さながら室内に噴出した蒸気を逃がす煙突の役目を果たすことになった。見あげれば、白く淡い光がかなたにある。

指揮所は、罐室から甲板へ出る通路でもあるので、罐室の下部から下士官、兵たちが暗闇の中で懸命に、モンキーラッタルにすがって甲板へ出ようとしている。狭い通路は、いまや冥土へ行く道と化し、蒸気の中でもがく人間は、まさに熱湯に投げ込まれた蛸や蟹と同然である。

私は上方から差し込む淡い光を求めて、何度かラッタルを一段、二段と昇りかけた。が、三段と上らぬうちに、熱気にむせんで落ちてしまった。わずかでも息を吸えば、まるでマッチ箱ごと火をつけて肺に投げ込まれ、体内に火災が発生したかのようである。

そのとき、すでに私の顔や手、肘など露出部の皮膚はすべてはげ落ち、数百度の蒸気に赤膚がさらされていたのに、熱さなど感じるどころか、ただもう、肺のなかが焼けただれる苦しみしかなかった。

呼吸さえできず、立っておれない。指揮所の床の鉄板にあぐらをかいた。姿勢を低くすると、少しは楽になる。が、三秒、四秒、五秒——苦しくなる。死が秒速で迫ってきた。

天皇も、父母も、弟妹も、何も彼も、一つとして浮かんで来るものはない。

死が手の届くところまで近寄ってきたとき、肉体的苦痛は、精神的苦痛を陵駕する。この切迫のとき、死の恐怖！　そんな概念的所産の苦痛は、もはやない。精神は肉体から離脱した。熱湯の蛸には、死の恐怖感はなく、身を焼く断末魔あるのみ。

私は観念した。

死ぬなら、わが手でわが命を、と思って軍刀をさがす。指揮所には、軍刀と計算尺をもち込んでいた。計算尺は、応急修理時に用いるつもりだった。軍刀は、かねて沈没した場合を考え、島に泳ぎついたときの用意だった。が、軍刀もどこかへ吹き飛んでしまったのか、手にふれない。

そのとき、万一を思って、上衣の下ではあるが、巻きつけておいたバスタオルが手にふれた。さっそくそれで口や鼻など、顔を二重、三重にぐるぐる巻きにして後頭部で結ぶと、かすかに呼吸が可能になった。

私はふたたびモンキーラッタルを昇りはじめた。一段、二段、三段――どうやら昇れる。あとを一気に昇りつめると、甲板へ頭がつき出た。大きく一呼吸し、そのまましばらくは動けなかった。

焦熱暗黒の時間は、三十秒だったか、それとも三分だったか、死生を争うさなかに、時間はない。われに返った私は、いま出てきた通路に向かって、

「上がれるぞ、上がれるぞ！」

と何度も叫んだ。と、下士官一人の顔が出てきた。声をかけたが、まったく皮膚がただれ落ちたその顔からは、一言も返ってこない。やがて彼は甲板に出て、悄然として立っていた。それもつかの間、ふらふらと左舷を艦首に向かって歩き出し、艦内に消える。その後、ふた

たび彼の姿を見ることはなかった。

崩壊したクラス

ここに一枚の戦死者名簿がある。クラス全員三十一名の卒業生が、卒業と同時に一人残らず太平洋戦争後半の激戦海域に出陣し、二年足らずの間に十八名が戦死した記録である。

戦死者の年齢は二十二歳から二十四歳の間にある。入学時の年齢差と戦死年月日の差で、二歳ほどの開きはあるが、全員二十歳代前半の青年である。官階は戦死して一階級進んでいるから、戦死したときは、一階級下であった。

名簿の上のほうから順番に十一番目の折目大尉まで見てくると、「これは江田島の海軍兵学校出身者か、それとも舞鶴にあった海軍機関学校出身者か、どちらかの戦死者名簿であろう」と思われても不思議ではない。

そう思うのは、多少海軍に関心のあった者にとって、艦名から連想されるくろがねの勇姿が、あまりにも華麗であり、そのうえ戦死海域と戦死年月日の二つが、今次太平洋戦争の激戦を物語っているからである。

ところが、十二番目の中村大尉の特設水上機母艦讃岐丸に及んで、「あれ、これは違うかな、兵学校出や機関学校出の若い士官が『丸』のつく艦に乗るかな」と疑問を抱き、さらに眼を進めると、小木曽少佐の巡洋艦「北上」は別としても、ほかは駆潜艇四隻に哨戒艇一隻と知って、いっそう疑念を深めるであろう。

原　籍	氏　　名	官階	戦没年月日	記　　事
栃　木	佐　藤　素　孝	中尉	19・2・17	巡洋艦香取・内南洋トラック島北水道
東　京	大河内　康　行	中尉	19・6・19	空母翔鶴・中部太平洋方面
愛　知	長　沼　重　義	中尉	19・6・19	空母大鳳・中部太平洋方面
岐　阜	吉　村　芳　郎	大尉	19・8・18	巡洋艦名取・比島東方
東　京	藤　崎　　実	大尉	19・10・23	巡洋艦愛宕・比島パラワン島西方
秋　田	高　橋　吉　郎	大尉	19・10・24	巡洋艦摩耶沈没後，戦艦武蔵・比島シブヤン海
山　口	松　村　修　一	大尉	19・10・25	空母千代田・比島ルソン島エンガノ岬沖
宮　崎	青　木　伸　夫	大尉	19・10・25	駆逐艦初月・比島東方
新　潟	板　垣　正　吉	大尉	19・10・25	駆逐艦満潮・比島スリガオ海峡方面
山　口	室　岡　元　次	大尉	19・11・21	戦艦金剛・台湾北方
東　京	折　目　　宏	大尉	19・12・19	空母雲龍・東シナ海方面
東　京	中　村　武　智	大尉	20・1・28	特設水上機母艦讃岐丸・黄海方面
神奈川	粕　谷　秀　承	大尉	20・5・22	第37号駆潜艇・奄美大島北方
岡　山	岩　崎　　勇	少佐	20・7・14	第48号駆潜艇・釜石湾
東　京	小木曽　猛　彦	少佐	20・7・24	巡洋艦北上・広島方面
宮　城	佐　々　孝　致	少佐	20・7・25	第2号哨戒艇・ボルネオ南方バリ海方面
福　岡	篠　本　邦　近	少佐	20・7・30	第26号駆潜艇・対馬西水道
長　野	宮　島　　弘	少佐	20・8・8	第52号駆潜艇・上対馬比田勝港沖

疑念を抱くのも無理はない。この若き戦死者たちは、昭和十八年九月二十五日、海軍に応召後のある時機に、それぞれ乗艦の艦長を介し、海軍省から現役転官、つまり本職の軍人になるよう勧奨されたにもかかわらず、それを断わり、全員、実質予備士官としての死を選んだ青年たちなのである。

応召前年の昭和十七（一九四二）年、海軍は開闢《かいびゃく》以来の誇り高き伝統、兵科士官の絶対優位や、現役士官と予備士官との差異を名目上、廃止した。したがって、それまでの海軍機関少佐が海軍少佐、また海軍予備機関大尉は海軍大尉というように呼称が改まった。機関や予備という文字が呼称から取り除かれた。

そのために戦死者名簿の官階には、機関も予備もついてない。しかし、実質は昭和十七年の改正以前と同じで、たとえば、名簿の海軍中尉は海軍予備機関中尉であったのである。

現役に転官すれば進級も二ヵ月ぐらい、早くなったであろうし、戦死した場合の葬儀も、はるかに華やかなものになったであろうに、応じなかったこの青年たちには、それなりの信念があったのであろう。

もっとも、死にそこなった残りの十三名も、戦後まもなく病で逝き確認できなかった一人を除き、みんな現役に転官していなかったところをみると、このクラスには、それを受け入れない雰囲気が自然に醸成されていたのかも知れない。

このクラスの名は、東京高等商船学校機関科第百十一期という。このクラスは東京高等商船学校、神戸高等商船学校両校の航海科、機関科を通じて、最高の戦死率となった。

かの海軍兵学校でも、私の知るかぎり、この機関科第百十一期より戦死率の高いクラスは四つしかない。これらの四つのクラスは開戦初頭から、あるいはかなり初期から戦いに参加した結果であったが、このクラスは内地における初任士官教育期間を除くと、実質一年十ヵ月の戦歴しかない。それにもかかわらず、この高率は異常である。期間の長短を考慮すると、兵学校や機関学校のいかなるクラスよりも、高率になるのではなかろうか。

宇宙には、ある距離まで近づくと、地球も月もひと飲みにし、ひとたび吸い込まれると、その想像を絶する強い引力によって、光さえも出ることができない暗黒の穴、ブラックホールが幾つもあると言われている。

戦場における人間は、落ち込んだら、一人として脱出したことのない死というブラックホールに向かって移動している。その移動には死という方向がある。方向をもつ距離を変位と言い、単位時間の変位が速度である。

戦場にある人間は、死にいたる速度をもつ。クラスの六十パーセントが、一年十ヵ月という短時間に、死のブラックホールに消えたことは、まさに最高の戦死速度というべきであろう。

戦艦「武蔵」の猪口敏平艦長の遺言の一節、「……ただ本海戦において他の諸艦に被害ほとんどなかりしことは、誠にうれしく何となく被害担当艦となり得たる感ありて、この点、幾分慰めとなる……」の筆法に従えば、「……何となく最高戦死速度クラスとなり得たる感ありて……」となろうが、私にとっては、いささかの慰めにもならない。

山本五十六なきあとを受けて、昭和十八年四月二十一日、連合艦隊司令長官に親補された古賀峯一が、旗艦「武蔵」の艦上で、十八年五月八日に開催した会議の訓示のなかに、「…

…すでに、わが海軍の兵力は対米で半量以下に低下し、勝算は三分もない……」との主旨の一節がある。

この訓示の四ヵ月後に応召した機関科第百十一期卒業生の全員は、そろそろ酸素吸入を必要とし、危篤状態に陥った帝国海軍に身をまかすめぐり合わせになったのだが、そのことが最高戦死速度の原因であった。

さて、出陣直前、クラス全員から私が弔慰金を集めたことは「まえがき」でも述べた。明治八（一八七五）年から敗戦の昭和二十（一九四五）年まで七十年にわたって、「さらの予備品」が、どのようにして製造されたか、そして今次大戦中、まるごと海軍に使用された一予備品集団が、どのようにして太平洋の藻屑として消えたか、さらにその運命集団で、なぜ私が弔慰金集めをする立場になったかを述べておこう。

予備士官の応召

太平洋戦争の分岐点といわれたガダルカナルで日本軍が敗退し、戦局が傾きはじめた。昭和十八（一九四三）年九月十八日——私は表にM形印の入った一通の公用封書を受けとった。

充員召集令状

現住地　新潟縣三島郡片貝村大字高梨

海軍少尉　山　本　平　弥
右充員召集ヲ命ズ
左記ニ依リ参著スベシ
到著年月日時　昭和十八年九月二十五日
　　　　　　　午前八時
到著地（廳）　横須賀鎮守府
　　　　　　　　　海　軍　大　臣

いわゆる赤紙である。

当時、私は東京高等商船学校機関科を卒業し、級友三十一人とともに、九月十日付で海軍少尉に任ぜられていた。

世間にはあまり知られていないが、旧海軍には明治以来、海軍兵学校出身の正規士官とならんで、高等商船学校出身の予備士官という制度があった。

陸軍にはないこんな制度を、なぜ海軍は設けていたのか。それは艦船、航空機などを動かすには、高度の航海術や機関術が必要とされるが、そのための士官を常時抱えておくことは予算上無理があり、また編制定員の上でも冗員になるので、平時は正規士官でまかない、戦時は予備士官で補充するという考え方をしていたからである。

しかし、航海術や機関術という特殊な技術となると、文部省管轄下の学校では、東京、神戸の両高等商船学校で習得するしかない。

この制度は、明治海軍が英国から学んだ制度であった。太平洋戦争直前になって、農林省水産講習所の遠洋漁撈科が予備士官に組み入れられた。

予備士官は、これらの学校卒業と同時に予備少尉（兵科）、予備機関少尉（機関科）に任命され、就職して航海生活をしていると、次第に予備中尉、予備大尉、……予備大佐まで上がっていく。が、海軍の艦船で勤務するときは、召集令状の形をとる。平時の召集は教育召集、戦時の召集は充員召集といった。

だから、昭和十八年の学徒出陣や、予備学生が少尉に任官し、中尉に昇進したのとはまったく違うのである。いわば私たち予備士官は文字通り、海軍士官の、ふだんからの予備品といってもよかったろう。

私たちの場合は、昭和十八年八月から九月にかけて卒業した東京、神戸両高等商船学校の航海科、機関科、それに海軍砲術学校で同期の水産講習所遠洋漁撈科の卒業生、合わせて約百七十人である。八月から九月にかけて……とは妙な表現だが、これは高等商船学校の教育実習課程の中に、汽船会社での遠洋航海があり、日本に帰着する日がそろわないからだった。

数え切れないほど多くの兵士を戦場に送り出している私の村では、出征兵士の見送りは日常行事であった。兵士のほとんどは陸軍である。ところが、九月二十三日であったか、二十四日であったか、はっきりしないが、その日の見送りには、いささか村民の関心が集まっていた。

海軍少尉の応召は、村はじまって以来の珍事である。全学童と村民でうずめつくされた小

学校の屋内運動場で、私は出征兵士としての覚悟と見送りに対する謝辞を述べ終わってほっとした。学童たちは日の丸の旗を手に、

天に代わりて不義を撃つ
忠勇無双の我が兵は
歓呼の声に送られて……

と歌いながら、学校から五百メートルほどの駅まで私を先頭に行進する。無類の汗かきで、いささか上気した私は、軍刀片手の白詰め襟軍装の顔から、したたり落ちる汗で父母や弟妹の姿も眼に入らない。

今は廃止されたが、国鉄在来線よりいっそう狭軌道の炭鉱トロッコなみの国鉄魚沼線が、村はずれを通っていた。その無人駅に着くと、隣村の婦人が急ぎ足で挨拶に来る。婦人の次男は小学校の一級下で兵学校に行き、このころ少尉に任官して戦地に向かったのであろう。

「召集で征きなさるんですか」

「はい、商船学校は召集なんです」

「そうですか、卒業してそのまま征きなさるんかと思いまして」

と不思議そうであった。一般の人は高等商船学校卒業生が、召集令状によって戦地に行くとは思っていないのである。祖母の里である隣村とはいえ、戸籍としては同じ村で、番地だけ異なるこの村出身の本職の海軍士官第一号で、また最後となったこの後輩は、昭和十九年十月のフィリピン沖海戦に先だつこと半月、台湾沖航空戦にパイロットして出撃し散華した。

東京では叔父の家と同じ小石川ではあるが、さらに春日町停留所に近い伯母の家に一、二

泊して、九月二十五日の午前八時前に横須賀鎮守府に参着した。

死に行く集団

鎮守府に参着した私たちは、点呼を受けたあと、横須賀海軍工機学校で一ヵ月の初任士官教育を受けることが達せられた。

指導教官は海軍機関学校出身の堀江文彦大尉である。大尉はハンサムでノーブル、そのうえ男らしくて大変明るい方であった。だが、何かのとき殴られた級友もいたというから、厳しい一面もあったのであろう。

教育内容は、初任士官としての心構えや乗艦後、かならず任命される分隊士としての事務、つまり分隊員の人事を含むあらゆる分隊事務に関するものが中心であった。機関関係はタービン、ボイラー、電気機械や補助機関の概論的なものに過ぎない。

同じ校内では大尉クラスの高等科学生の教育が行なわれており、機関学校出身者が大部分で、なかには少数のわが先輩もいた。聞くところでは、教育内容は機関応急といって、被弾、被雷時の応急運転方法、その時の燃料消費や航続距離、それに曳航など応用的なもののようであった。

高等科学生はほとんど前線帰りで、戦陣のいぶきをただよわせている。入浴中の級友たちの間に、機関学校出身の一人の高等科学生が入って来た。湯加減がぬるく、熱くしたいのだが、入校まもないこととて、蒸気弁の所在がわからずに探しあぐねていた。

と突然、級友たちを、「短剣吊った木偶坊《でくのぼう》！」と怒鳴りつけたという。表現がよい。前線帰りはまことに意気がいい。

初任士官教育のときであったか、あるいは砲術学校練習課程中であったか、いずれにしても南方戦線で陸戦指揮をしていた将校の特別講演があった。この講演は印象に残っている。将校はその中で、

「わが軍は地下足袋を履《は》き、日本刀を持って、夜陰に乗じ、足音を忍ばせ、敵陣に切り込んで戦果をあげた。すると米軍は、軍用犬を陣地周辺に放っておいた。わが地下足袋日本刀隊が近づくと、ワン公がワンワン吠えるものだから、発見されてしまった。

そこで軍用犬は雄だと気づき、わが軍は雌犬の尿から抽出した女性ホルモンを含有する粉末を製造し、それを携帯して、敵のワン公が近づくと、粉末を散布する。ワン公はおとなしくなって吠えないので、斬り込み隊はまたもや成功した。

ところが、この手でわが抜刀隊がふたたび切り込むと、今度は米軍は、五寸釘をたくさん打ち込んだ板を、陣地の周辺に一杯敷きつめておいたので、地下足袋に釘が突き刺さって、前進できなくなった。

まもなく米軍は、陣地周辺に鉄条網を張りめぐらせ、一晩じゅう煌々と電気をつけっぱなしにしたので、夜襲は不可能になった。

また、山の中腹に横穴を掘って、わが軍は陣地を構築した。ところが、掘り出した土を、そのまま下の斜面に流すように落としたので、敵機は上空から、わが陣地を発見し攻撃して来る。こういう工事を、〝鼻たらし工事〟という。工事はカムフラージュしてやらないとい

けない。

さらに米軍は、トラクターやブルドーザーを使って整地し、短時日のうちに飛行場を造ってしまう。トラクターなどを捕獲して、同じものを造らせると、日本でもできる。ところが、使ってみると、地面を引き掻いてる爪が、ポキンポキンとみな折れてしまう。爪の材質が駄目なんだ。アメリカはブルドーザーやトラクターを使って、昔から農業をやっているから、爪の材質がいいんだ。材質は真似ができない」

と前線のユーモラスではあるが、厳しい現実を語った。前線配属を目前にしたわれわれは、笑うどころか、その現実に、身の引きしまる思いであった。

工機学校で初任士官教育を受けている東京・神戸両商船学校卒業生、合わせて七十名近い少尉たちの序列は、海軍式ハンモックナンバーに従えば、首席が折目、次席が藤崎、次が私、その次が大河内だ。この席次は、海軍砲術学校六ヵ月の練習課程の成績順である。練習課程では、それに先だつ商船学校三年間の席上課程の成績順位によって、私が東京機関科の予備生徒長に任命されていた。その関係で、私に遠慮してか、折目と藤崎はリーダー役を引きうけてくれない。仕方なく、私がふたたび世話役を引きうけることになった。

一ヵ月の教育期間があと十日ほどになったとき、各自の配属艦が発表された。折目の艦名は思い出せないが、重巡か戦艦のようであった。藤崎は重巡「愛宕」、私も重巡「足柄」、大河内は空母「翔鶴」といった具合である。

このとき海軍大臣と海軍軍令部総長に対する伺候に上京した。霞ヶ関の、今は農林水産省のある辺りに海軍省はあった。赤煉瓦の海軍省一階の広間に一同が整列する。

待つことしばし、二階の大臣室から海軍大臣嶋田繁太郎が下りて来て、壇上に立って一同の伺候を受ける。堂々とした体軀を大将の制服に包み、悠揚せまらず温容をたたえている。

三分程度の訓示を賜わったが、何の感動もうけなかったものと見えて、内容はまったく記憶にない。ミッドウェーやガダルカナルの敗戦も、連合艦隊司令長官が戦死するほどの戦局も、春風駘蕩として受け流す風情があった。

思い起こせば、兵学校の級友山本五十六大将から、「嶋はんは、おめでたいんだ」と言われた嶋田大将。また作家司馬遼太郎の言を借用すれば、「町内会長がやっと務まる程度の東條さん」の「副官」と陰口をたたかれていた嶋田大将が、そのとき眼前に立っていたのだ。嶋田繁太郎は飾りものの村長さんが適役だったのかも知れない。

嶋田大臣と入れ替わりに、三階の軍令部から永野修身軍令部総長が下りて来て壇上に立った。大柄な嶋田大将よりさらにひと回り大きい。容貌魁偉、その目は伺候者たちの頭上を越えた、ある高さの一点を見据えたままで、総長は一言も発しない。

沈黙の数秒が過ぎ、伺候者たちの敬礼を受けると、永野修身の大きな顔が消えた。四人目の若い夫人と結婚してから、居眠り癖はいっそうひどくなったと言われていた総長は、われわれの伺候直前に目をさまされたのであろうか、その大目玉は運よく開いていた。

しかし、その目は、やがて半数は戦死する伺候者集団に一瞥もあたえることはなかった。伺候とは、「高貴の人に参上してごきげん伺いをすること」とある。死に行く集団のほうから、ごきげん伺いに来たのであるから、永野式でよかったのである。

責任の大半は若い夫人にあったのか、「グッタリ大将」と称された永野修身は、軍令部総長を辞任に追い込まれる昭和十九年二月までに、帝国海軍を「グッタリ海軍」にしてしまっていた。彼は巣鴨監獄や市ヶ谷法廷でも、居眠りをつづけていたというから、若い夫人ばかりを責めるのは酷かも知れない。

開戦時の海軍大臣に嶋田繁太郎、軍令部総長に永野修身を据えたのは、前総長伏見宮博恭王元帥の横車人事という説もあるが、それに日独伊三国同盟締結時の海軍大臣及川古志郎の人事をふくめて、これは帝国海軍のミスキャストであったと言わざるを得まい。

ちなみに及川古志郎は、私の母の実家がある新潟県古志郡の生まれで、古志郎と名づけられたというから、戦後、長岡市に合併されている母の実家で生まれた私とは、同県同郡の生まれである。

陸軍は言うにおよばず、敗けると分かっていながら開戦したミス海軍は、緒戦のころは別にして、その後はミスばかりやることになる。私もまた海軍でミスをした。ささやかなミスだが、その数は一つにはとどまらない。

＊

いよいよあと四、五日で前線に出発という日、折目と藤崎が二人そろって相談に来た。

「われわれの中から、戦死者はかならず出る。そのときの弔慰金に充《あ》てるため、金を集めておいたらどうか」

「そうだな、そうしよう」

そこでみんなに集まってもらい、私が主旨を説明したら、反対者は一名もいない。一人三

昭和19年10月25日、午前9時頃、大爆発を起こし沈没直前の防空駆逐艦「秋月」。「捷」一号作戦で囮の任務をおびた小沢機動部隊の護衛艦となった「秋月」は、第一次空襲が始まってまもなく沈没した。敵潜の雷撃、身代わり自沈説など、沈没原因は謎とされていたが、著者は、敵機爆弾命中による魚雷誘爆を確実とした

昭和17年7月、東京高等商船学校の座学終了時の著者(右)。左は、呉海軍病院退院から6ヵ月後、顔に火傷の痕跡がみえる横須賀海軍砲術学校教官の頃

昭和18年6月、商船学校卒業前に舞鶴海軍工廠で実習教育をうけた著者(前列左)、背広姿は指導技官。著者を除く7名の実習生は全員戦死した

昭和17年5月17日、宮津湾外で全力公試運転中の駆逐艦「秋月」。本格的な防空駆逐艦として誕生した最初の艦で、著者は沈没の1ヵ月半前に着任した

昭和12年5月、イギリス国王ジョージ六世の戴冠式の観艦式に参列した重巡「足柄」。著者は2年間の海軍生活で最も長い10ヵ月半をこの艦で過ごした

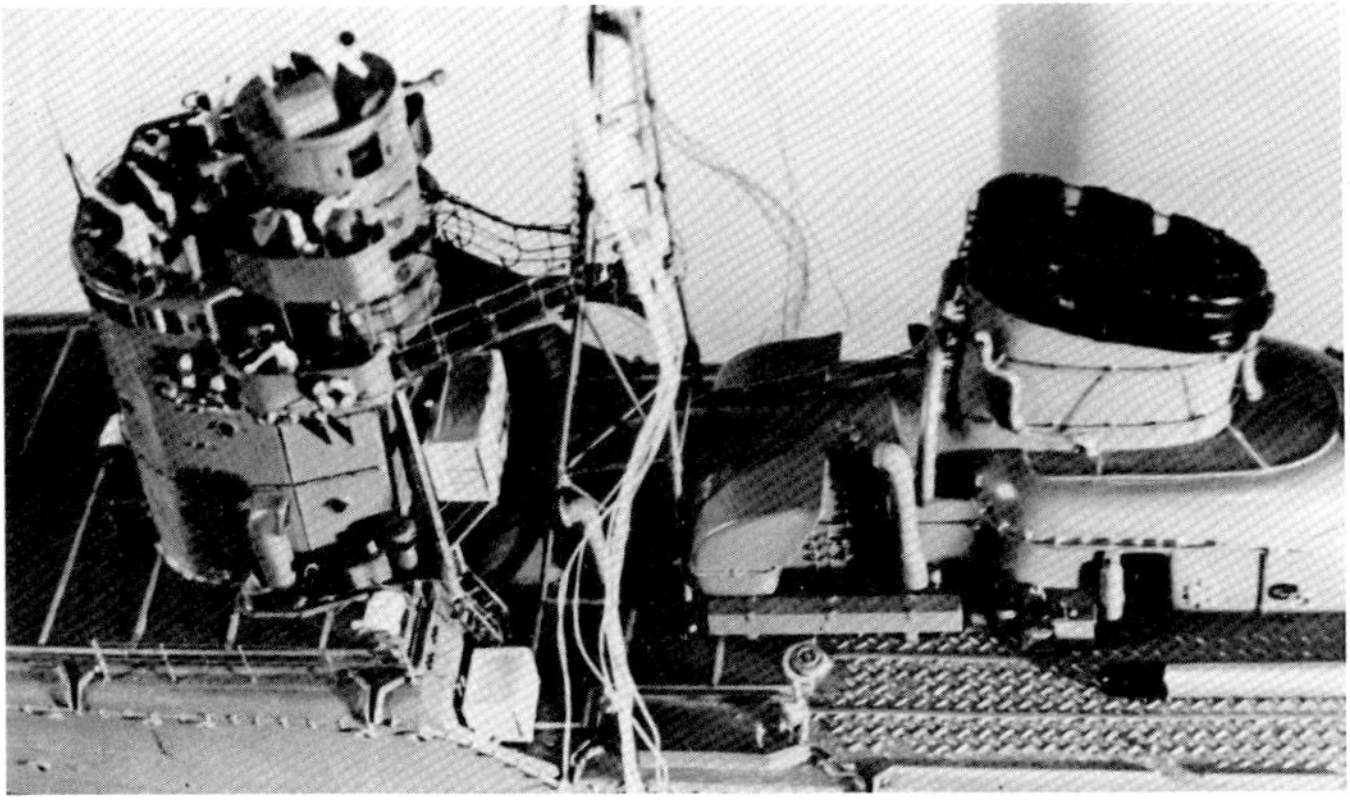

「秋月」爆発後、第一罐室の著者を含む6、7名の機関科員が脱出した第一罐室左舷側出入口(煙突左前方マンホール状の物)がみえる。模型製作矢座伸行氏

「秋月」が爆発した際、著者の上着ポケットに飛び込んだ船体の鉄片

第一罐室から脱出した著者が、機関科の全滅を艦長に報告するために昇った艦橋右舷側モンキーラッタルがみえる(左)。右は、魚雷発射管などのある中甲板

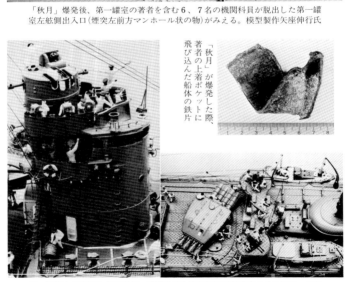

円か五円くらいであったと思う。そのときにはすでに、前線に行く旅費と一ヵ月分の給料を支給されていたので、三円や五円はたいした額ではなかった。

弔慰金は郵便貯金にし、通帳は私の判子といっしょに、神戸の純喫茶「しぶき」に預けておくことにした。「しぶき」は先輩クラスの幾つかが、級友の連絡所として利用していた。

「俺が死んだら、通帳のことは頼むよ」

と折目や藤崎をはじめ、母校で分隊長をしていた者を通して、全員に伝えてもらった。

最初に相談に来た折目は十九年十二月、空母「雲龍」で、藤崎は「捷」一号作戦のとき重巡「愛宕」で、大河内は「あ」号作戦のとき空母「翔鶴」で、それぞれ戦死することになる。生き残った私には、弔慰金の件が戦後四十数年間、精神的圧力となるのである。

「足柄」赴任の旅

級友の大部分はサイパン、トラック、ラバウルなど南東方面の艦に配属となった。南西方面の艦に配属になった者は一割余にすぎない。南東方面には海軍の主力が展開しており、修理、補給などで、横須賀や呉との間に艦船の往来が多い。

南東方面の者はほとんど、これらの艦船に便乗して赴任した。南西方面は艦船の往来が少なく遠方でもあり、赴任者は福岡まで列車で行き、福岡からシンガポールまでは飛行機の旅である。

重巡以上の大型艦には、級友が二名ずつ配属された艦が多い。「足柄」に配属されたのは、神戸高等商船学校機関科第三十九期のクラスヘッドの井戸久雄少尉と私の二名である。

井戸少尉は大変明るく朗らかな性格で、そのうえ頭の回転が速い。彼は商業学校出で、工業学校出の私とは似た点があり、さらに身長もほとんど同じで、それぞれのクラスではチビ二、三人のなかの一人に入っている。そのせいかウマが合う。

南西方面艦隊の要衝の地、シンガポールに向かう十名ほどの者が、博多駅前のホテルに集まったのは、十月二十七日の夜であった。

多少、寒気を感ずる翌二十八日の早朝、濃紺の第一種軍装がまだぴったりしない少尉たちが乗り込むと、彼らの故国への感傷を吹き飛ばすかのように、轟音を発しながら、双発ダグラス三型機は、雁の巣飛行場を離陸して一路南下した。乗客は軍人と軍関係者が大部分である。

沖縄で給油し、その日は台北まで飛ぶのである。飛行機に乗ったのは初めてであるが、荒天時の船のようなローリングやピッチングもなく、乗り心地は船よりはるかによい。

そんなことを考えている間に九州を縦断し、機は洋上に出て薩南諸島に沿って沖縄を目指す。機上から眺める島、ことに珊瑚礁の美しさは、ルビーのような宝石に似ている。

正午ごろ、沖縄空港に着陸し、給油して三十分ほどで出発する。沖縄はまだ真夏のような暑さで、名も知らぬ亜熱帯の花が真紅を競っている。第一種軍装はもう暑く、離陸後、第二種に着替える。

沖縄から台北までは、沖縄諸島沿いに飛ぶ。海はますます青く、珊瑚礁の周辺は、浅瀬の淡いブルーから次第に青を深め、紺青の海へと変わって行く。島嶼づたいの飛行はあくことなく、しばし戦場に赴くわれを忘れさせてくれる。

午後四時ころ、台北飛行場に着陸し、二十八日の夜は北投温泉の旅館に一泊した。

井戸少尉は、台湾航路の鴨緑丸で汽船実習をしたので、台湾についての知識は豊富である。その夜は、台湾に関する講義を、彼から聞きながら眠りについた。台湾から先は飛行機の都合で、級友は二班に分かれ、第一班は台湾——フィリピン——ボルネオ——シンガポール、第二班は台湾——海南島——サイゴン——シンガポールのルートに決められた。第二班は井戸少尉と私の二人だけで、ほかは第一班である。

第一班は翌朝、順調に台北をスタートしたが、第二班は飛行機の都合がつかず、二十九日の夜も台北で泊まることになった。当時の北投温泉街は、戦時中、それも日に日に悪化する戦局を反映してか、ひっそりとしていて、閑静な住宅街の趣きがあった。

その夜も井戸少尉の台湾学で終わった。商業学校出の彼の話は、工業学校出の電気や機械しか知らない者にとってあきない。

翌三十日の朝、ダグラス三型機ではなく、中攻を改造した輸送機は、台北飛行場を定刻にスタートし、海南島に向かう。

当時、日本軍の占領下にあった海南島には、中国大陸からすでに数回空襲があり、数日前にも空襲され、かなりの被害があったという。

機は台湾上空を大陸側沿いに南下し、やがて洋上に出る。大陸からの空襲を恐れて、かなり迂回航空路をとっているらしく、陸地はもちろん島影一つ見えない。ときおり、眼下に小さく船影を認めるほか、視界に何一つない飛行は単調であり、退屈である。こんなとき、雲の中に機が突っ込むと、上昇気流で一瞬、機体が持ち上がって眠気が覚める。

そんな飛行の数時間後、機は海南島上空に到達した。雲一つなく視界良好な上空から見える海南島の南部は、高さ数百メートルから二千メートル近い三角錐の山々が林立している。

飛行場は島の南部にあったのか、上空に達してから、あちらに行ったり、こちらに引き返したり、旋回したり、機は不審な飛行をつづける。そして、三角錐の稜線に沿って降下し、驚く住民の姿がはっきり見えるほど下がって、また上昇する。十人程度の乗客にも、パイロットの困惑ぶりが伝わってくる。

そんな飛行を十分ほどしたのち、ようやく飛行場が見え、機はぶじ着陸した。着陸後、パイロットは、「飛行場が見つからないので困った」と述懐していた。飛行場の一角には数日前、大陸から受けた空襲の惨状が、なまなましく残っていた。

三十日の夜の宿は、海軍が現地接収した木造長屋のような建物の二階の一室であった。ベッドが二つあるだけで、ほかには何もなく、舞鶴海軍工廠実習時代の寮の寝室を思い出す。

翌十一月一日の朝、サイゴンを目指した機は、海南島を飛び立った。インドシナ半島の南シナ海に面して、かなり高い山々が連なる陸地を、はるか右手に見ながら、数時間の飛行をすると、メコン川の河口が見えてくる。

そして、インドシナの緑におおわれた広大な平原が、眼下に開ける。南国の眩しいばかりの陽光が降り注ぐサイゴン飛行場に着陸したのは、午後の二時ころであった。

フランス植民地インドシナの中心サイゴンは、透けるような明るさの中にあった。日本の人力車そっくりの乗り物に乗って、井戸少尉とともに飛行場からサイゴン市内の宿舎に向かう。街は瀟洒《しょうしゃ》な西欧的都市である。

インドシナ風の人力車が、たまたまフランス軍司令部の前を通りかかった。道路に面して、横須賀や呉の海軍鎮守府正門を思わせる煉瓦造りの門柱が見える。門柱の間に鉄格子の扉が開かれており、両方の門柱の前には、真っ白い服のフランス人水兵が二人、歩哨に立っていた。正門の奥にはかなり広い広場があって、その先には軍の官衙《かんが》が見える。

人力車が司令部正面にさしかかったとき、奥の建物に見とれていると、思いもかけないことにフランス人水兵が、私と井戸少尉に対し、「捧げ銃」の敬礼を行なったのである。西洋人の体形の良さから来るのかも知れないが、じつに立派な「捧げ銃」である。

南フランスのどこかの町に、物見遊山にやって来たような気分に浸っていた新任少尉二人は、内心の驚きを隠しながら、きりりとした答礼を返した。

二年前の日本軍の仏印進駐時、フランス軍との協定にもとづくものであろうが、水兵たちにとっては、いわば敵国士官に当たるわれわれに、かくも立派な敬礼をするとは、欧米人は、ひょっとすると、日本人が考えている以上に優れている人種なのかも知れないなどと、尊敬の念すら湧き上がってくる。

その夜の宿舎は、フランス風植民地長屋とでも言いたい建物の一室である。中はペンキ塗りの白一色で、ベッドが二つあるだけの簡素なものであった。

市街地に出て見たくもあったが、円は通用しないから無一文にひとしいし、治安上も外出しないほうがよい。

井戸少尉との話の種もつき、互いにだんまりをきめ込んで、ベッドに横になりながら、天井と睨めっこである。こんなときにはよくしたもので、ヤモリが数匹、天井板や側壁にへばりついている。それを数えたり、蠅か何かの小虫を捕まえるようすを見ては、話題にする一夜であった。

翌十一月二日朝、終着地シンガポールに向けてサイゴンを離陸した。ベトナム、カンボジア、タイにひろがる平原を後に、機はマレー半島突端を目指して、島影もなく、船影もまばらな海を南下し、午後もわりに早い時刻にシンガポールにぶじ着陸して、五日間の空の旅は終わった。

飛行場から井戸少尉といっしょに、座席を二つ設置した、リヤカーを自転車に固定したような乗り物に乗り、海軍が占有し、水交社としているグッドウッドパークホテルに向かう。湿度の少ない透明な大気の中に、シンガポールの市街は、すがすがしさを感じさせる。

熱帯樹におおわれた公園に隣接しているホテルは、英国風のノーブルな建物であった。ホテルには台北で分かれた第一班の級友が前日に到着している。彼らに会ったとたん、シンガポールについては一日の長があるのをいいことにして、昨夜の経験を得意気に語った。レストランやダンスホールや酒場のある「新世界」か「大世界」に、昨夜連れだって行ったのであろう。陸軍が占有し、主として陸軍軍人が客であるキャバレーに、

「今晩連れて行ってやるからな。陸サンばかり多いんで、海軍はもてるんだ」

と決めたようなことを言う。それを聞くと井戸少尉は、

「平弥、行こう、行こう」

と相槌を打つ。彼はそのころから「足柄」退艦まで、姓ではなく名で私を呼ぶのである。

「シンガポールに着いたんだから、まず十根に出頭しなけりゃならんよ」

「いいじゃないか。明日の朝で」

「そんなこと言ったって、まだ時間はあるぞ」

と、井戸少尉と押し問答になる。すると、第一班の連中が井戸少尉に加勢し、

「俺たちも夕べ行って来たんだから。十根は明日でいいよ」

と多勢に無勢、私が折れてしまった。


十根とは、シンガポールにある海軍の第十特別根拠地隊司令部のことである。その夜、白の第二種軍装の海軍少尉が六、七名、くだんのキャバレーに現われた。キャバレーといっても、電灯は煌々として昼をあざむくばかりで、暗さはまったくない。バンドの演奏する日本の流行歌などが流れるなかで、太股の辺りまで割れている支那服がぴったりのクーニャンたちが、洋酒やマオタイ酒を運び、ダンスの相手をするだけである。

陸軍サンも海軍サンも、ダンスをする軍服姿はなく、音楽を聞きながら飲むのである。ただそれだけのことであるが、暗雲たれこめ、緊張感で窒息しそうな内地から、いきなり南国の明るくエキゾチックな雰囲気に接し、開放感に浸った。

軍法会議の危機

明くる十一月三日の朝、ホテルの前から十根やセレター軍港行きの軍用バスに来る。バスは当時の内地では考えられないほどの高速で、舗装道路を飛ばす。軍港に近づくころ、アス

ファルト道路に前足を一歩踏み出した長さ二メートルはあろうかと思われる大とかげが、一瞬だが車窓から見えて、南に来たことを実感させる。

同乗の軍人や軍関係者は軍港で下車したが、井戸少尉と私は十根近くで下車し、二、三十メートル先の第十特別根拠地隊司令部に出頭した。

「『足柄』乗組を命ぜられた山本少尉と井戸少尉であります」

と申し出たのは、午前九時ころであった。申し出を受け、中から出て来たのは大尉だった。襟章の色が黒の兵科士官であったか、萌黄色の法務科士官であったか記憶にないが、この士官は、

「なにっ『足柄』？『足柄』は、さっきリンガへ出港したばかりだ。いつ着いたんだ」

「昨日、着きました」

「なんで昨日、連絡せんのだ」

「午後遅く着きましたので」

「午後遅くだってなんだって、着いたらすぐ連絡とれと、教育うけたんだろう。三十分くらい前に『足柄』は出港したんだ。昨日出頭してたら、間に合っていたのに。後発航期で軍法会議にかけることだってできるんだぞ。そこに立っておれ！」

と、手荒い剣幕でまくしたてて奥に消えた。黙って聞いていた井戸少尉に向かって、

「それ見ろ、昨日、俺が言ったように連絡すればよかったんだ」

「すまん、すまん！まったくすまん」

と井戸少尉は、ひら謝りに謝る。

「足柄」が昭和十八年十一月二日まで、セレター軍港に在泊していたことは、敷設艦「初鷹」の航海日誌（艦長土井申二大佐）の記事によって明らかである。

十八年十一月一日

……午後一時三十分、セレター水道に入る。……「足柄」の近くの浮標につなぐ。入港後、「足柄」に左近充司令官を訪れた。……

十八年十一月二日

午前、十六戦隊の先任参謀が来艦。……

とあるので、「足柄」がセレター軍港から、リンガ泊地に向かって出港したのは十一月三日である。

軍法会議は、軍人の犯罪を裁く軍事裁判のことで、後発航期とは上陸中の乗組員が、艦の出港時刻に間に合わず、陸上に取り残された場合の海軍軍法会議上の罪のことである。新入社員が入社第一日に遅刻したどころではない。軍事裁判にかけて、場合によっては監獄にぶち込むというのである。

日ごろ快活な井戸少尉も青ざめて、二人ともしょんぼりとしてしまう。しばらくして大尉はもどり、いまでは記憶も定かでなく、軽巡の「大井」かも知れないと思われるが、その軽巡が、

「二、三日してリンガに行くから、それまで乗っておれ。艦長にお預けだ」

ということで決着し、軍法会議にかけられずにすんだ。

海軍刑法の後発航期関係条文は、つぎの三ヵ条である。

第七三条　故ナク職務ヲ離レ又ハ職務ニ就カザル者ハ左ノ区別ニ従テ処断ス

一、敵前ナルトキハ死刑、無期若ハ五年以上ノ懲役又ハ禁錮ニ処ス

二、戦時ニ在リテ三日ヲ過ギタルトキハ六月以上七年以下ノ懲役又ハ禁錮ニ処ス

三、其ノ他ノ場合ニ於テ六日ヲ過ギタルトキハ五年以下ノ懲役又ハ禁錮ニ処ス

第七四条（省略、党与シテ前条ノ罪ヲ犯シタル罪）

第七五条　艦船ノ乗員故ナク其ノ艦船発航ノ期ニ後レタルトキハ其ノ経過日数ヲ問ハズ前二条ノ規定ヲ適用ス

十根の大尉は、この第七五条の適用をほのめかしたのである。

このときから約一年後になるが、私が囮《おとり》艦隊の乗員としてフィリピン沖海戦に出撃するさい、もし乗艦「秋月」の出港に遅れて囮艦隊に参加できず、「秋月」の機関科員が全員戦死し、私一人が生きていたなら、まさに囮にされるのを恐れて乗艦を拒否したと解釈され、敵前逃亡罪により第七五条および第七三条の敵前ナルトキハ死刑、になっても致し方あるまい。日本陸軍ではいったん捕虜になり、敵から釈放された者が味方にもどると、軍法会議にかけ、敵前逃亡罪で、かならずと言っていいくらい、死刑に処したと言われている。十根の大

尉が、むきになるのも理由がある。

ここの軍法会議は一〇一軍法会議という。昭和二十年七月には、のちに国鉄総裁になった高木文雄法務大尉が在任していた。もし十八年十一月の時点で、高木法務中尉が在任中であったら、われわれ二人が軍法会議にかけられた場合、高木法務官の裁きを受けたことであろう。

戦地とはいえ、実質的に社会人としての第一歩で、軍事裁判にかけられそうなへまをやってしまった。

＊

軽巡は軍港の岸壁に接岸していた。甲板士官に、リンガ泊地の「足柄」まで便乗を願い出る。リンガというのは、シンガポールから百五十カイリほど南のリンガ群島と、スマトラとの間にある泊地のことをいう。群島中最大のリンガ島に接近し、まさに赤道直下にある。

水深が三十メートル程度なので、敵潜水艦侵入の危険もなく、艦隊訓練にもほどよい広さがあった。南西方面艦隊に所属する艦の多くがここに集結している。石油を産出するスマトラのパレンバンが近いのも、この泊地の大きな利点である。シンガポール軍港とリンガ泊地は、呉軍港と柱島泊地の関係に似ている。

甲板士官に案内され、副長に挨拶した。副長は十根からの連絡で先刻承知しており、大変やさしい対応をしてくれたので安堵した。

軽巡は予備室を、井戸少尉と私の二人に提供してくれた。昔の武士にたとえれば、謹慎の身を軽巡屋敷に預けられたようなものである。三度の食事は水兵に運んでもらい、リンガに着くまでの二、三日は、ほとんど室から出なかった。

第十六戦隊所属のこの軽巡がリンガに着いたとき、戦隊旗艦「足柄」は、泊地に君臨するかのように、威容をゆったりと浮かべていた。軽巡の内火艇に送ってもらって、横須賀からおおよそ十日ぶりに「足柄」に着任した。

こうして私の戦地戦務がはじまる。

赤道近い南の風に、軍艦旗が鮮やかだった。だが、そこには日章旗はなかった。艦尾にはためくのは、十六条の太く赤いレンブラント光線の旗である。

艦尾に国旗を掲げぬ国家のフネ？……このことに気がつくには、その時、私はまだ若すぎた。そのくせ、踏んだ甲板の固い感じや、艦を取り巻く海の青さ、乗員の身のこなしなどは、そんなに変わりはなかった。

選択の自由

「日の丸の旗の下では死ぬが、軍艦旗の下では死にたくない」——これは昭和五十六年一月十六日、ＮＨＫの教育テレビ番組で、浅井栄資元東京商船大学長が、旧東京高等商船学校の校風について語ったなかの一節である。

商船は平時でも戦時でも船尾に日の丸の旗を掲げている。軍艦は艦尾に軍艦旗を掲げている。

海軍は海軍予備員制度を楯にして、明治以来、昭和二十年の敗戦にいたるまで、つねに商船教育に干渉してきた。とくに今次大戦中はひどく、戦後、商船教育関係者は当時を回顧して、「海軍が商船教育を捩《ね》じ曲げた」と述べている。

　近代戦は補給、輸送なくして成り立たない。その補給、輸送を担う人たちに、「日の丸の旗の下では死ぬが、軍艦旗の下では死にたくない」と思わせるようでは、勝敗の帰趨《きすう》ははじめから明らかであろう。

　商船学校出身者には、日の丸の旗の下で死ぬか、軍艦旗の下で死ぬかの選択の自由はまったくない。召集を受ければ、軍艦旗の下で死に、受けなければ日の丸の旗の下で死ぬ。

　戦時中の商船は、陸軍に徴用された船をA船、海軍に徴用された船をB船、船舶運営会所属の船をC船と区分されていた。C船は言うまでもないが、A船もB船も無防備に近いものだった。

　今次大戦の戦死者の割合は、陸軍二十パーセント、海軍十六パーセントに対して、商船乗組員は四十二パーセントであったといわれている。しかし、海軍十六パーセントの中に埋没してはいるが、高等商船学校出身でクラス全員、あるいはそのほとんどが海軍に召集された昭和十五年から十八年にかけて卒業した人たちの戦死率は、五十パーセント前後で、クラスによっては六十パーセントに近い集団があるのである。

　これらの数字は軍が、とくに海軍が日の丸の旗を掲げて輸送に従事していた無防備に等しい商船と、高等商船学校出身者で召集された予備士官を、戦時中いかに取り扱ったかを、冷厳に物語っている。浅井栄資元学長が誇張して言っているのではない。

　昭和二十年の敗戦で解体されるまで、海軍が商船教育と海運界に干渉して来た遠因をたどると、明治の初年にさかのぼる。

開発途上国では、経済的余裕のない家庭の秀才青年は軍人を志すが、明治、大正時代の日本もその例に漏れない。東京、京都など、大都会やその近郷の優秀な青年は、さすがに一高や三高を経て東大、京大を目ざすが、地方では頭脳、体力とも優れている青年の多くは、学費の関係で陸士、海兵を第一志望とするのが通例であった。

その当時、軍人志望者は別にして、東京では「一高、一つ橋、越中島」という標語があったという。一高と当時一つ橋にあった東京高等商業、それに深川越中島にあった商船学校の三校が難関だ、ということを意味していたのである。

明治、大正時代、島国日本の庶民にとって、外国に行くことは夢物語であった。そのころそれを可能にする唯一の例外は、船乗りになることで、ロマンを追い求める青年たちに、商船学校は夢をあたえていた。

事実、明治、大正時代、東京商船学校の入学試験は、かなりの難関だったらしい。しかし、昭和になってから、それも十年代に入ると難関とはいえない。それにもかかわらず、なお当時の老人たちは、越中島は難関だという観念を捨て切れなかったようである。

私がたびたび通院していた耳鼻科の医師は、明治の半ば生まれらしかったが、「東京の商船学校にいく」と言ったら、「むずかしかったでしょう。昔は一高、一つ橋、越中島と言ったもんですよ」と話してくれた。一高、一つ橋と違って越中島は、私のような出来の悪い者でも、なんとか滑り込めるほどになっていたのである。

しかしながら、昔流に、もし学校に格式なるものがあったとすれば、この学校は格式が高かったのかも知れない。創立は明治八（一八七五）年、創立者は三菱財閥の創始者岩崎弥太郎で、当初、三菱商船学校と言った。そして明治十五（一八八二）年四月に官立東京商船学校となったのであるから、高等専門学校ではもちろん、大学をふくめても、日本では最も古い高等教育機関の一つに数えられている。

記録によれば、日清戦争後の明治二十九年から大正十一年にかけては、数年に一度まとめて卒業式が行なわれ、式には皇太子（大正天皇）殿下の行啓二回、宮様の台臨九回を数え、優等生の中のトップは、御前において卒業講演を行ない、優等生全員が天皇陛下から恩賜の銀時計を下賜されるのが慣例であった。

飛行機が発達していないこの時代、島国日本の発展は、海運によるほか道はなく、したがって海運によせる期待は、朝野の別なく大きなものがあったのであろう。

校風もまた自由闊達であったらしい。のちに初代労働大臣となった米窪満亮が、練習船「大成丸」の実習生のころ、米窪太刀雄のペンネームで航海記「海のロマンス」を朝日新聞に連載し、一世を風靡したのは明治四十五（一九一二）年であった。

大正の初期に入学したある先輩機関長に、戦後まもないころ機関士として仕えたことがある。この先輩は、大正初期のユーモラスなエピソードを通して、当時の校風の一端を語ってくれた。

明治十（一八七七）年にはすでに制定されていた禁条（禁止事項）の第九条に、「正課ノ時間ハ勿論業間タリトモ猥リニ集合雑談或ハ放歌吟詩スルコト」とある。私が入学した昭和十（一九三五）年代前半には、まだこの規則は残っていて、曜日によっては、夕食後から自習開始までの間に「放歌吟詩ヲ許ス」時間帯があった。

大正の初めのころ、先輩機関長の級友某生徒が、ある日、この時間帯が過ぎたのちも、尺八を吹奏していた。規則違反である。生徒主事の下に、主事補といって、海軍兵曹長のOBが三、四名交代で毎日勤務している。この規則違反生徒は、運悪く当直主事補に発見された。

彼は薄暮の寮の中庭から、一目散に逃げ出した。職務に忠実な主事補は、負けてはならじと全力で追跡するが、年齢の差はいかんともなしがたく、距離は開くばかり、それでも追跡を止めない。くだんの生徒は、愛用の尺八を片手に寮の周囲を逃げ回るが、ついに袋小路の風呂場の辺りに追いつめられた。

窮した彼が、風呂場の戸を開けると、運よく水槽には満々と水がたたえてある。着衣のまま彼は、ザンブとばかり飛び込むや水底に身をひそめ、尺八の一端を口にくわえ、他端を潜望鏡よろしくわずかに水面に出して呼吸をつづける。風呂の水面の波立ちがおさまったころ、主事補がようやく到着して見回すが、水槽周辺は薄暗く人影を認めず、やむなくUターンした。かくして、かの生徒は現行犯逮捕をまぬがれたのである。

翌朝、この件が生徒課の知るところとなったが、「逃げおおせたのはスマートである」というので、咎めなしと相なった。

この話、尺八の数ある小孔を指でふさぐ手はあるけれども、果たして呼吸可能か否か疑問もあるが、「船乗りはスマートであれ」という日ごろの教えと、「逃げおおせればスマート」なりという大らかな校風を示す挿話でもある。

卒業式が、のちの大正天皇となられた皇太子殿下の行啓か、さもなくば親王殿下の台臨の下に挙行される特異な格式と、他方、進取の気性のなかにも、形にとらわれぬ自由闊達な雰囲気との奇妙な調和は、明治八年草創のころと明治二十七、八（一八九四、九五）年の日清戦争とに、その源流を探らねばなるまい。

神功皇后の三韓遠征、あるいは三千隻の軍船に乗った十万の蒙古軍による壱岐、対馬、北九州への侵攻、さらに豊臣秀吉の十万余の兵士輸送の軍船など、島国日本の戦争と軍事輸送船は、古来、不可分の関係にあった。そこに目をつけた明治の元勲がいる。

明治のはじめ、琉球列島の帰属や台湾による日本難破船船員虐殺が発端となった台湾遠征問題で、明治七年、大久保利通が清国に出かけることになる。世間では、いまにも戦争がはじまりそうな噂が立った。西郷隆盛、大久保利通と伍してきた土佐の後藤象二郎は、のちに伯爵になったが、このとき、

「開戦になれば軍隊輸送を一手に引き受け、出征兵士の数二万人とし、一人往復船賃百円と見積もり、これを前金で受け取って、清国に輸送する。二万人のうち一万人が戦病死したとすると、帰りは半分の一万人になる。その差額を計算すれば、百万円はかるく儲《もう》かる、と踏んで、三条実美、岩倉具視から軍事輸送の許可をとった。彼は大喜びし、前祝いなどで騒いだが、結局、戦争はなく、この問題は平和裏に解決したので、後藤象二郎は百万円の船成金になり損なった」

という。

彼は政商の一面を持っていたのであろう。そのころ、同じ土佐の岩崎弥太郎が海運企業を独占するようになる。その結果、明治八年、政府から弥太郎は、商船学校の設立を命ぜられ、

政府のやり方に不快感を抱きながら、儲《もう》けにならない三菱商船学校を経営せざるを得なくなる。

三菱商船学校と兵学寮

明治初年の西洋型帆船や蒸気船の士官は、ほとんど全部といっていいほど外国人に占められていた。

政府はこれを憂い、海運政策の一環として、明治八年九月十五日、郵便汽船三菱会社に下付した第一命令書の中に、一ヵ年一万五千円の助成金を出すから、商船私学及び水火夫取扱所を設立して海員の教育訓練にあたれ、と指示した。

海運政策は、翌九（一八七六）年九月の第二命令書によって一部補正され、また十五（一八八二）年二月、第三命令書の中で、乗船実習方法が指示されている。

他方、三菱会社に対抗して設立された共同運輸会社に、十五年七月、政府が下付した命令書には、戦時非常の際に使用するに足る船舶を交付すると指示する一方、細部にわたって厳しい付帯条件をつけている。このように政府の海運政策は、海運会社に対する国家的要請が、強く及ぶ仕組みになっていた。

第一命令書を受けて、郵便汽船三菱会社社長岩崎弥太郎は、明治八年十一月、商船航海学校設立を内務省に願い出た。

今般当社ニ於テ郵便汽船三菱会社商船航海学校別冊規則之通設立致シ度候処元来該社ノ儀ハ御寮御管轄ノ儀ニモ有之候間其筋御達方ノ儀ハ御寮ニテ可然御取計奉願候尚教則校則等ハ編制次第上申可仕此段添テ申上置候也

郵便汽船三菱会社長

岩崎　弥太郎（印）

八年十一月十五日

駅逓助　真中忠直殿

駅逓寮は文部省と東京府にあて、商船学校の創立を通報し、ついで内務卿より太政大臣にあてて届出がされ、商船学校設立準備がはじまった。

学校規則（明治八年十一月制定）〈抜粋〉

郵便汽船三菱会社商船学校規則

学校起立ノ原由及学校ノ位置

第一条　此商船学校ハ内務省ノ特典ニ因リ駅逓寮ノ統轄ニ属シ商船ニ従事スヘキ輩ヲ教導センカ為メニ当社ニ於テ設立セルモノナリ

第二条　学校ハ墨陀河口ニ繋泊スル成妙丸号ノ船上ヲ以テス是レ海員現地ノ業ヲ兼学スルノ益アレハナリ

（中略）

第二十条　本則学舎生徒ノ学期ハ五ヶ年仮則学舎生徒ノ学期ハ三ヶ年ト定ム故ニ其期間中ハ貸費自費ヲ論セス非常ノ事故アルニ非レハ決シテ退校ヲ許ササルヘシ

「官私ノ間ニ設立」された半官半民の学校とはいえ、海軍予備員制度が制定された明治十七年に先立つこと約十年のこの時点で、早くも「決シテ退校ヲ許ササルヘシ」と校則に掲げているのは、三菱というよりもむしろ内務省、すなわち政府のなみなみならぬ決意を示したものであろう。

ちなみに生活規範を掲げよう。

生活規範としての禁条と罰則〈抜粋〉

禁　条

（中略）

第九条　正課ノ時間ハ勿論業間タリトモ猥リニ集合雑談或ハ放歌吟詩スルコト

第十条　予科時間音読スルコト

第十一条　船内（舎内）ヨリ他方へ号呼スルコト

（後略）

罰　則

第一条　通則第一条中（校長）教員事務員及ヒ監事ノ命令ニ背キ或ハ喧嘩口論（禁条第八条）等ヲナスモノハ其実況ニヨリ一時間以上三時間以下ノ罰役或ハ三十分時以上二時間

以下ノ直立タルヘシ
（中略）
第三条　禁条第三条ニ犯触スルモノハ時間ノ長短ニヨリ半日以上三週間以下ノ上陸（外出）ヲ禁止ス
（後略）

禁条、罰則は厳しいものであった。

さて、明治二（一八六九）年九月十八日、築地安芸橋内に海軍操練所が創立され、三年一月十一日、始業式が行なわれた。当時の名称は「兵学寮」とも「海軍操練所」ともいって一定しなかったが、十一月五日、「海軍兵学寮」と決定した。

このときの兵学寮規則によれば、幼年・壮年・専業の三学舎のうち、壮年学舎（本科に相当）は二十歳以上二十五歳未満で、卒業後、海軍士官となる者、また「商船漁船運送船ノ将士（士官）タルヘキ者」を教育する使命を負うことが定められていた。

さらに専業学舎の志願者で、卒業後、「府藩県或ハ商人会社之船」に乗る志願者は、所定の納金を義務づけられた。

これらによれば、兵学寮教育の一部には、商船教育に当たる者や商船士官を志す者をふくんでいたことがわかる。

他方、兵学寮卒業者である浅岡俊吾が、商船学校に入学してきた。浅岡は、商船学校の席上課程を一年で修了し、一回生とともに明治十一（一八七八）年三月、金川丸に実地派遣となり、本則（本科）を一年六ヵ月で卒業という最短学歴の持ち主となった。
創立当時の三菱商船学校と兵学寮とは、教官のみならず生徒の交流もあった。

戦争と商船

明治八（一八七五）年、政府が郵便汽船三菱会社にあたえた第一命令書には、

「平時非常ニ拘ハラス政府之要用アルトキハ右各船ハ勿論其社ノ固有船ト雖《いえど》モ社務之都合ヲ問ハス使用スヘシ」

とある。また、明治十五（一八八二）年、共同運輸会社にあたえた命令書には、

「本社ニ交付シタル船舶ハ総テ海軍ノ附属ト心得ヘシ」

「海軍ニ於テ使用ノ為メ船内結構ノ変更ヲ要スルトキハ海軍省ヨリ其費用ヲ給ス可シ」

「戦時及ヒ非常ノ時ハ本社ノ都合ヲ問ハス政府ニ於テ其各船（政府ヨリ交付シタルモノト否トヲ問ハス）ヲ使用スル事アル可シ」

とある。

第一命令書には、戦時、平時を問わず、政府が必要とするときはいつでも船を使うと明示し、さらに明治十年の西南戦争で、軍事輸送のために、いかに商船が必要であったかを痛感した政府は、明治十五年の命令書には、「船舶はすべて海軍の附属と心得るべし」と言っている。このことは、「船員もすべて海軍の附属と心得るべし」ということに通ずる。

日清戦争で、商船の戦時任務の重大さをいっそう痛感した政府は、平時においてつねに船

船を準備し、航権を拡張し、優秀な船員を養成しておく政策をとった。これにより商船学校は、天下の耳目を集めることとなる。

日清戦争では、本校出身者の中に、海軍において武勲を立て、金鵄勲章を受けた者六名、その他の勲章を受けた者が多く出た。このことは、有為な全国の青少年が、本校に進んで志願する傾向を助長した。

戦争が契機となったのか、日清戦争終了の翌二十九（一八九六）年、商船学校の卒業式に初めて、皇族有栖川宮威仁親王殿下が台臨、令旨を賜わった。以後、大正九（一九二〇）年まで計十回、皇太子殿下（大正天皇）の行啓、小松宮殿下、伏見宮殿下、東伏見宮殿下の台臨を仰ぎ、卒業式が行なわれた。明治三十五（一九〇二）年から四十一（一九〇八）年まで、皇族台臨の卒業式がなかったのは、日露戦争の影響であろう。

皇太子殿下は、明治四十一年と四十四（一九一一）年の二回、卒業式に行啓された。四十一年十一月二日、殿下の行啓を仰ぎ、三十五年以降の卒業生四百十七名に対し、盛大な卒業式が行なわれた。

当日の感激は、逓信大臣後藤新平の式辞に現われており、また船員の職責も式辞に示されている。

「……夫レ船員ハ平時通商ノ前駆ト為リ事有ルノ日海上ノ軍務ニ服ス其職ヤ重且大ナリ……」

とある。政府の見解と言うべきであろう。

兵役の関係もあって、三菱商船学校は、明治十五年四月一日、官立東京商船学校となった。

海軍生徒ニ準ズ

兵役関係の免除については、明治十二（一八七九）年、太政官第四十六号で布告された徴兵令の中に、商船学校生徒免役の明文が見えないことが問題になった。明治十三年には生徒の適齢者が数名いた。この当時から、すでに免役の特別措置がとられる情勢にあったようである。

明治十七（一八八四）年になって、海軍予備員制度が設定された。イギリスの予備員制のように、有事の際には海員を海軍に編制する例にならい、商船学校卒業生は、すべて海軍士官または準士官の予備員に充《あ》てられる制度がきまった。

このため教科中に砲術を増設し、海軍兵学校で砲術の授業を受けさせることとし、校則に「本校生徒ハ専ヲ航海或ハ機関ノ業務ニ従事シ且海軍予備員志願ノ者ニ限ルヘシ」の一条が追加された。これにより商船学校生徒は、徴兵令第十八条第四項の海軍生徒に準じ、徴兵猶予となる旨、八月、太政官より達せられた。

また明治十九（一八八六）年、海軍現役士官不足をおぎなう意味もあって、卒業生を現役に採用する制度ができた。これにより海軍少尉候補生を命ぜられた者十三名、少尉機関士候補生に命ぜられた者一名であったが、この制度は十四名で打ち切られた。このうちの一人、北野勝也は海軍少将に累進し、また古谷忠造も現役軍人となり、後年、海軍軍人として母校の校長にもどっている。

しかし、明治二十二（一八八九）年七月、勅令第九十一号「海軍高等武官任用条例」が公布されて、海軍将校は兵学校卒業者のみから任用されることになった。

明治三十七（一九〇四）年六月、勅令第百七十九号で海軍予備員条令が制定され、卒業と同時に海軍予備少尉候補生または海軍予備機関少尉候補生に任ぜられることになった。

明治三十七年六月二十八日、勅令で入校日より海軍兵籍に編入し、予備生徒としたのは、これに先立つ同年二月四日、日露戦争がはじまったためであろう。

昭和二（一九二七）年六月、勅令第二百十八号により、海軍予備員令中、進級、実役停年に関する事項が改正され、卒業生は海軍予備大佐または海軍予備機関大佐まで累進されることとなった。

海軍予備員の召集は、昭和三年十月よりはじまったが、これはすでに船会社に就職中の者に限られ、召集は短期間であった。しかし、昭和八（一九三三）年十一月以降は原則として、卒業し海軍予備士官に任ぜられると同時に約六ヵ月間、艦隊勤務に召集されることとなった。

昭和九（一九三四）年六月、勅令第百七十三号により、召集中の海軍予備士官から現役士官に任用される途が開かれた。この勅令によって、現役士官となった東京高等商船学校卒業生は、航海科十三名、機関科十五名である。このことは明治十九年から明治二十一年にかけての十四名以来であった。満州事変と昭和二年に端を発した世界的恐慌の煽りがまださめず、その影響を受けた海運不況とが、予備士官の現役転官を促進させたのであろう。

海軍は昭和十二（一九三七）年四月、海軍省令第四号で海軍予備員令施行規則を改正し、同時に省令第五号をもって海軍予備生徒規則を定めた。これによって海軍は、商船教育を海軍教育に転化することを狙っていたふしがある。

海軍予備生徒規則〈抜粋〉

第一条　海軍予備生徒ハ之ヲ航海科及機関科ノ二種ニ区別ス
第二条　海軍予備生徒ノ兵籍ハ之ヲ海軍省ニ置キ其ノ身分ハ海軍生徒ニ準ズ
第三条　海軍予備生徒ノ人事ハ海軍省人事局長之ヲ管シ教育ニ関スル事項ハ海軍省教育局長之ヲ掌ル
第四条　文部省直轄商船専門学校（以下、商船専門学校ト称ス）入学志願者ノ身体検査ハ海軍大臣ノ命ズル海軍軍医科士官ヲシテ之ヲ行ハシム
第五条　商船専門学校生徒ノ採用者決定シタルトキハ当該商船専門学校長ハ其ノ氏名、生年月日、本籍地、戸主トノ続柄、兵役関係其ノ他必要ナル事項ヲ直ニ海軍大臣ニ報告スベシ
第六条　商船専門学校ニ入学ヲ許可セラレタル者ハ直ニ宣誓書（第一様式）ヲ当該商船専門学校長ヲ経テ海軍大臣ニ差出スベシ
（中略）
第九条　海軍予備生徒ハ約六月間海軍砲術学校ニ在校セシメ軍事学ニ関スル教育ヲ受ケシム
前項ノ期間中海軍予備生徒ハ之ヲ校内ニ起臥セシム
第十条　商船専門学校長ハ前条ノ規定ニ依リ教育ヲ受クベキ者ノ氏名、学業及身体検査ノ

成績其ノ他必要ナル事項ヲ海軍省人事局長及海軍砲術学校長ニ通報スベシ

第十一条　海軍砲術学校長ハ同校ニ於テ教育中ノ海軍予備生徒ニシテ左ノ各号ノ一ニ該当スルモノアルトキハ教育ヲ停止シ之ヲ海軍省人事局長及当該商船専門学校長ニ通知スベシ

一　品行不正又ハ怠惰ニシテ訓戒ヲ加フルモ改悛セザル者

二　学業成績著シク不良ニシテ成業ノ見込ナキ者

三　傷痍ヲ受ケ又ハ疾病ニ罹リ前途役務ニ堪ヘ難シト認ムル者

四　其ノ他将来海軍予備員ニ任用不適当ト認ムル者

（中略）

第十三条　海軍砲術学校長ハ海軍予備生徒ノ同校ニ於ケル教育ノ終期ニ於テ修業成績表ニ意見ヲ付シ考課表ト共ニ之ヲ海軍大臣ニ進達スベシ

（中略）

第十五条　商船専門学校生徒卒業シタルトキハ当該商船専門学校長ハ履歴書正副二通、卒業成績表、考課表ニ写真（制服着用脱帽半身手札形無台紙、裏面ニ科名及氏名記入ノコト）一葉ヲ添ヘ之ヲ海軍大臣ニ提出スベシ

第一様式（用紙美濃紙）

宣　誓　書

「某」　儀

今般海軍予備生徒ニ採用相成候ニ付テハ自今誠意ヲ以テ海軍予備員候補者トシテノ本分ヲ尽シ将来海軍予備員令ニ依リ服役スベキコトヲ誓フ

科　名　氏　名　印

年　月　日

海軍大臣　爵　氏　名　殿

附　則

本令ハ昭和十二年四月十八日ヨリ之ヲ施行ス

この海軍予備生徒規則の宣誓書にのっとり、私は、昭和十四（一九三九）年十一月、「……服役スベキコトヲ誓フ」ことになる。

その四年後、落日の日本帝国を後にし、昭和十八（一九四三）年十一月、南濱の洋上で、一万トン巡洋艦「足柄」の艦上に立つことになる。

第二章　戦雲急を告げて

重巡「足柄」の人々

二年の海軍生活中、もっとも長い十ヵ月半を過ごしたのは重巡「足柄」であった。「足柄」は華麗な経歴の艦である。「那智」「妙高」「羽黒」と同型艦で、昭和四（一九二九）年八月、川崎重工業株式会社神戸造船所で竣工し、他の三艦とともに第四戦隊を編成した。

那智型四艦のうち「妙高」と本艦は、新造当初より艦隊旗艦設備を持っていたので、「足柄」は翌五年には第二艦隊（兼第四戦隊）旗艦、十四（一九三九）年には第四艦隊旗艦、十六年には第三艦隊旗艦となるなど、開戦までには幾度も艦隊や戦隊の旗艦となっている。

中でも特筆すべきは、昭和九（一九三四）年、秩父宮満州国訪問の御召艦になったことと、十二（一九三七）年五月、現エリザベス女王の父君イギリス国王ジョージ六世戴冠式の観艦式に、帝国海軍を代表して参列したことである。

このときは第四戦隊旗艦で、司令官小林宗之助少将座乗の「足柄」は、ポーツマス軍港に入港し、各国海軍と親交を深め、スピットヘッド沖の観艦式に参列した。帰途、ドイツを訪問し、キール軍港に入港したとき、「足柄」の精悍な威容に打たれたかの地の人々から、

「飢えたる狼」の名を冠せられたという。

「足柄」の属していた第十六戦隊は開戦時、第三艦隊直率で司令長官高橋伊望中将が「足柄」に座乗し、比島作戦を支援した。昭和十七（一九四二）年二月にも蘭印部隊の主隊として、ジャワ沖海戦で活躍し、また十七年三月十日、新たに編成された第二南遣艦隊の旗艦となった。

昭和十八年九月二十日、ふたたび第十六戦隊に編入され、戦隊旗艦としてシンガポール、リンガ泊地を中心に、南西方面警備の主役となった。

昭和十九年二月二十五日、第二十一戦隊に編入され、戦隊旗艦「那智」とともに第五艦隊司令長官志摩清英中将の指揮下に入り、大湊を基地に北方方面の作戦に従事する。

十九年十一月十五日、第二十一戦隊が解散になったので、「足柄」は二十年二月五日、第五戦隊に編入されたが、当時、帝国海軍で行動できる重巡は、「羽黒」と「足柄」の二隻だけになっていた。

「羽黒」が二十年五月十六日、マラッカ海峡で沈んだ後は、駆逐艦「神風」と「足柄」の二隻が実質的に作戦行動のできる「最後の連合艦隊」であった。

この「足柄」も、昭和二十（一九四五）年六月八日、スマトラとバンカ島との間のバンカ海峡で、英潜水艦トレンチャントの雷撃で沈むのである。作戦行動のできた期間は、進水後十五年七ヵ月、重巡のなかでもっとも長命であった。

重巡という呼称は一万トン型巡洋艦のことであるが、どの艦も幾度か改造されており、「足柄」は、第二次改造後に基準排水量は一万三千トンとなり、ボイラーは十二罐で計十三万五千馬力、速力は三十三・五ノットになっていた。

機関科関係分隊は十分隊が主機械分隊、十一分隊は罐分隊、十二分隊は電気分隊、十三分隊は工作分隊に分かれていた。

昭和十八年十一月当時、機関長葛西清一中佐、その下に大尉の十、十一、十二、十三各分隊長がおり、十一分隊長が特務士官出身であるほかは、みな海軍機関学校出身であった。

機関科では分隊長の下に、機関学校出身の若い中、少尉が分隊士として仕え、さらに特務士官出身で機械、罐、電気、工作の各技術に精通している練達の少尉や兵曹長が、掌機長、掌罐長、掌電気長、掌工作長として配置されている。

しかし、機関学校卒業者数に比べ、少壮機関科士官の消耗がはなはだしかったためか、当時、機関学校出身の中、少尉や候補生が「足柄」には一名もいなかった。その空席を埋めるために、われわれより一期先輩の神戸高等商船学校第三十八期の佐藤忠次少尉が、十分隊士兼機関長附となっていた。

われわれ二人が新たに乗艦したので、空席の罐、電気、工作各分隊士のうち、二つを埋めるのかと思っていると、井戸少尉は罐の十一分隊士、私は機械の十分隊士兼機関長附として、佐藤少尉とダブル配置になった。当面、佐藤先輩から教育を受けろということであろう。

佐藤先輩は神戸機関科第三十八期のクラスヘッドで、たいへん誠実、温厚な人物であった。われわれ二人は公私にわたり、懇切な指導を受けることになる。

葛西機関長は、ドイツ駐在武官として戦乱の欧州にあったが、風雲急な母国に呼びもどされ、海軍省に二年九ヵ月勤務し、「足柄」に着任している。臨戦準備から開戦、戦局の前半は海軍の中枢にあった。

機械分隊長の大尉は口数が少なく、物静かで、東洋哲学的雰囲気をただよわす方であった。罐分隊長は下士官兵時代、相撲の選手として活躍した体格のよい豪快肌の人である。

電気分隊長の大尉は、大尉になり立ての士官室士官という感じで、元気がよく、われわれに戦局の動向を率直に話してくれる。工作分隊長の大尉は、電気分隊長よりは先任で、どっしりとした落ち着きのある貫祿を示していた。

兵学校、機関学校、経理学校出身の中、少尉が食事をしたり休憩したりする室を、第一次士官次室、通称ガンルームと呼び、次室の長をケプガンと言う。このときのケプガンは、兵学校七十期だと思うが、恩賜の短剣組で、ハンモックナンバーは三の好青年であった。ハンモックナンバー一と二はすでに戦死していたので、事実上、クラスヘッドだという中尉である。

ガンルームのメンバーは、ケプガン、東大出の軍医中尉、先輩の佐藤少尉、それに兵学校七十一期の少尉が五、六名とわれわれ二人の計十名くらいであった。われわれより一ヵ月遅れて兵学校七十二期およびこのクラスと同期の機関学校卒、経理学校卒の候補生が乗艦して来て、ガンルームは急ににぎやかになる。その数は兵学校が六、七名、機関学校は二名、経理学校は一名だった。

「足柄」の機関関係諸設備は、艦底深く二重底頂板上に、艦首から艦尾にむかってボイラー、タービン、電気機械、補機の順に、そして工作関係は、上甲板に近いところに配置されている。

　さらに罐室、機械室とも、艦の中央で左右に区切られているので、十二個ある罐は、もっとも前の左舷罐室に一号罐、右舷罐室に二号罐、その後の左舷室に三号罐、右舷室に四号罐という順に置かれている。

　機械室は、左舷前部機械室、右舷前部機械室、左舷後部機械室、右舷後部機械室の四区分になっている。各室には高圧タービンと低圧タービンがあり、両タービンは一つの減速大歯車を駆動し、それに直結してある一本の中間軸を、三万馬力余の出力で回す。

　中間軸の後端に船尾軸が、その先に推進軸が取りつけられていて、推進器スクリュープロペラが回転する。四軸で合計十三万五千馬力、速力は三十三ノットを出す。

　機関指揮所は、左舷前機室の一角に、ガラス張りで仕切られた六畳の間ほどの広さの部屋にある。通常の航海当直時も、戦闘時も、ここで機関科の総指揮がとられる。

　左舷側に戦闘指揮所がある理由は、水上艦艇の間の戦闘は右舷戦闘になる公算が大きいので、わが方の大砲も右舷を向くが、敵弾もまたわが艦の右舷側に命中する確率が大きい。右舷側に指揮所を置くと、指揮所が先に被弾、被雷する可能性が大きいので、左舷側に置くというのが、電気分隊長の説明であった。

　なぜ右舷戦闘の公算が大きいのかは、この分隊長の説明にはなかった。推察であるが、人間の心臓が左側にあることに起因すると思う。心臓をかばうために人間の多くは、自然に右手が効き手になる。

　古代の軍船の備砲は、歯車やカムやリンク機構などを使わず、直接人間の腕力で旋回運動をさせていた。この場合、右手が効き手であると、艦首に向けてある砲身を、右旋回するのがしやすいか左旋回するのがしやすいか、というと右旋回である。

艦尾に向けてある砲については逆になるが、本来、艦橋より前方の備砲が指揮しやすいので、軍艦はどちらかというと艦橋前方に比較的多く砲を備えていた。前方備砲中心の考えは当をえたものであろう。犬や猫の心臓は体の中心にあると聞くが、人間は心臓がなぜ左側になったのか、これはわからない。

左舷側に指揮所を置くのは、現代の人間工学の理にかなっているといえよう。もっとも対空戦闘が中心になった第二次大戦からは、この理は無意味となった。

「足柄」の全乗組員は、戦時編成で千名を超えている。機械分隊員約八十名、罐分隊員約百五十名、電気分隊員約四十五名、工作分隊員約三十名、合計機関科関係は約三百名である。

機関長附としての仕事は、機関長の事務的補佐で、仕事量はさほど多くはない。機械分隊士の仕事は、分隊員の衣食住や健康状態につねに気を配るほか、仕事量としてもっとも多いのは、進級、昇給、術科学校への進学などの人事関係である。これらの公的な面のほか、分隊員の家庭的な、いわゆる私的問題にも対応しなければならない。

そして停泊当直、通常の航海当直は機関科副直将校として、さらに戦闘時も左舷前機室にある機関指揮所に入るので、タービン、ボイラーだけでなく、補助機関や電気機械にも通暁しなければならず、なかなか多忙な配置である。

兵科、機関科、軍医科、主計科とも、毎朝の課業整列時に、各分隊長は順番に訓話を行なう。機械分隊長は精神訓話が多い。乗艦後一ヵ月ぐらいのころ、分隊士も順番に訓話を行なうよう命令された。先輩佐藤少尉のつぎが私である。

二十歳前の若年兵もいるが、十歳以上も年上の歴戦下士官を前にして、実戦経験のまったくない新任少尉が、訓話などおこがましい限りであるが、命令とあれば止むを得ない、何を話したか内容はまったく記憶にないが、部下の前で話すことは、部隊の指揮統率上、必要な訓練に属するものらしい。

「足柄」の艦長は阪匡身《ばんまさみ》大佐で、子爵の出といった。父君は宮内省御歌所の長官だったというから、そのような家柄なのであろう。風采の上がらない小柄な方であり、やんちゃ坊という感じのなかにもおおらかさがある。

阪大佐は、翌十九年二月、戦艦「扶桑」艦長に転勤し、「扶桑」時代に少将に栄進、やがて「捷」一号作戦の際、西村祥治中将麾下の第二戦隊として戦艦「山城」とともに出撃し、スリガオ海峡で「扶桑」沈没時、艦と運命をともにする。

第十六戦隊司令部は同じ艦内にありながら、「足柄」の末輩少尉には、ときおり艦内通路で司令部の参謀とすれ違う程度で、まったく関係はない。

司令官左近充尚正少将（のちに中将）の姿は、ときたま上甲板で望見する程度である。長身で均整がとれ、いかにも提督という感じであるが、堅苦しさはない。一度、隻尺の間に接したことがある。

それは、候補生が少尉に任官したのを機に、私が機関長附兼機械分隊士から工作分隊士に配置換えになったころのことであった。リンガ泊地か、あるいはスマトラ一周航海で、どこかの港に入泊していたときであるが、休日の午後、兵隊たちが鱶釣りを計画した。餌は主計科が鮭の頭や肉の脂身など、いろいろ用意する。

肝心なのは釣針である。艦内には鱶釣り用の針はないから、工作科に製作を依頼してくる。鍛冶専門の下士官が、たちまち二本ほど作り上げる。それに運用科員が手ごろなロープを結び、餌をつけて放り込むと、見ている間に鱶が食らいつく。「引け」の号令一下、十五人ほどの屈強な兵たちが力いっぱい引くと、水中で大暴れした鱶も、次第に弱って甲板上に引き上げられる。つぎはこの鱶を餌にして二匹目、三匹目を釣るという具合である。

横腹の肉の一部を餌にされ、大孔を開けられたにもかかわらず、甲板から海に落としてやると、鱶は横腹の孔から血を吹き出しながらも、澄み切った南の海を悠々と泳いで消えて行く。何匹目かに大物が釣れたとき、鱶釣り部隊を指揮していた下士官が、「司令官に見ていただこう」と言って、司令部に伝令を飛ばした。

やがて左近允少将は、真っ白な半袖上衣の軍装で、後甲板に現われる。こちらは釣針製作責任者で、「針が折れないか、鱶の重量で曲げた鉄棒が伸びないか」などと思案しながら、終始その場に立ち合っているので、左近允司令官を間近から見上げることになる。鹿児島出身にしては色白で、ノーブルな方であった。靴先でかすかに鱶に触れられ、無言のまま二、三分して司令部に帰られた。副官も従兵もつれず、ただ一人である。

鱶釣り後、二ヵ月足らずで「足柄」は、十六戦隊から二十一戦隊に編制替えになるのであるが、まさにこの切り替え直後に起きた不幸な事件（ビハール号事件）が、左近允司令官の運命を変えた。それが、海軍砲術学校で、私たち予備生徒を指導した人物の言動で決まったことに、言い知れぬ輪廻をおぼえるのである。

それにはふたたび海軍予備員制度、すなわち高等商船学校の学制に触れなければならない。

ドイツ兵士の十誡

海軍兵学校へ入ると、その日から身分が海軍生徒となるように、高等商船学校へ入ると、その日から海軍予備生徒になる。そして入学から卒業までの修学期間はじつに五年六ヵ月である。

当時の学制一般は高等・専門学校が三年間、大学が三年間、計六年間が高等教育期間だから、高等商船学校を卒業するには、大学卒業と六ヵ月間しか違わぬ年月がかかった。

しかし、この五年六ヵ月は一本調子の学校教育ではないところに特色がある。入学して最初の三年間はいわゆる席上課程で、他の学校と大差はない。問題はそのあとだ。席上課程を終えると、海軍砲術学校で六ヵ月の軍事術科教育を受ける。そのあとは航海、機関に分かれて、航海科は学校の帆船で一年間、ついで船会社の汽船で一年間、計二ヵ年の遠洋航海で実習したあと卒業試験を受けて卒業する。

機関科は砲術学校のあと、海軍工廠で六ヵ月、民間造船所で六ヵ月、それぞれ機関実習をしたのち、船会社の汽船で一年間、遠洋航海実習をしたうえで卒業試験となる。

つまり、海軍砲術学校までは航海科、機関科とも同じコースである。

入学から卒業までの五年六ヵ月は、戦局が厳しくなるにつれて次第に短縮された。また実習と砲術学校の入校順序も入れ替わった。けれども、砲術学校の教育期間六ヵ月は、敗戦まで変わることはなかった。

その中で、第十六戦隊司令官左近充尚正少将の運命を変える人物と私たちが出会い、それが戦後へまでひきつがれようとは、神ならぬ身の予想だにせぬことだった。

砲術学校の授業内容は、砲術、魚雷などの兵器関係と陸戦が主なものであった。大砲や魚雷の機構と作動は、タービンや内燃機関、補助機関等の機構にくらべ、機関科生徒にとってはそれほどむずかしいものではない。

北半球の軍隊の大砲の砲身内に刻んである螺旋と、南半球の軍隊の砲身螺旋とは、地球自転によるコリオリの加速度のため、反対に刻んであるというような、多少専門的と思われる講義はなかった。

弾道学といっても、ニュートン物理の応用に過ぎず、兵学校出身の普通科学生や高等科学生が教わる砲術は、工学的素養のあるエンジニアが聞いたら、楽に理解できる程度であったのではなかろうか。砲塔内のメカニズムは所詮、機構学の素養に多少、電気工学の知識があれば、容易に理解できたのであろう。

問題は風や波、現代の自動制御理論でいう外乱にどう対処するかが、最大の課題であったのであろう。制御理論が幼稚というよりもゼロに近い当時の日本にあっては、やむを得ないことであった。

しかし、このころすでに米国は、初歩的ながら自動制御理論を駆使し、レーダーアンテナと大砲をサーボメカニズムで結び、レーダー射撃を開始した。その最初が昭和十七年十月十一日のサボ島沖夜戦で、重巡「古鷹」と駆逐艦「吹雪」がレーダー射撃で撃沈されたときである。

山本五十六が航空機で戦艦を撃沈し、航空戦の端緒を開いたのが敗戦の原因だという説があるが、これは痴人のたわごとである。日清、日露の戦役以来、砲術科万能、大艦巨砲主義の妄者は米国の制御理論と制御機器の発達に無関心であった。

巨砲をふりかざし、緒戦である程度戦果をあげたとしても、東郷平八郎の名言というか迷言というか、井上成美海軍大将に酷評されている「百発百中の砲一門は百発一中の砲百門に勝る」を逆手にとり、制御理論に裏打ちされて精度をいっそう向上させたサーボメカニズムに、打ちのめされることは必定である。

砲術学校半年間にもっとも興味を覚えたのは、榎本重治書記官の戦時国際法の講義である。前もって主任指導教官から、「榎本書記官は海軍省の偉い文官である」と知らされていた。

榎本書記官の戦時国際法梗概のテキストは、第一総説、第二海戦、第三空戦、第四化学戦、第五陸戦、第六中立、第七軍艦外務令関係、から成る百二十七ページの書物である。淡々とした語り口で、具体例を引用しながらの講義に、次第に引き込まれてゆく。

海戦の章の軍事的幇助（非中立役務）の項では、昭和十五年一月、日本郵船の浅間丸が、乗客の中にドイツ人がいるという理由で、横浜入港を眼前にして英国軍艦に停船を命ぜられ、臨検を受けてドイツ人を引き渡さざるを得なかった事件に関しては、つぎの見解を榎本書記官は示している。

「十五年一月浅間丸事件ハ英国ガ引渡シヲ求メ得ベキ人員ヲ拡張シタルニ起因ス」

「昭和十七年海軍省達第七十六号ヲ以テ帝国モ英国ノ措置ニ対応スル為大東亜戦争中海戦法規ニ左ノ修正ヲ施シタリ

第八十二条　敵国軍隊ニ編入セラルル目的ヲ以テ旅行スル者若ハ兵役適齢者タル敵国人又ハ敵国ノ軍事貢献スベキ特殊技能ヲ有スル者ニシテ中立商船内ニアル者ハ該船舶ヲ拿捕スルヲ得ザル場合ト雖《いえど》モ之ヲ俘虜ト為スコトヲ得」

榎本書記官は、戦時の節では、「開戦ヨリ戦争終了迄」や「戦争開始」を講義しているが、なぜか陸戦の章の「降伏」や「休戦」の項にはまったくふれなかった。帝国陸海軍には「降伏」や「休戦」はあり得ないという思想が、前提になっていたのであろう。

総説の章の「戦時国際法ト戦争遂行ノ新態様」の〈註〉に、「ドイツ兵士ノ十誡」(昭和十四年九月二十七日、東京朝日)が記載されている。じつに立派な十誡であるが、戦後明らかになった「ナチス」ドイツの行為は、ほとんどこの十誡に反していたことになる。左に十誡を記す。

「ベルリン」「特電二十六日発」ドイツ宣伝省ハドイツガ国際条約ヲ遵奉シテ紳士的ニ戦争ヲ遂行スル決意ヲ有スルコトヲ示スタメ「ドイツ兵士十誡」ヲ発行、全兵士ニ之ヲ一部宛携帯セシメテヰルト、其ノ全文ハ左ノ如クデアル。

「ドイツ」兵士ハ

一、不必要ナ野蛮行為ヲ避ケ、騎士道ヲ守ッテ闘フコト

二、必ズ制服ヲ着用スルコト

三、降伏シタ敵兵ノ生命ハ之ヲ奪ハヌコト

四、捕虜ヲ人道的ニ待遇スルコト

五、ダムダム弾使用ヲ避クルコト
六、赤十字ヲ尊重スルコト
七、非戦闘員ニ不用ノ虐遇ヲ與ヘズ、掠奪ハ固ク戒慎スルコト
八、中立非戦闘諸国ヲ尊重スルコト
九、捕虜トナッタ場合ハ身分姓名ハ告白スル、但シ軍ノ組織ニ関シテハ絶対ニ秘密ヲ厳守スルコト
十、敵ガ右ノ諸原則ヲ犯シタル場合ハコレヲ報告スルコト

戦後、明らかになったことであるが、米軍をはじめ連合国の捕虜は「十誡」の九にある通り、身分姓名は告白するが、軍の組織は絶対に話さなかったという。だが、日本軍で捕虜になった者はまったく逆であったという。日本の軍隊では、戦時国際法に関する教育は、ないに等しかったのであろう。なお〈註〉に、

「一九三九年九月一日ノ空爆制限ニ関スル米国大統領ノ『メッセージ』ニ対シ各交戦国ハ対手国ガ右制限ヲ遵守スルコトヲ条件トシテ尊重スベキ旨回答シタリ」

とある。第二次大戦末期、米国が日本の都市を無差別爆撃し、さらに原子爆弾による空爆をしたことと、「空爆制限ニ関スル米国大統領ノ『メッセージ』」とは、どのような関係にあったのであろうか。

横須賀海軍砲術学校で記憶に残っているのは、榎本書記官の講義である。いまも手元に茶色に変色した粗末なザラ紙の「戦時国際法梗概」がある。榎本書記官は海軍省の将官待遇の

文官で、昭和海軍軍政の証人である。昭和九（一九三四）年九月七日、当時少将の山本五十六が海軍軍縮会議予備交渉の海軍側首席代表としてロンドンに赴いたとき、彼は随員として同行している。

ビハール号事件の顚末

海軍砲術学校入校時の教頭は、品格のある温容に加えハンサムで、これぞ海軍士官のモデルというような大佐であった。訓示もまた好感が持てた。大佐は二、三ヵ月後、前線に転出し、後任には前教頭とは容貌も訓示も対照的で、一言で表わせば〝勇猛〟という大佐が着任した。予備生徒に対する最初の訓示の中で、

「……予備士官と特務士官のどちらを選ぶかとすれば、断然、予備士官を選ぶ……」

とだれはばかることなく言明した。こういう誉められ方は気持のよいものではない。並みいる予備生徒担当教官は、兵学校出身の中佐の隊長一人、機関学校出身はゼロ、あとは全員特務士官である。隊長以外の教官の心中が思いやられた。また、

「……便所の窓ガラス拭きなどはやる必要はない。もっとやらなければならないことがある。……」

と、実戦的訓練の必要性を強調する。なぜか私は、この教頭とは縁があった。

このときから九ヵ月後に応召し、最初に乗艦した重巡「足柄」は、シンガポールを基地とする十六戦隊の旗艦であった。乗艦四ヵ月後の昭和十九年二月二十五日、「足柄」は十六戦

隊から二十一戦隊に編制替えになり、大湊を基地とする五艦隊に編入される。

重巡「青葉」が内地からシンガポールに入港し、「足柄」の替わりに十六戦隊の旗艦となる。「青葉」艦長山森亀之助大佐は、海軍士官のモデルのような前教頭であった。

「足柄」から「青葉」に移乗した十六戦隊司令官左近允尚正少将は、「足柄」がシンガポールから佐世保に向かって航行中の十九年二月二十七日、ペナンにあった南西方面艦隊司令部から、インド洋上の敵交通破壊作戦の命令を受けた。

左近允司令官は、七戦隊の重巡「筑摩」「利根」の臨時配属を得て、「青葉」に将旗を掲げ、「筑摩」「利根」とともに三月一日、ジャカルタを出港する。

これが日英双方にとって不幸な、英国商船ビハール号事件のスタートとなった。この事件を演じた「利根」の艦長が、〝勇猛〟教頭なのである。私は砲術学校の課程終了後、戦中、戦後を通じ、二回、この教頭と顔を合わせることになる。

一回目は昭和二十年三月初旬ころ、兵学校練習艦になっていた巡洋艦「八雲」の艦上だった。「捷」一号作戦で「利根」は、昭和十九年十月二十五日、レイテ湾に突入し、勇戦する。この戦闘で艦長は、右大腿部《おとり》の肉をえぐられる負傷をした。

私は小沢治三郎中将の囮艦隊の駆逐艦「秋月」に乗艦し、「捷」一号作戦に出撃した。同じ十月二十五日、フィリピン沖で「秋月」が轟沈した際、負傷して呉海軍病院に入院する。退院後、二十年一月から「八雲」に乗り込んでいた。

昭和二十年の三月初旬、特攻兵器に関する研究が、瀬戸内海西部で行なわれることになった。これには練習艦「出雲」「磐手」「八雲」の三艦も参加することになる。

この特攻兵器に関わる研究視察のため、高松宮海軍大佐が「八雲」に乗艦されるという指令がきた。直前になって、高松宮大佐の来艦は中止されたが、東京、横須賀など中央から、海軍首脳が呉で乗艦した。

出港後、作業中、上甲板に出たとき、背は高くないが、がっしりした一人の大佐が右脚を引きずるようにして歩く姿が目にとまる。

「おや、どこかで見た方だな」

十メートルほどの距離から目を凝らす。

「砲術学校の教頭に似ているな」

勇猛教頭に相違ない。

「『利根』で負傷されたのだな。勇敢に戦われたのだろう！」

と感じ入る。だが、中尉の私は、階級の差もあって、大佐には挨拶しなかった。大佐はすでに「利根」艦長から、横須賀鎮守府参謀副長に転勤していた。

このときに先だつこと一年、昭和十九年三月九日、「利根」艦長だった大佐は、英国商船ビハール号（総屯数七千トン）を、インド洋で撃沈し、女性二人をふくむ約百十五名を捕虜にした。

三月十七日、女性二人をふくむ三十五人をバタビアの日本陸軍俘虜収容所に送り、翌十八日の深夜、残り八十人の捕虜を、スマトラ島とバンカ島との間の海峡で、「利根」の後甲板に連れ出し、全員を処刑した。

私は「八雲」乗艦中はもちろん、戦後も昭和二十二（一九四七）年までビハール号事件をまったく知らずに過ごす。

戦後、船会社に復帰して、下船、乗船の束の間の休暇を郷里でくつろいでいた昭和二十二年九月中旬のことである。たまたま手にした新聞に、左近充司令官と勇猛教頭の名前が出ている小さな記事を見て、心を暗くした。結果はさらに二十数年を経て知ることになる。「足柄」はこの作戦に参加しなかったので無関係であり、当時、末輩の少尉であった私には、司令官と教頭が戦犯として香港法廷に向かう理由がわからなかった。新聞には理由は書いてない。

昭和二十三（一九四八）年末、私は商船会社を退社して運輸省に入り、航海訓練所の練習船に乗っていた。翌二十四年、帆船海王丸に乗船中のある日、姉妹船の日本丸を訪れた。日本丸の航海士をしている級友、東京高等商船航海科第百十九期の山本裕に会う。戦後初めてなので、戦争中のことに話がおよんだ。

「『筑摩』で終戦になってな、シンガポールで抑留されたよ。なかなか帰してくれないんだ。『利根』の写真見せて、これに乗ってた者は残れと言うんだ。『筑摩』と『利根』は同じだろう。結局、俺は『筑摩』だとわかって、帰されたわけさ」

「何があったんだ」

「『利根』がイギリス商船の乗組員を捕虜にして、夜中に後甲板で処刑したんだ。乗組の中の女二人だけは殺さなかったんだが、これが戦後、イギリス本国に帰って、バラしたらしいんだ」

私は初めてこの事件を知った。数日後、海王丸のサローンで、何気なくこの話をしたところ、北川次郎船長が意外なことを言う。

「そうなんだ。『利根』の艦長は、砲術学校の教頭の前は『秋津洲』の艦長でね。俺はそのとき『秋津洲』の運用長をしててね」

「道理で砲術学校着任訓示のとき、われわれに予備士官の優秀なのがいたと誉めていましたよ。船長のことだったんですね」

北川次郎は私が商船学校の席上課程時代、若手の航海科教官として母校で教鞭を取っていた。

「香港で裁判がはじまってから、艦長から手紙が来たよ……。あの人はね。『秋津洲』時代、捕虜にした牧師を見たいというんで、俘虜収容所にいっしょに行ったことがあるんだ。その捕虜が入っている部屋に近づくと急に、かわいそうで俺は見れん、と言って回れ右するんだ。そういうところのある人なんだよ」

おぼろげながら、事件の輪郭が浮かんできた。

昭和二十四年秋、運輸省から外局の海上保安庁に出向した私は、その後十数年、香港で行なわれた英軍事裁判の結果を知ることはなかった。職場の同僚である兵学校七十期に、あるとき、教頭のことを聞くと、さすがにプロの軍人出身らしく、ビハール号事件のことを知っていた。

「死刑だよ」

と一言が返ってきた。海軍の組織の何たるかを体得している軍人の常識として、この同僚はそう言ったのであろう。私は長らくそう思っていた。

数年がたつ。週刊紙を、なに気なくめくっていると、旧海軍に関する記事が目に入った。終わりまで読み進むと、軍事評論家らの意見が二、三載っている。意見の一つの終わりに括弧して、「利根」艦長の名前があった。私は心臓が氷るような気がした。

さらに数年が過ぎる。当時、東京、神戸両高等商船学校の同窓会である海洋会が、東京駅八重洲口から二百メートルほどのところにあるビルの中にあった。ここで同窓会の有志が、私の学位授与祝賀会を開いてくれることになる。

その日が近づいたある日、突然、三浦三崎で漁業会社を経営している水産講習所（現・東京水産大学）出身の社長から電話があった。彼は、横須賀海軍砲術学校予備生徒時代の半年間、級友であった。

「君の祝賀会に、砲術学校同期の水産関係有志も出席することになっているよ。じつはわれわれが予備生徒時代の砲術学校の教頭が、出席したいと言ってるんだがね。いいだろうか」

彼は教頭が刑期を終えて帰国後、いくらかの面倒をみているようなニュアンスであった。

「それはどうもありがとう。砲術学校の教頭も出席してくれる？　恐縮するな。いいよ」というこになってしまったが、なんとも複雑な気がした。

当日、開会まぎわに、教頭は社長とともに入場した。「八雲」以来である。ほっそりして昔日の面影はない。

「わざわざご出席くださってありがとうございます」と一言、お礼を申し上げた。海軍時代のことにふれる時間的余裕はない。

司会者の指名にしたがい、職場の上司、恩師、学会関係者、先輩、同僚、教え子らがつぎつぎに祝辞を述べる。社交辞令とはいえ、まずはお祝いの言葉を述べ、つぎにエピソードに移ってゆく。水産会社社長の要望もあってか、司会者はやがて教頭を指名した。教頭はやおら壇上に立つ。

「私は海軍にいましたが、いまは水産会社で、船の計器の研究をしています。私が考案した計器は……」

みずから考案し、特許でも取ったのか、その計器の説明、宣伝に終始して壇上を降りた。その間、五分余である。私は、あっけにとられてしまった。この場の主役である私をまったく無視して、ただ計器の性能や特長を解説し、初めから終わりまで全員が船乗りである参会者に、セールス活動をやってのけたからである。

この教頭を取り上げた作家の著作がある。それには、「利根」が英商船ビハール号を撃沈したときのようすが、つぎのように記されている。

「——(艦長は)敵を騙し……奇襲的に砲火を浴びせ、四十発で撃沈し……」ということで……この砲戦計画をよく説明した。……ところが、米巡洋艦に変装するために、グレイのケンバスで艦首の菊の紋章をおおいかくし、マストに大きな星条旗を掲げるという話になると、航海長の阿部浩一少佐が、

「御紋章を隠したり、米国の国旗を掲げるなどは卑怯です」

と波瀾をよび起こした。艦長は、海軍大学校の榎本重治教授の国際法の著書を阿部に見せて、合法的であることを納得させ……「利根」は、急ごしらえの怪しげな米国旗をマストに

掲げ、故意に切れ目の不明なモールス信号を探照灯で送り、敵船を騙しにかかった。

三十ノットで急速接近した偽の米重巡洋艦は、大変針して、敵船を左舷正横九千メートルに見るようになったとき、マストに大軍艦旗をひるがえして正体を現わし、二十センチ主砲四門で、九一式徹甲弾でたてつづけに十斉射した。予想どおり、水線下に命中弾があったらしく、敵船は傾きはじめた。

フネから退却した者は、中年の女性二人をふくむ白人約三十人、インド人約八十人、中国人三人で、それらは全員、「利根」の後甲板に収容した。——

右の「利根」戦闘行動中に、米国旗を掲げることは合法的であると、艦長は航海長を納得させたとあるが、戦時国際法に照らして、果たして合法であったか、疑問である。正しいのは航海長ではなかろうか。

この艦長が横須賀海軍砲術学校教頭であった昭和十八年三月、私は予備生徒として、同校で榎本重治書記官から戦時国際法の講義を受けた。そのテキストがいまも手元にある。その中から関連個所を左に抜粋する。

第一総説

（中略）

（四）敵対行為

（中略）

(ロ) 害敵手段ノ制限
(a) 敵ノ交戦者ニ対シ行ハルベク、非交戦者ニ対シテハ原則トシテ行フコトヲ得ズ
(b) 敵ノ交戦者ニ対シテモ、必要以上ノ苦痛ヲ与ヘザルコト
(c) 私人、私有財産ハ原則トシテ尊重ス
(d) 海戦ニ於テハ私有財産（中立人ノモノヲ含ム）ヲ臨機処置スル場合多シ
(ハ) 適法ナル害敵手段（陸、二四）
(a) 奇計
(b) 敵情及地形ノ探知
(c) 間諜等
(ニ) 不適法ナル害敵手段（陸、二四）
(a) 背信行為
(c) 赤十字徽章、軍使旗、国旗其ノ他ノ軍用標章、敵ノ制服擅用
(c) 禁止武器使用
(d) 助命セザルコトノ宣言等

（中略）

第二海戦

（中略）

（十五） 臨検、捜索、拿捕

（中略）

(ロ)　嫌疑船ニ遭遇シタル場合ノ処置

(a)　発見当時ノ状況記録（海、一三七）

(b)　停船命令

○軍艦旗掲揚（海、一三九）

追躡中ハ必ズシモ掲揚ノ要ナシ

○臨検ノ意思通告（海、一四一）

○信号旗、汽船（夜間ハ軍艦旗上ニ白燈）

○右ガ不十分又ハ信号不応ノトキハ空砲二発（更ニ必要ノトキハ船首前方ニ実弾）

（外国ニハ信号ト同時ニ空砲一発ヲ発スル例モアリ）

○右奏効セザルトキハ檣桁ヲ砲撃シ次ニ船体ニ及ボス。此ノ場合ニ於テモ成ルベク沈没セシメザル様留意スルヲ可トス

〈参考〉

国旗ノ詐用

(1)　従来ノ慣例ハ商船ガ捕獲ヲ免レル目的ヲ以テ、外国国旗ヲ詐用スルコトハ、一種ノ奇計ニシテ国際法違反ニ非ズトセラル、各国国内法モ右趣旨ヲ認ムルモノ多シ

〈註〉我船舶法第二十二条

日本船舶ニ非ズシテ国籍ヲ詐ル目的ヲ以テ日本ノ国旗ヲ掲ゲタルトキハ船長ヲ百円以上千円以下ノ罰金ニ処シ情況重キハ其ノ船舶ヲ没収ス但シ捕獲ヲ避ケントスル目的ヲ

以テ日本ノ国旗ヲ掲ゲタルトキハ此ノ限ニ在ラズ日本船舶ガ国籍ヲ詐ル目的ヲ以テ日本ノ国旗ニ非ザル旗章ヲ掲ゲタルトキ亦前項ニ同ジ

（中略）

(3) 陸戦ノ場合ニ於テハ、第三国旗章ヲ詐用スルコトハ禁止セラルルモノト見ルヲ至当トスベシ

〈註〉陸戦条規第二十三条（ヘ）軍使旗、国旗其ノ他ノ軍用ノ標章、敵ノ制限又ハ「ジエネヴァ」条約ノ特殊徽章ヲ擅ニ使用スルコトヲ禁止ス

（中略）

第五陸戦

（中略）

（二十五）俘虜

（中略）

(二) 俘虜ノ取扱

(a) 政府ノ権内（部隊ニ非ズ）ニ属スルモノトシ、人道ヲ以テ取扱フベキモノトス（陸、四）

（後略）

榎本書記官は、右の記述の第二海戦（十五）(ロ)(b)の〈参考〉国旗ノ詐用(1)において、商船

が捕獲をまぬがれる目的で外国国旗を詐用することは、一種の奇計で国際法違反にならない、と教えている。

また、同じ(ロ)(b)で、軍艦が商船を捕獲する目的で追跡中は、かならずしも軍艦旗掲揚の要はないと述べている。

だが、しかし外国国旗を詐用することも国際法違反にならないとは述べていない。違反と言わざるを得まい。

榎本書記官が、本来、商船士官になる予備生徒のための戦時国際法テキストとは別に、海軍大学校の戦時国際法テキストに、この件に関して、軍艦の国旗詐用は合法であると述べているならば、話は別である。だが、その可能性は少ないのではなかろうか。

戦時国際法違反の「作戦中の俘虜は処分すべし」なる海軍軍令部方針を下令したのは、南西方面艦隊であり、さらに十六戦隊である。「利根」艦長は、その指揮下にあった間は、この命令にしたがわず、指揮下を離れるや三日目に、八十人もの英商船乗組員を処刑した。

一般のサラリーマンよりも、公務員よりも、組織を重んずる軍人が、十六戦隊の組織を離れた後のみずからの行為を、十六戦隊司令官の責任に帰させることは、はたして軍人としてとりうる妥当な姿であろうか。

教頭は重労働七年の刑であった。

のちに中将に進級していたかつての私の上官、左近充尚正十六戦隊司令官は、香港法廷から永遠に帰らない。

司令官の戦後を変えた不幸な出来事を想うと、胸が痛むのである。

下士官兵ハ分隊長ニ属シ

南東方面戦線にくらべ比較的静穏な南西方面では、艦隊はリンガ泊地に集結し、訓練に明け暮れる日々であった。午後は体育日課の日が多い。前甲板と後甲板に分かれて柔剣道や相撲などが行なわれる。

リノリュームが張ってある程度の鉄板の上で、剣道はともかくとして柔道や相撲ができるのだろうかと思っていると、それほど厚くはないが、マットレスのような敷物が、柔道や相撲の稽古に適したように造ってあった。投げ飛ばされても、重ね餅になっても怪我はしない。「足柄」の体育部には、日本海軍の他の艦にはない特異点が一つあった。各部には、ずば抜けた強さや技量を誇る下士官が、少数ながらいるのは不思議である。

ガンルーム士官は、それぞれ心得のある運動の部で、下士官兵と汗を流す。私は三船久蔵師範から、直接初段格に任ぜられたのをいいことに、主として柔道の稽古場に出かけた。赤道直下というか直上というか、リンガ泊地では、柔道より裸の相撲がよい。柔道着は五分もしないうちに汗で洗濯盥《だらい》から引き上げたようになる。

ある日の午後、相撲部に出かけた。縦横十五メートルほどのマットレスのような敷物のなかには、砂なし土俵が二つくらいある。百六十センチ、六十二キロの小さな体に褌をつけ、腕組みをして土俵ぎわで、兵隊たちの稽古を見まもっていた。

稽古をはじめて十五分ぐらいすると、見るからに強そうな相撲部の幹部が五、六人現われる。東京の大相撲十両級の実力者もいると聞いていたが、中の一人は、体重百三十キロはあろうかと思われる巨漢である。

猛者連中が各土俵に分かれて、稽古をつけ出した。わが土俵には比較的小柄だが、筋肉質で引き締まった体の兵科の下士官が来た。そのとき私は、あまり強そうでない兵を相手に二、三番稽古していた。相撲の手は知らないから、柔道の手で投げ飛ばし勝ちつづけた。

一息入れていると、筋肉質の下士官がやおら近寄って来て、「一丁」と言って引っぱり出す。四つに組んで一呼吸し、投げを打ったら、相手は倒れてしまった。兵科の下士官だが、こちらが機関科の新任少尉と知ってか知らずか、手心を加えたのではなさそうである。油断していたか、なめていたのである。

気色立って「もう一番」という。今度は本気である。その強いこと強いこと、まるで「足柄」の鉄板に溶接した鉄製の人形のような感じで、押せども引けども微動だにしない。歯が立たないとはこのことである。

この下士官は、相撲部では中位の幹部らしいが、それでもこれほど強いのだから、百三十キロ級大幹部は多分、十両級なのであろう。以後、相撲部には出かけないことにした。

「足柄」運動部に、ずば抜けた強さや技量の持ち主がいる特異現象は、昭和十二年にイギリス国王ジョージ六世戴冠式の観艦式に、この艦が参列したことに起因する。このことは、リンガ泊地かスマトラ一周航海中、分隊のある下士官が身上相談に来たときに知ったのである。乗艦して一ヵ月ほど過ぎたころのことであった。

巡検後も遅く、一人で機関科事務室で人事書類などを整理していたある夜、ノックの音がする。見ると、一人の下士官が入口に立っている。「入れ」の声で静かに入室する。

彼は分隊では五指に入る幹部下士官で、知識、技能は抜群、将来特務士官に栄進することは間違いない人物であり、私のもっとも信頼していた下士官であった。身長も高く体格は衆に秀で、礼儀正しく、人柄はまことによい。そのうえ眉目秀麗で、帝国海軍下士官の模範像のような人物であった。年齢は二十八か二十九であろうか。彼の話の前半は、つぎのようであった。

「足柄」は、イギリス国王ジョージ六世戴冠式の観艦式に母国をあとにする際、カッター部をはじめ柔剣道部、相撲部などに、当時の日本海軍で最強の下士官兵を集め、ハードなトレーニングをした。それはイギリスに集まる各国海軍の間で、たとえばカッターレースを行なうことになった場合、帝国海軍の威信をかけて戦わなければならないからである。最強のカッタークルーを乗せて行く理由はここにある。

柔剣道は模範仕合がある。戴冠式が終わり、日本に帰って年を負うごとに最強メンバーは減少して行ったが、いまなお各部に少数ではあるが、その人たちが残っている。各部にはハードトレーニングの伝統が残り、カッター部はとくにハードであった。彼は体格がよかったので、カッター部に入れられたのである。

ここから話は後半に入る。「下士官兵心得」の第一節の要旨は、つぎのようになっている。

下士官兵ハ分隊長ニ属シ身上ニ係ル大小ノ事項、公私ノ請願其ノ他特ニ規定アルモノノ外百般ノコト皆悉《ことごと》ク其ノ指揮監督ヲ承ケ諸般ノ部署ニ依ル業務ニ関シテハ其ノ部署ニ於ケル上官ノ指揮ニ従ヒ衛兵其ノ他諸役員トシテハ衛兵司令、甲板士官其ノ他当該上官ノ命ヲ承ケ艦ノ内外ニ於ケル諸作業及当直勤務ニ関シテハ当直将校、機関科当直将校其ノ他指導監督者ノ命ヲ承ケ教育訓練ノコトニ関シテハ教官教員ノ指示ニ従ヒ服務シ担当ノ船体、兵器、機関其ノ他諸物件ヲ愛護シテ之ガ保存整頓取扱ニ注意シ定則ヲ遵守シ命令ヲ尊重シ任務ヲ知悉シ以テ誠意忠実各々其ノ職務ニ勉励スヘシ

「足柄」は昭和十八（一九四三）年三月三十一日、スラバヤから内地に向かって帰還している。この間、将旗は「足柄」から「大井」に移った。この内地帰還中、彼は結婚したのであろう。彼は急に恥ずかしそうな顔をして、一枚の写真を、ポケットから取り出し、机の上に置いた。

見れば、二十歳前後の健康美にあふれた初々しい和服姿の女性である。じつにみずみずしく愛らしい娘である。彼はおずおずと話し出した。

「女房です。結婚してまだ一年くらいしかたちません」

「ほう！　いい娘さんもらったな」

「はい、しかし、できないのであります」

「できないの？　子供がか」

「いいえ、子供ではないんです。あれができないのです」

「あれがか？」

「そうです」

「こんないい娘さんもらってもだめなのか」

「そうです」

「へえ！　どうしてできんのだ」

「それが分からないのです」

「不思議だな、何か原因があるのか、嫁さん好きなんだろう」

「好きであります」

「それじゃ、できんことはないと思うがな」

「それが駄目なのであります」

「どうしてできんのか、俺には分からんが、何か思い当たるふしはないのか」

「はい、原因と言いますと、自分ではカッターの訓練が厳しくて、体力を消耗してしまったように思います」

「そんなに厳しいのか」

「尻の皮がむけますし、カッター訓練が終わると、足腰が痛くて立ち上がれないくらいです」

「ほかに何かないのか」

「それに、私はキリスト教の教会に行っていたことがありますので、精神的なものがあるのかも知れません」

「ほう、教会か、珍しいね。それじゃ精神的な束縛が、強く影響しているのかも知れんな」

「はい」

「ほかの女でも駄目なのか」

「駄目です」

「慰安所に行ってみたか」

「行ってみましたが、だめでした」

「俺は経験がないんでね。弱ったな。そんなとき、キリストの顔なんか浮かんだら、できなくなるだろうな。教会はやめといたほうがいいよ」

「はい」


「下士官兵ハ分隊長ニ属」すのだから、分隊長の仕事百般を実際に行なう分隊士にも属することになる。「身上ニ係ル大小ノ事項、公私ノ請願其ノ他特ニ規定アルモノノ外百般ノコト」の中には、セックスもふくまれるのは当然と解釈される。

戦後のことである。昭和三十一（一九五六）年五月、売春防止法が制定された。新しい法律や政令、省令を制定するとき、政府はかならず学識経験者から成る諮問機関を設置する。他の法律ならよいが、売春防止法の学識経験者となると、いささか微妙な問題をかもし出す。女房の手前、みんな「私は経験者ではない、学識者としてメンバーになっている」とおっしゃったとか。真偽のほどはわからない。

しかし、この二十二歳の新任少尉は正真正銘、この方面の学識もなければ、経験もなかったのである。赤道直下のリンガ泊地や未開の島スマトラでは、この方面の学識を高めようにも書物はない。

当時、国家公務員法はまだなかったけれども、その「第百条、職員は、職務上知ることのできた秘密を漏らしてはならない……」との主旨から、口の軽い軍医中尉にも相談に行けない。横須賀での初任士官教育一ヵ月の間に、セックスカウンセラーのような講義はなかったし、実習もなかった。

この南の果てで可能な唯一の道は、みずから経験する以外にはない。これは、帝国海軍士官としての職務の一部と割り切るのである。部下指導上、やむをえないという結論に傾きかけたのであった。

それにしても、私が「足柄」に乗るまえから、一期先輩の佐藤少尉が分隊士として、またそれ以前には海軍機関学校出の分隊士がいたのであるから、彼らにどうして相談に行かなかったのであろうか。彼らに比べて、私が「経験者」らしく見えたのか、あるいは「学識者」らしく見えたのか。そうではなく、多分、この下士官が私をもっとも信頼していたので、打ち明けたのであろうと思われる。彼の期待に応えることができず、責任をキリストに押しつけて、申しわけない次第であった。

海の関所

南東方面の緊迫した戦況にくらべ、静穏な南西方面を長いあいだ担当していた「足柄」の艦内で、第十六戦隊を留守部隊と呼ぶ、自嘲気味な声を耳にしたことがある。

守備範囲のスマトラ警備に、昭和十八年十二月一日、「足柄」に将旗を掲げた左近允尚正少将は、軽巡「大井」「鬼怒」および第十九駆逐隊の「浦波」「敷波」などを率いて、セレター軍港を後にし、マラッカ海峡を北上した。

この海峡は水深が浅く、敵潜水艦出没の恐れはない。海峡のインド洋側出口に位置し、マレー半島に隣接するペナン島の港に入ったのは、十二月七日であった。

シンガポールからペナンまでは巡航速力で、一昼夜もあれば十分であるのに、一週間もかかっているのは、途中どこかに寄港していることになる。寄港地はスマトラ島のメダン以外にない。メダンの外港ベラワン港に入泊し、数日を過ごしたのであろう。

少壮士官に限らないのかも知れないが、勤務録というなかなかりっぱな表紙のノートを、乗艦後、一冊渡された。この勤務録を、直属の分隊長がときどき検閲する制度が海軍にあった。はじめて入る港では各種の施設を調査し、勤務録に記載するのが若い中、少尉の勉強でもあり、上陸中の仕事でもあった。

兵科の中、少尉は港湾施設や岸壁の模様、砲台など、機関科の中、少尉は燃料貯蔵施設、艦艇に対する一時間当たりの燃料搭載能力、あるいは艦艇の修理能力などが調査対象であった。メダンの町の記憶はないが、その外港ベラワン港の調査結果は、勤務録に記載したのであろう。

マラッカ海峡をはさんでベラワン港の対岸を北上すると、ペナン島が見えて来る。ペナンはインド洋を睨み、ジャワ、スマトラ、マレー半島を傘下におさめ、攻勢よりもむしろ守備に重点を置く南西方面艦隊の要として、重要な拠点であった。

南西方面艦隊司令部は、ジャワ島のスラバヤに置かれていた期間が長いが、一時期ペナンに置かれていた。陸軍のビルマ方面作戦の支援やインド洋の通商破壊作戦などには格好の基地として定められたのであろう。

昭和十八年十二月七日、第十六戦隊が入港したときには、南西方面艦隊司令部はペナンにあったのであるが、少尉クラスにとって司令部は無縁の存在であった。十二月十一日にペナンを出港するまで四日間の在泊中、ペナンヒルに登ったことと、入港していたドイツの潜水艦を訪れたことの二つが印象に残っている。

八百三十メートルのペナンヒルに徒歩で登った元気者もいたが、まずは英国が架設したケーブルカーを利用する。八百メートルの長丁場をケーブルカーは、ゆっくりと登る。ロープウェーのスマートさはないが、ゴンドラの直下には、目の覚めるような熱帯の草木が、緑や赤や黄の原色を競っているので、興趣をそそられる。

遠く眼を左右にめぐらせば、マラッカ海峡と薄靄《もや》のかかる茫漠としたインド洋が望見され、その接点が海の関所のように眼下に見える。

潜水艦の侵入を拒む海峡西口のペナン港外には、獲物を狙う敵潜が張りついていると言われていた。ペナンヒルからの眺望は、そのことを忘れさせ、第十六戦隊乗員の張りつめた心を和ませてくれるひと時であった。

＊

他の一日、ドイツ潜水艦を訪れる日程が組まれた。第一次世界大戦、第二次世界大戦を通じ、世界にその名声を博していたドイツのUボートは、一見に値いすると思って参加する。

欧州からアフリカ南端を回ってはるばる東洋にやって来たのであるから、さぞ大きな艦であると想像していたら、意外に小さい。

Uボートは、往航の通商破壊作戦で魚雷の多くを使用し、復航では使用した魚雷の積載空所にマレー半島産の生ゴムや錫などの戦略物資を積んで、ドイツに帰るのが任務であるという。

われわれが訪れたときは、日本海軍でいう整備作業の時間帯であったらしい。艦内に音楽を流しながら、乗員は作業を楽しんでいるかのように見える。

エンジニアのセンスで艦内を見ると、ドイツ人らしく整備作業はじつに合理的である。可動部分にはグリースや潤滑油が充分に行き渡り、機能の万全を期している反面、その他の部分は、やりっぱなしという感じである。

日本海軍は総員起床のあと体操、そして船体、機関、兵器の手入れ等を毎朝行なうが、ほとんどはブラスワークと称して階段の真鍮手摺《てすり》や舷窓の真鍮製窓枠を、みがき粉などをつけて磨き、艶を出す程度の作業を行なうのが慣わしであった。

真鍮棒や窓枠はピカピカに光っているに越したことはないが、真鍮の光沢は軍人精神の昂揚に役立ち、間接的に戦力増強に役立つというのが、日本海軍の伝統的思考であったのだろう。

近代機械文明の師祖西欧人は、そんな回りくどい思考はせず直截である。ドイツ潜水艦内に散見する真鍮の鈍い光沢など、彼らは意に介さず、ひたすら艦内のメカニズムの機能性、合理性を重んずる風潮が肌で伝わってくる。無駄に近い作業は省き、体力の充実や精神のりラックスに向けているようでもあった。

見学のあと、ビールを御馳走になる。ドイツのビールは本家本元の味と、大いに期待していたが、飲み慣れたせいか日本のビールのほうが、よほどよい。ビールといえばガラス瓶と決まっていた当時、ドイツ潜水艦で出されたのは、罐入りビールであった。ガラスは腐食しないが、金属は腐食するものという概念が定着していたので、「よくもまあ、こんなブリキ板より薄い罐が腐らないものだ」と感心したり、「罐の成分が溶けて出るだろうし、喜望峰を回り、熱いインド洋を通っている間に、味が落ちるのだろうか」などと想像する。

水兵らしいドイツ乗員が話しかけて来たので、これは困ったと、Ich kann nicht sprechen Deutchen. と口から出まかせのドイツ語で、「私はドイツ語を話せません」と体をかわして、早早にUボートから退散した。

安らぎの島で

スマトラ島がその最北西端でインド洋に面しているところに隣接し、サバン島がある。戦隊は十二月十一日、ペナンを出港し、サバンを経て十四日にスマトラ西岸のシボルガに入っているから、サバンに入港したのは十一日夜遅くか、あるいは十二日の朝であろう。

そして十三日、サバンを出港し、十四日、シボルガに入泊しているが、シボルガに入泊したのは同日午前中であろう。

シボルガを十五日正午ごろ出港し、タナバラ海峡北口に十五日の午後五時四十分に入泊する。ここで翌十六日に行なわれる第十六戦隊の雷撃訓練に関し、敷設艦「初鷹」艦長土井中二大佐が「足柄」を訪問し、打ち合わせを行なう。

戦闘と訓練に明け暮れた二年間の海軍生活で、心の底から安らぎを覚えたのは、この遠隔の地サバン島であった。

地図で見るサバン島は、湾口をインド洋に向けたコの字型の島である。コの字の中はサバン湾で、インド洋に向かって湾内の右側には、かなり整備された桟橋があり、工作部、水警隊、石油タンクが岩壁に沿って並ぶ。

サバンの市街地は、岸壁に平行して一直線に開け、市街地の両端にほど近く、第九特別根拠地隊司令部（九根という）や通信隊、施設部などがある。湾口の幅は約一万メートル、湾の奥行きも同程度である。九根の司令官は、日露戦争の旅順口閉塞隊指揮官広瀬武夫中佐の甥、広瀬末夫少将（のちに中将）であった。

このとき「足柄」は桟橋に着いていたのか、沖がかりであったのか、はっきりしないが、桟橋に横着けしていた可能性が大きい。例によって勤務録記載の資料集めに上陸した。

まず、燃料油貯蔵タンクの容量を調べ、市街地を通りぬけ、工作部の能力などを調査し終わると、まだ帰艦時刻までかなりの時間があったので、一人で九根司令部を訪れた。司令部では水交社か、あるいはそれに代わる施設として、九根の使用している建物を紹介された。

それは徒歩で三十分余の海岸にあった。かつてオランダ人が住んでいたと思われる広壮な建物である。西は渺々としたインド洋の波が、のたりのたりと砂浜を洗い、三方は葉ずれの音が室内に入るほど群生した椰子の樹林に囲まれ、人為的な物音一つしない閑静な浜辺にあった。

玄関に立って来意を告げるが、中には人の気配はない。こちらは真っ白い半袖上衣の軍装をした少尉である。あとで怪しまれる恐れはないと、無断で中に入った。

階下の奥まった大きな部屋へと廊下はつづく。ピアノが一台、テーブル、ソファーなどが、しつらえてあり、天井も側壁も白一色で、大きな扇風機が天井から下がっている明るい部屋であった。澄み切った空の下に、インド洋のブルーが、窓外に果てしなくひろがっている。

ソファーに腰を沈め、椰子に囲まれた館の外にひろがる海を眺めながら、「あ！　これがインド洋だ」と心の底から思った。

「戦争がなければ、商船学校の実習生として、いまごろ欧州航路の客船で、インド洋を航行していたかも知れないのに……」という想念が脳裏をよぎる。

この日から五ヵ月後の昭和十九（一九四四）年四月十九日、英米海軍の戦艦三、巡洋艦七、駆逐艦十五、空母二によってサバンは襲われ、伽の国、南の楽園は砲撃、爆撃、雷撃の修羅場と化すのだが、この時点のサバンは平穏な夢の島であった。

前にも記したように、戦隊は十三日にサバンを出港し、翌十四日にはスマトラ西岸のシボルガに入泊する。碇泊当直の関係で、シボルガには上陸しなかったのか、港も町もまったく記憶にない。ペナンやサバンよりさらに平穏な港であったという。

十五日正午ごろ、戦隊はシボルガを出港した。スマトラ本島西岸に沿うように、一列に並ぶ多数の島々の中で、最大のニアス島とつぎに大きなシベルト島との間に、ベツ諸島が点在する。

このベツ諸島の中ほどにあるタナバラ海峡北口に、戦隊は十五日午後五時四十分に入泊した。「初鷹」艦長が「足柄」に来艦し、翌日の連合訓練の打ち合わせを行なったのは、第十六戦隊が雷撃訓練で使用する魚雷の収容作業のことである。

打ち合わせを終わると、一時間足らずの午後六時三十分、「足柄」は海峡北口を抜錨した。その一時間後の午後七時半に「初鷹」は抜錨し、翌十六日午前八時半に訓練地点に到達していることから推測するに、訓練地点はスマトラ本島とシベルト島との間の海面である。

「初鷹」の航海日誌には、「第一次雷撃訓練では七本、第二次は六本の魚雷が発射され、『初鷹』は一次のもの全部を収容して、午後三時パダン着……」とある。この日の訓練は「敷波」や軽巡「大井」「鬼怒」が「足柄」を標的にして訓練したのかも知れない。

さらに「初鷹」の日誌には、「この日、第十六戦隊はパダンに入港、上陸を許されたので、近来にないにぎわいを呈した……」とある。

パダンは、全スマトラ守備の任務を持つ陸軍第二十五軍司令部の置かれているブキチンギの外港として、スマトラ西岸ではもっとも重要な港である。十六日から十八日まで戦隊は、パダンに入泊していたのであるから、上陸したに違いないが、残念ながら「初鷹」の日誌にあるような「近来にないにぎわいを呈した」町のようすは記憶にない。

メダン、シボルガ、パダンの記憶は交錯し、個々には判然としないが、これらの海浜から見えるスマトラ島の内陸部は、日本の本州に似ている。スマトラ島の背筋にあたる山脈は、中央部よりかなり西海岸に寄っている。高度も日本の山脈と同程度であろう。

山々から流れ出る川も、また日本の河川に似て、水は清く澄んでいた。泥土を溶かし、混濁したジャワ島の河川とはまったく異なっている。聞くところによれば、柿もとれるという。連山の中腹には、日本の秋に近い気候の地があるのであろう。マンゴスチンやパパイアなどから柿にいたるまでの多品種の果実、熱帯樹林の中を走る清冽な流れ、人口密度が低く、人々が自然の中に溶け込んで生活しているスマトラは、心に残る島であった。

うっそうとした熱帯樹が水際に迫り、凪ぎ渡った水面に影を落としている辺りから、南国の果実を積んだ丸木舟が音もなく本艦に近よって来る。こんな情景は、スマトラやジャワの港に共通した風物詩であるが、パダンの港も、その例外ではなかったのであろう。

また「初鷹」の日誌には、「十二月十九日午後一時、ブリンビング着。第十六戦隊（「足柄」「敷波」「大井」「鬼怒」）の姿が見えず、ようやく十一時に会合する。午後一時十五分、機影を認め、予定時刻より雷撃訓練開始される。海上は波浪高く、発見魚雷わずかに四本にすぎない。なお、捜索をつづけたが見当たらず、四時にこれを断念し、足柄の錨地近くに投錨して、魚雷を渡す。六時三十分、パダンに向かう……」とある。

第十六戦隊は、十九日夜遅く、パダンを出港した。スマトラ島のベンクレーン港の沖合で、エンガノ島と南パガイ島の中間にあたる地点を、訓練予定地と定めていたのであろう。この日、「足柄」等が標的となり、航空機からの雷撃訓練が行なわれたことを、日誌はもの語っている。

「足柄」乗艦以来一ヵ月半にして、初めて体験した実戦的訓練から、強い印象を受けた。

「初鷹」から魚雷を受け取った「足柄」は、二十日の夕刻、訓練地点を抜錨し、戦隊を率いてジャワ島のジャカルタに向かう。スマトラ西岸を南下し、島の西南端のブリンビング灯台を左に見て、夜のうちにスンダ海峡を通過し、翌二十一日、ジャカルタに入港した。

ジャカルタ港といっても、市街地から少し離れていたように思われる。タンジョンプリオクと呼ばれている地名のようであった。ジャカルタは、オランダ植民地時代にはバタビアと呼ばれていて、インドネシア最大の都市である。オランダ人のレイアウトした町で、シンガポールともサイゴンとも違った味がある。

サイゴンの滴《したた》るような緑はないし、シンガポールのように乾いてもいない。気温は高いが、日本の夏ほど湿気は多くなく、木陰に入るとそよ風があって、まことに心地よい。

日本本州の面積の半分ほどのジャワ島に、インドネシア人七千万人のうち五千万人が住んでいるというから、茶褐色に変色した川の水は、自然現象ばかりではあるまい。炊事、洗濯、水浴等等、日常生活に川は欠かせない。

片言の日本語を話す少年が、自転車と人力車を連結したような乗り物で寄って来る。ぜひとせがむので乗ってみる。運転する少年に、メーンストリートはおおよそ案内してもらい、快適な時間を過ごす。ジャカルタは陽気で明るい町であった。

三百四十年間のオランダ植民地からの解放と独立を、日本に期待するインドネシア民族の民心を、軍政部は、比較的よく把握していたのであろうか。対日感情はよく、サイゴンやシンガポールよりも平和な町であった。南方の大都市では、ジャカルタがもっともよい印象をあたえてくれた。

ジャカルタ港には、戦後も昭和二十二（一九四七）年の春、復員輸送で再度入港したが、日本人は上陸禁止であった。かつての友軍、陸海軍軍人たちを内地に送還するための復員船乗組員として訪れたのである。一度だけ懐かしい岸壁に降り立ったが、数十秒で警備の兵に、船内へ追い返されてしまった。

「足柄」は、ジャカルタ港を十二月二十三日に出港し、二十五日、シンガポールのセレター軍港に帰投して、二十五日間のスマトラ警備航海を終わった。

郷里の陸軍兵士

　スマトラ警備航海の休養と船体機関兵器の整備を、セレター軍港で進めているうちに、昭和十八年の大晦日が迫って来た。十八年十二月三十日であったか、三十一日であったか、「足柄」の上甲板は艏から艉まで、餅搗《つ》きの音と掛け声が威勢よく響いている。

　その真っ最中に突然、第十六戦隊に出動命令が来た。陸軍をマレー半島の中ほどにあるブライ港から、半島の付け根に近いビルマの国のメルギー港まで輸送せよ、との命令である。艦内は搗きたての餅、半搗きの餅、半蒸しの餅米などの始末に追われる者、出港準備に追われる者で、一瞬のうちに師走から兵走る場面に急転する。

　シンガポールに総司令部を置く陸軍の南方軍は、十二月二十二日、ビルマのメイミョウの第十五軍司令部で、インパール作戦の兵棋演習を行なった。

　兵棋演習は、コヒマ・インパール作戦の実施部隊となる南方軍第十五軍司令官牟田口廉也中将の牟田口案によって行なわれた。この作戦は戦後、痛烈な批判を浴びることになる。

演習に出席した綾部橘樹南方軍総参謀副長は、前任者でインパール作戦に反対していた稲田正純中将とは違って、賛成派であった。綾部副長は寺内寿一南方軍総司令官に、「インパール作戦は認可を可とす」と報告し、南方軍は年末ぎりぎりに「インパール作戦決行」を決裁した。この作戦の一環として、インパール戦線に送られる陸軍を輸送する任務が、第十六戦隊に来たのである。

このころ東京では杉山元参謀総長が、寺内南方軍総司令官の要請を受け入れ、インパール作戦を認可した。インパール作戦の悲劇の幕開けとなったその日は、昭和十九年一月九日である。

昭和十八年十二月二十五日付で、第一南遣艦隊第十六戦隊に編入された重巡「青葉」が、呉を出港しシンガポールに向かったのは十五日であった。時間的には第十六戦隊の陸軍輸送作戦に、充分間にあっているはずであるが、「青葉」がこの作戦に参加していたかどうかは、はっきりした記憶がない。

ブライ港には、数千人の重装備の陸軍部隊が集結し、第十六戦隊の到着を待ちかねていた。集結した陸軍は、陸路ビルマに向かう部隊と、海路ビルマに向かう部隊とに二分され、海路部隊は「足柄」をはじめ、軽巡や第十九駆逐隊の駆逐艦に分乗することになっていた。

第十六戦隊がセレターを出港したのは、十九年一月三日か四日であろう。マレー半島のマラッカ海峡側のブライ港で、陸軍を乗せたのは一月五日である。戦隊は海峡を北上し、ビルマのメルギーに入港し、陸軍を上陸させたのは翌一月六日であった。

ブライでの陸軍部隊の収容は順調に進み、収容し終わると、戦隊はただちにビルマに向かって北上を開始した。陸軍が乗艦し、艦が北上しはじめて間もなく、ガンルーム士官の一人が、「陸兵の話す言葉の訛《なまり》が山本少尉の訛に似ている」と言ってきた。

それでは、ことによったら同県人がいるかも知れないと思って、陸兵に、「どこの県の兵隊ですか」と聞くと、「新潟県です」という。「私も新潟県です。村の者がいるか、捜してみてくれませんか」と頼むと、「捜しましょう」というので、新潟県三島郡片貝村大字高梨字五辺と書いた紙片を渡した。

期待もしていなかったが、三十分ぐらいして一人の陸兵が機関科事務室に現われた。驚いたことに、わが家から二百メートルくらいしか離れていない家の子で、小学校は一級下の岡村であった。陸軍の階級は忘れたが、下士官ではなく兵であった。

「ほう……君か、よくまあ元気で！」と、あとは声にならない。彼はこんな南の果ての軍艦の中で、小学校の上級生に会えるとは夢にも思っていなかったのであろう、大変な喜びようで、懐かしがって、堰を切ったように話しつづける。

「足柄」に乗った部隊の中には、村の者はほかにいないこと、これからビルマに向かうこと、村を出てからマレー半島に来るまでのことなどを語ってくれた。

艦内を案内すると、彼がもっとも感嘆したのは主砲である。戦艦の主砲にくらべれば大きくもない二十センチの主砲を見上げて、しばらくは動こうともしない。陸軍の大砲に比べれば、桁違いに大きい砲に驚いているふうであった。一昼夜足らずの航海の間に、三、四回会っては郷里のこと、陸軍のことなどを話したが、ビルマの行く先のことは、一兵卒の彼の知るところではなかった。

いよいよ離別のときが来る。戦隊がビルマのメルギー港に入港したのは、午後四時ごろであった。束の間の奇遇も終わりを告げ、「ふたたび生きて会うことはあるまい」と思う心は、彼も同じであろう。

陸軍の上陸が開始されたのは、夕暮れの気配がほのかに感じられるころである。最後の陸兵が上陸するころには夕闇が迫り、辺りは薄暗くなっていた。

陸軍と海軍の違いはあっても、ビルマやマレーを守るこの部隊と、南西方面全般の海上を守る第十六戦隊とは、強い絆で結ばれた戦友である。永久の別れとなるであろう陸海軍の兵士たちは互いに手を振り、声をかけ合って離別のひとときを惜しんだ。陸兵たちは、後を振り返り、振り返りしながら、ビルマの闇の中に吸い込まれて行ったのである。

この陸軍部隊には、新潟県高田の歩兵第五十八連隊と、同県新発田の歩兵第十六連隊の兵士がふくまれていた。わが家のある村は、高田第五十八連隊の管区である。信濃川の対岸にある母の里は、いまは長岡市になっているが、明治時代から新発田第十六連隊の管区である。私は六人兄弟姉妹の長子なので、この地方の風習に従って母の里で生まれたから、生まれは第十六連隊の管区、わが家は第五十八連隊の管区にある。

太平洋戦争中、悲惨な戦いの代表としてあげられるガダルカナル戦の犠牲者は戦死、戦病死、行方不明合わせて約二万二千と、当時の陸軍第十七軍は報告している。

それを上まわる戦死、戦病死、餓死者三万五百、戦傷、戦病者四万二千の犠牲者を出して、敗退したインパール作戦の責任者第十五軍司令官牟田口簾也陸軍中将は、大戦中の将軍、提督の中で、悪評高いワースト・ファイブに入ると言われている。

牟田口中将の部下としてコヒマ・インパール戦線で勇戦した宮崎繁三郎少将（のちに中将）は、戦後、年を経るにしたがい名声は高まり、いまや不敗の名将宮崎繁三郎の評価は、多くの著名な作家や学者によって固まったと言っていい。

昭和十四年五月から八月にかけて、ソ連軍に惨敗したノモンハン戦の中で、当時、宮崎は新発田歩兵第十六連隊長として奮戦し、ソ連軍を打ち破った唯一の陸軍部隊の長である。インパール戦線では、高田歩兵第五十八連隊を率い、コヒマを攻略し、多大の犠牲を払って敗退したインパール戦の中でも、不敗の将軍であった。

私が郷里の第五十八連隊や第十六連隊のことにふれると、我田引水に取られかねない。著名な学者や作家の著書から引用しよう。

秦郁彦（『昭和史の軍人たち』）は、宮崎中将について、

「繁三郎は……新発田の歩兵第十六連隊に配属される。のちに彼は原隊の連隊長としてノモンハンで戦うのだが、大隊長の時は弘前連隊、インパール戦では高田の五十八連隊と、東北・北陸の兵に縁が深かった。

裏日本の兵は、地味だが粘り強くて服従心に富む精兵として定評がある。宮崎の成功は、この精兵たちに負うところが多かった。……周知のように、ノモンハン国境紛争の地上戦は日本軍の完敗だった。……そのなかで戦闘期間は一週間に足りぬが、唯一不敗の戦績を残したのが第二師団片山支隊に属した宮崎連隊である。見方によっては、唯一の戦勝部隊と称しても良いが、日本軍主力壊滅の悲史にかくれてノモンハン戦史にはほとんど登場してこない。

……」

と記している。

豊田穣（『名将宮崎繁三郎』）は、宮崎中将について、

「このあと宮崎は五十八連隊の精鋭を率いてコヒマを攻略し……ビルマ戦線にその名を高からしめるのであるが、ここで越後高田の五十八連隊について、語っておこう。

日本陸軍には、強い部隊が、二ヵ所に集まっているという説がある。一つは九州の熊本、久留米、いま一つは東北であるという。その東北の中でも、勇猛をうたわれる新発田の十六連隊、弘前の三十一連隊、高田の五十八連隊を率いて、宮崎が武勲を立てえたのは、彼がたびたびその回想記に述べているように、武運に恵まれたものというべきであろう。

もちろん、宮崎の冷静果断の指揮と相まって、連隊が勇戦したのは当然であるが、勇将のもと弱卒なし、また部下が勇猛であれば、指揮官も十分にその戦術、戦略を発揮できるというべきであろう。……」

と記している。

中国大陸で戦火が拡大しているころ、工業学校の生徒であった私は、高田第五十八連隊の演習地で、四、五日演習した懐かしい想い出がある。工業学校生徒の五年間は、国鉄利用の通学であった。上越線の線路が信越線の線路と接続するのは、長岡の一つ東京寄りにある宮内という駅である。

関東軍の板垣征四郎参謀、石原莞爾参謀らの謀略により、日本の植民地的満州国が誕生したのは、昭和七年三月である。その二、三年後には、全国から国内の基地に集まり、訓練を

受けた青壮年たちが、満蒙開拓団の名のもとに、国策に沿って満州（現在の中国東北部）に移民として送り出された。

関門から釜山経由で満州に渡るルートは別にして、大陸ともっとも近いのは、新潟港から満州国境に近い北朝鮮の羅津港や清津港に渡って、汽車で満州国に入るルートであった。新大陸国家満州に夢を託した移民集団列車が、関東地方からは上越線経由で、中部地方や北陸地方からは信越線経由で、引きも切らず新潟港に向かってひた走る毎朝である。当時はまだ単線であったうえ、信越線は、移民列車優先のため、通勤通学列車を途中の駅で停車させ、移民列車の通過待ちをするのがつねであった。

元気あふれる開拓団の青壮年が、車窓から日の丸の鉢巻に、国防服という出で立ちで、手に手に襷やハンカチを千切れんばかりに打ち振りながら、口々に「万歳」を叫んで通るさまは、壮観でもあり悲愴でもあった。それに応え、われわれ通学生徒たちは、新天地における彼らの多幸を祈り、心から声援を送るのである。汽車通学の五年間は、そのような情景の朝が多かった。

しかし、わずか十年足らずの間に、彼らが敗戦の悲運により、筆舌に尽くし難い辛酸をなめ、その人たちの愛児たちが、半世紀の今日なお肉親捜しの悲劇に見舞われようとは、当時、送る側も送られる側も知る由もなかった。

昭和十二（一九三七）年七月七日、芦溝橋で戦火が開かれ、駐屯軍の牟田口連隊長は戦火を拡大し、ついに事変は太平洋戦争へと展開する。十二月十三日の南京陥落の際、南京虐殺事件が起こった。その総数は、いまだに論争の種になっている。

昭和十三年の春と思われるころ、市の在郷軍人分会長が時局講演のため、わが工業学校に招かれて来た。陸軍は全国各地の在郷軍人分会長を集め、陥落後の南京を視察させたらしい。分会長はその講演の中で、「乗っている自動車が弾《はず》むような気がするので、運転手に聞くと、この道路は敵兵の死骸を埋めて造ったものである、という。それで弾力があるわけです」と言ったのが印象に残っている。数は別としても、事件そのものは否定できまい。

いつのころからかは知らないが、中等学校、高等専門学校、大学には配属将校がおり、軍事教練が義務づけられていた。毎週何時間かの教練があり、上級生になると年に一回、三泊四日か四泊五日の軍事演習が、校外で行なわれた。

その中の一回は、直線距離で五、六里の日本海まで行軍し、柏崎に近いその地の小学校を宿舎に借りて一泊、翌日から日本海の海岸沿いに北上しながら演習をし、最後は徹夜の行軍で帰校した。二回目は高田市に近い妙高高原の関山演習地まで信越線で行き、ここで四泊五日ほどの演習であった。

この地は上杉謙信の居城高田春日山にほど近く、また高田第三十連隊の演習場であった。もっとも、古くは明治四十（一九〇七）年十月、高田第十三師団の第五十八連隊が同地におかれ、大正十四（一九二五）年五月の軍縮により同連隊が廃止されるまでは、第五十八連隊の演習地であったのである。

昭和十二年夏、芦溝橋で事変が勃発すると、その年の九月、第五十八連隊は復活するのだが、同年十月、早くも同連隊は中国大陸に派遣されたので、復活後はこの演習地を使ってはいまい。

ここは指呼の間に秀麗妙高山を仰ぎ、また遙か下方に高田や直江津の市街地を挟んで日本海を望見する景勝の地であり、さらに冬は丈余の積雪で連隊スキー鍛練の場でもあったのである。ここが勇猛な第五十八連隊を育《はぐく》むのに、格好の地とうなずけるのであった。

第五十八連隊、第十六連隊などの陸軍を揚陸し終えた「足柄」が、マラッカ海峡を南下し、戦隊の主力がシンガポールのセレター軍港に帰投して間もないころであった。突然、軽巡「球磨」がマラッカ海峡の入口、ペナン沖で敵潜の雷撃を受けて沈没したという報が、艦内に衝撃波のように伝わった。「球磨」には、級友西部隆少尉が乗っており、彼の安否が気づかわれる。

「球磨」は、陸軍輸送を終わってビルマからの帰途、第十六戦隊の主力とは離れ、別の任務を帯びてペナンに入港していたが、出港直後、被雷した。

潜望鏡を竹棹に擬装した敵潜の雷撃を、十九年一月十一日の午前十一時四十五分に受け、十一時五十七分、ペナン沖で沈没した。杉野艦長以下生存者は、駆逐艦「浦波」に救助されたが、百三十八名が艦と運命を共にしたという。西部少尉は、六時間泳いでいて「浦波」に救助された。

「球磨」艦長杉野修一大佐は、「足柄」にはたびたび来艦したので望見したであろうが、容貌は記憶にない。

日露戦争の決死隊、旅順港閉塞船福井丸で戦死した杉野孫七兵曹長が、長男修一と弟健治を、乗艦「朝日」に連れて来たとき、小さな子供を見て孫七の仲間が、「おこぜの子で、おこぜに似ている」と笑ったというが、このころの杉野大佐は、おこぜから鯛に変容していたのであろう。容貌魁偉という話は耳にしてない。

杉野大佐は満州の旅順に在勤中、戦艦「長門」の最後の艦長に発令され、赴任途中の釜山で昭和二十年八月十五日の放送を聞き、横須賀軍港の「長門」に着任したのは、終戦から五日ほどあとであったという。

食事用意よろしい

「足柄」は陸軍のビルマ輸送作戦が終了した後、リンガ泊地で訓練日課の日々に入る。艦隊錨地が赤道直下なので、ある艦は北半球に、ある艦は南半球にと投錨しているから、毎日、定期便として戦隊の各艦をめぐる内火艇は、距離は近くても北半球と南半球を一日に数回往復する。艇指揮のガンルーム士官は、巡検後、その日、赤道を通過した回数を話の種にする。

人がやっとすれ違える程度の狭い通路を残し、三段ベッドがびっしり床に固定されているガンルーム士官専用の大きな寝室は、赤道直下の暑さで寝苦しいことこのうえない。アンペラと言ったござのような薄い敷物を、ベッドのマットの上に敷き、その上に褌一つの裸で寝るのだが、暑さで夜中に目が覚めると、アンペラのうえに汗の水溜まりができている。

下段や中段に寝ると、褌一つの寝姿が見られてしまうので、カーテンを引かないわけにはゆかない。上段ベッドは上がるのに面倒だから、ベッド数に余裕のあるときはだれも使わないが、よほど背の高い者からでも見られないという利点がある。

そこに眼をつけた士官の一人が、ある時期から、上段ベッドを利用し出した。褌もはずして丸裸で寝るが、カーテンを引く必要もないので涼しい、と悦に入っていた。うまいことを考えたなと思うが、真似する気にはなれない。上段はこの士官一人の楽天地であった。

ある朝、彼は残念そうに、「従兵に見られてしまった。上段まで上がって来て、『食事用意よろしい』というんだ。しまったな」と言う。

航海中は、夜中の当直時間によっては、朝の起床時間が遅れてもよいことになっている。しかし、朝食時間帯が過ぎると、後片づけをしなければならないので、士官が起きて来ないときは、従兵はガンルーム士官寝室に行って、「食事用意よろしい」と告げなければならない仕来たりになっている。

従兵は下段、中段をくまなく捜し回ったが、当の士官が見つからないので、ついに上段に登って、丸裸の士官を発見し、責任を果たしたのであった。

各艦は乗員休養や艦の整備のため、ときどきシンガポールに帰投する。セレター軍港には、呉軍港の大ドックにはおよばないまでも、重巡クラスはらくに入れるキング・ジョージ五世ドックがある。南西方面艦隊にとっては、シンガポールは母港にあたるので、セレターに入港するのはまさに帰港である。

イギリス人の造った町シンガポールは、明るい機能的な都市である。サイゴンが緑の中にしっとりと埋まっている西欧型都市とするならば、シンガポールは乾燥した商業都市である。華僑、マレー人、インド人などが渾然一体となって、有機的商業活動を営み、大英帝国が、そ知らぬ顔で統治していたのであろう。

昭和十九年二月の末、第二十一戦隊に編成替えになって内地に向かうまで、幾度かシンガポールに入港したが、目抜き通りの散策だけでなく、マレー人やインド人の商店の並ぶ市街地で買物をする際にも、危険を感じたことはない。

シンガポールに入港したときは、水交社として海軍が占有していたグッドウッドパークホテルに宿泊するのがつねであったが、一度セレター軍港基地内にあるかつての英海軍宿泊施設に泊まったことがある。南の陽光が射し込む室内は簡素ではあるが、内地の水交社にくらべても快適であった。

夜はガンルーム士官や士官室士官の若手大尉らと飲みに行く。水交社の隣りに「南溟荘」、少し遠いがジョホールバルの「新喜楽」、あるいは「筑紫」などの名が浮かぶ。若輩少尉は、もっぱら健全な音楽喫茶「南溟荘」で時を過ごすのである。

シンガポールは島で、北側にはマレー半島の先端との間にジョホール水道があり、いつのころか英国がこの水道に陸橋をかけた。この陸橋によって、シンガポールはアジア大陸と地続きになった。

セレター軍港から商港のある市街の中心に出るには、軍用バスの通うコースと、少し遠いが島を反対回りする二つのコースがある。この反対回りコースの途中に、本物の温泉があることを知っている軍人や軍関係者は少ないのではなかろうか。

ある休養の一日、私は軍医科から傷病兵の療養に利用している温泉の所在を聞いて出かけた。舗装道路から少し入ったところに、熱帯樹林を切り開いた空地がある。そこに小さなバラック建ての小屋があって、中には家庭の風呂より少し大き目の木製浴槽が一つある。混じり気のまったくない透明で適温の湯が、パイプから淀みなく流れ出ている。

建物の入口にはマレー人の少年がいて、手拭を差し出してくれる。軍装のせいか入湯料は無料であった。内地の山深い湯治場を思わす温泉に浸りながら、どうしてこの島に温泉が湧くのかなあなどと考え、しばし戦場を忘れるひとときであった。

また、ある休日の一日、兵員の半数か四分の一かが、ジョホール水道を渡った小高い丘にあるサンタンの王宮を、見学する日課が組まれた。ガンルーム士官で、着任後、日の浅い幾人かが同行した。

カンナのような原色鮮やかな南国の花、あるいはブーゲンビリアなどに囲まれた王宮のたたずまい、それに贅を尽くした調度品や装飾に目を見張る思いであった。実質的に南西方面艦隊の旗艦であった「足柄」が、こんな日課が組めるほど、南西方面の戦況はまだ静穏だったのである。

その後しばらく、リンガ泊地で訓練の日々を送っていたが、やがて戦隊は南西方面艦隊司令部のあるスラバヤに向かった。スラバヤは、ジャカルタにくらべて幾分小さいけれども、風光明媚な緑の町という印象をあたえてくれた。

スラバヤは南西方面艦隊の守備範囲では、奥座敷にあたる地にあって、もっとも平和な都市である。艦隊司令部のあった期間が長かったせいか、海軍占有の料亭やバーのたぐいがいくつもあって、将官たちや佐官クラスの行く料亭と、尉官クラスが多く利用するバーなどに、おのずから分かれていたようであった。

店によっては、働いている女性全員が、オランダ人や混血のハーフカッスルというのもある。独身女性もいたのであろうが、夫がオランダ軍人でジャワ島を離れている者、緒戦で夫が捕虜となり収容所にいる者など、さまざまである。戦争が女性の運命を変える冷厳な一面を、垣間見る思いであった。

このときであったか、それとも前に寄港したジャカルタであったか、いずれにしても鉄道に乗ってみた。短距離であったが、その列車が冷房車であるのには驚いた。当時の日本には、冷房車はまだまったくなかったのである。

ガンルーム士官

ガンルーム士官で印象に残っているのは、兵学校七十二期の石川誠三少尉と、コレスの機関学校出身の坂梨忠少尉、それにケプガンの三名である。

石川少尉は、もの静かで洞察力のある好青年だった。われわれより一ヵ月あとで「足柄」に乗艦して来た兵学校卒の候補生七、八名中、彼は最先任であった。下士官兵に気合いを入れることに無上の喜びを感じ、一日中、艦内を飛び回っているような荒削りのタイプとは、石川少尉は違っていた。

昭和十九年二月十七日の米軍によるトラック島空襲で、在泊艦船の大被害が伝えられたあと、しばらくたってからのことである。たまたまガンルームに、石川少尉と私のほかに、もう一人の士官がいたとき、彼はつぎのように私に言った。

「われわれが特攻隊にならないと、この戦争は勝てない。私は特攻隊に行きます」

この年二月に人間魚雷「回天」の試作がはじまっているが、石川少尉は、その情報を知っていたようである。九月には、大森仙太郎中将を部長とする特攻部が、海軍省に新設されている。

石川少尉は、その言葉通り特攻隊に志願し、私に語ったときから一年足らずあとの昭和二十年一月十七日、「回天」でグアム島のアプラ港に在泊していた米艦船を特攻攻撃し、散華することになる。

伊五八潜水艦に搭載された「回天」四隻の第一号艇として、彼は母艦を離れた。石川艇につづき三隻の「回天」が、アプラ港に向かった。やがて伊五八潜水艦長は、アプラ港と思われる地点から、黒煙が二条のぼっているのを認めたという。

また、米海軍は公表していないが、そのとき改造空母一隻、大型タンカー一隻に「回天」が命中し、轟沈したという説があるという。石川誠三少佐をはじめ、三名の遺書も、江田島の参考館にある。

坂梨少尉は候補生、少尉、中尉、大尉と進級する間に、転勤もなく「足柄」にだけ勤務していた珍しい士官である。候補生や少尉時代、彼は建武の中興で名を残した楠正成や菊池一族の忠勇ぶりを熱心に語っていた。

熊本出身の彼は、菊池一族発祥の地、菊池市に近いところの生まれであったのであろうか。この戦いを建武の戦《いく》さになぞらえていたのか、一身を君に捧げる決意のほどが、言葉の端に表われていた。

敗戦前夜とでもいうべき昭和二十年六月八日、「足柄」が「最後の連合艦隊」として駆逐艦「神風」とともに陸軍部隊輸送作戦中、スマトラのバンカ海峡で被雷し沈没した。たまたま機関長は入院中で、坂梨分隊長は機関長代理として、機関指揮所で全般の指揮をとった。そして沈没直前、部下に命じ、みずからの体を艦に縛りつけさせ、艦と運命をともにしたという。坂梨忠少佐は、大楠公や菊池一族のように、君に殉ずることを道としていた言行一致の純粋な青年であった。

ケプガンはハンモックナンバーは三の恩賜の短剣組だが、一と二はすでに戦死していたので、このときクラスヘッドだという。まことに爽やかな雰囲気を醸し出す最先任の中尉であった。

トラック空襲の大被害が伝わって来たあとのある日、ガンルーム士官が五、六人乗った内火艇で、リンガ泊地の小さな島に何かの用件で出かけた。帰途、砂浜から乗艇し、島を離れようとするとき、日ごろは張り切り過ぎの感があった七十二期の少尉が、突然、

「ケプガン、勝てますか」

と問いかけた。間髪を入れずケプガンは、

「勝てるさ、『豊葦原の瑞穂の国は……』と古事記にあるじゃないか」

とピタゴラスの定理でも述べているように、何の迷いもなく『古事記』の記述を言う。それは少尉の質問を、はぐらかしてるふうではない。『古事記』の記述こそ森羅万象の原理であり、疑う余地はまったくないという確信から来ているようであった。問答はこれで終わる。

将来、大将はおろか海軍大臣・軍令部総長をも約束されていると思われるケプガンが、このような単細胞的思考と信念の持ち主であることに、驚きと不安を感じた。

戦後の昭和二十一年か二十二年、東京の山の手線の車中で、偶然かつてのケプガンに会った。ある製薬会社に勤めているという。短時間のせいもあり、戦争のことには一言もふれない。敗戦の無念さも暗さもなく、『古事記』解釈の誤りも何のその、あの爽やかさは「足柄」時代そのままであった。

戦死第一号を契機に

昭和十九年一月二十七日の午前一時ごろ、軽巡「北上」がスマトラのランサ湾沖で被雷し、前部弾庫と後部機械室を破損した。「北上」には、級友粕谷秀承少尉が乗っている。

敷設艦「初鷹」は二十七日の夜、サバンを出港し、二十八日の午前十時十五分にランサに着き、「敷波」とともに「北上」の護衛にあたる。

はじめ五ノット、後に六・五ノットで自力航行する「北上」を、メダンの外港ベラワン港に誘導し、夜九時、ベラワンに入港した。やがて軽巡「鬼怒」も来着する。その後、「北上」は不発魚雷を罐室に抱えたまま、シンガポールにもどって来た。

このとき「足柄」の電気分隊長で海軍機関学校出身の大尉が、「粕谷少尉を知ってるか」と尋ねるので、「クラスメートです」と答えると、「粕谷少尉は偉い男だな。嫌がって当直に入りたがらないのがいて、その分まで引き受けて入ったそうだ」と話してくれた。

被雷し浸水のため速力が低下すると、ふたたび敵潜に狙われる可能性が高く、そのうえ不発魚雷を抱えているのだから、怖《お》じ気《け》づくのも無理からぬことである。そのなかで他人の当直まで引き受けて、機関室に降りて行った粕谷を、本職の軍人が賞賛したのである。粕谷は東京生まれの都会人だが、豪胆な一面を持っていた。

昭和二十年二月か三月、呉で彼に会ったが、相変わらずファイト満々であった。粕谷大尉は二十年五月二十二日、第三十七号駆潜艇機関長として、奄美大島北方で戦死した。

海軍の記録には、「輸送隊を護衛し奄美大島に向け佐世保出撃後消息を絶つ。敵戦爆連合大編隊と交戦大島北方海面にて沈没。艇と共に全員壮烈なる戦死と認定」とある。このときの艇長は神戸高等商船航海科第十九期の阿部六郎少佐と思われる。阿部少佐も戦死している。

「鬼怒」に乗っていた級友坂梨昇少尉にも、リンガ泊地などで数回会った。彼は私と話すときは後甲板の人目につかぬ場所を選ぶ。切れ者だから、彼の海軍批判は痛烈である。後に会う級友森谷悟少尉ほど、比喩の巧みさはないが、主旨は同じであった。

森谷はトップで入学したが、あとは勉強もせず、もっぱら運動と世間を観る目を養っていたのであろう。洞察力は抜群であった。

「軍人は国家の番犬ではないか。番犬が主人を引っ張って、国家をこんな状態にしてしまった」

と森谷は淡々と語っていた。東京生まれで粕谷同様、豪胆な一面があった。

森谷は戦死しなかったが、昭和二十九（一九五四）年の函館港洞爺丸事件の際、いっしょに沈んだ国鉄北見丸の機関長として殉職することになる。

泳げない部下を救命筏に乗せ、みずからは救命胴衣も着けずに筏を押していたという。筏に乗っていた部下は助かったが、押してやった森谷は、力尽きて沈んでしまった。死は、水泳を得意とした彼の過信が原因であったのであろうか。

昭和十九年二月十七日から十八日にかけて、南東方面最大の海軍基地トラックが、米機動部隊艦載機の空襲を受けて大損害をこうむった。

悲報がリンガ泊地の艦隊に伝わるのに、時間はかからない。そして三ヵ月まえに、横須賀で分かれた佐藤素孝少尉をはじめ、級友数名の戦死が噂された。トラックの惨状が明らかになるにつれて、佐藤少尉以外はぶじであったことが判明する。

軽巡「香取」「那珂」をはじめ、駆逐艦四隻、潜水艦一隻、駆潜艇二隻、ほかに輸送船など三十四隻が撃沈され、航空機の撃墜破壊されたもの約三百など、甚大な損害を受けたトラックは、基地としての機能を喪失した。輸送船など二十万四千トンの被害は、その後の作戦行動に大きな影響をあたえるようになる。

撃沈された艦船の中には、潜水艦隊である第六艦隊の旗艦平安丸があった。日本郵船株式会社の客船平安丸は、昭和十四年秋、商船学校に入学した当初、横浜で見学した印象深い船である。また、戦争がなかったら乗船したであろうと思われる就職先の、大阪商船株式会社南米航路の客船りおでじゃねいろ丸も、三十四隻の中にふくまれていた。

「香取」は第六艦隊の旗艦であったが、二月十五日付で海上護衛総隊に所属換えになり、内地に帰るため赤城丸とともに駆逐艦「野分」「舞風」に護衛され、二月十七日の午前四時半、トラックを出港し、北水道に向かった。「香取」には、級友佐藤少尉が乗艦している。

「香取」が北水道にさしかかったころ、敵機の大編隊が春島攻撃を開始した。「香取」を中心にして右に「野分」、左に「舞風」、後に赤城丸の戦隊が、日の出と同時に北水道を抜けると、敵編隊十数機が襲撃して来た。

艦載機の攻撃だけでなく、大型巡洋艦二隻、戦艦二隻によるレーダー射撃併用の攻撃は、七時間におよぶ。その間にまず赤城丸が沈み、つづいて「舞風」「香取」も撃沈された。敵機や巡洋艦、戦艦が去ったあと、「野分」は「舞風」「香取」の沈没地点に引き返し、溺者の救助作業を行なったが、生存者はきわめて少数であったという。

佐藤少尉は、生存者の中にいなかった。彼はわがクラスの戦死第一号となる。コレスの神戸高等商船機関科第三十九期の岸井定良少尉も、このとき「香取」で戦死した。

佐藤の死はクラス崩壊の端緒となった。級友三十一名の友情で結ばれた少数集団の一角が、崩れだした。その痛みは、トラック島から南西に遠く離れたリンガ泊地の艦隊にいる級友たちの間に走る。

クラスの世話役として、私は級友たちに「弔意を表わす」と約束はしたが、佐藤の死をまえにして為す術《すべ》もなく行きづまってしまう。問題は弔意を表わす時機なのである。当時、手元には級友全員の住所録はあった。

困ったのは、佐藤の遺族に、海軍から戦死公報が、いつ届くのかまったく見当がつかないのである。明日の日も知れないわが身にとって、級友への約束事は一日も早く果たしておきたい。手元にある金で、佐藤の家に弔慰金を送ることはできるが、戦死公報到達の日が不明である以上、かるがるしい振舞いはできない。結局、時機を待つほかはないという考えになった。

佐藤の戦死を契機に、南東方面前線の苦闘にくらべ、南西方面の静穏な戦線に安住していることの引け目が、心に重くのしかかって来る。

「大部分の級友が南東方面で苦闘しているのに、実質上、南西方面艦隊の旗艦である『足柄』のような大艦で、安穏な日を過ごしていては、級友にすまない。激しい戦闘をする駆逐艦に転勤しなければ」

という想いが、日ましにつのって来る。

戦闘は国家が命令する。それは理である。

激戦地にいる多くの級友のために、我もまた激しい戦いの場に急がなくてはならない。これは情である。

理よりも情が先行する戦場では、心の昂まりを押さえることはむずかしい。

海軍には人事調書というのか、希望調書というのか、そのような書類を提出させる制度があった。この書類が来たのは、年度末の昭和十九年三月であったか、それ以後であったか定かでないが、転勤希望欄には迷うことなく、駆逐艦と書いて出した。

現役転官の勧奨が、海軍省から艦長を通してあったのは、このころであったかも知れない。しかし、いかに激しい戦場への出陣を希望しても、現役に転官する気はさらさらない。プロの軍人になるのと、激戦地希望とは別問題である。同窓の間では、

「どうせ死ぬんだから、現役に行こうや」

「船乗りになるために商船学校へ入ったんだ。軍人になるために入ったんじゃない。予備のまま死んでも、いっこうかまわん」

と意見は二つに分かれた。昭和十八年夏には、機関とか予備とかの官名の区別はなくなり、

服装もまったく海軍少尉そのものとなったが、実質はやはり〝予備少尉〟であった。このとき私の意見は後者であって、現役転官の勧奨には応じなかった。

数ヵ月後、希望はかなえられ、防空駆逐艦「秋月」に転勤することになる。「捷」一号作戦に出撃した級友の多くは、前年十月、初任士官として着任した戦艦や空母や重巡などで出撃している。重巡から駆逐艦に転勤し、一ヵ余で出撃した私のような例は、少ないのかも知れない。

海軍には本人の希望を受け入れる風通しのよい人事制度があった。もっとも、平穏な場から激戦地への転勤希望は、すんなり受け入れられるが、逆の場合は、すんなりとは行くまい。

士官の体面

「足柄」は昭和十九年二月二十五日付で、第十六戦隊から北方の第五艦隊の第二十一戦隊に所属換えになり、佐世保に向かう。第十六戦隊の旗艦は「足柄」から重巡「青葉」に替わった。「足柄」所属換え後の第十六戦隊は、「青葉」に将旗を掲げる左近充尚正少将の下に、軽巡「鬼怒」「大井」、駆逐艦「敷波」「浦波」「天霧」などで編成される。

「足柄」は、昭和十九年三月早々、母港佐世保に入港する。そして数日間の休暇があたえられ、帰省が許された。分隊士は部下から帰省日程、つまり往行は何月何日佐世保駅を出発し、何県何郡何村の自宅に何泊し、復行はこれこれしかじかで何日何時何分に佐世保駅に着く、という予定表を提出させる。適正であるかどうか検討するのである。

勘違いして艦の出港に間に合わず、私のように後発航期で軍法会議にかけられそうにならぬための対策である。

工作科の先任下士官が、

「分隊士、おっとりしすぎている兵隊がいますから、念のため呼んで、帰省日程を確認して下さい」

といい、数名の兵の名をあげた。順次呼んで、そらんじているかどうか口頭で述べさせ、あらかじめ提出されている日程表を見ながら確かめ、

「よし、その通り、遅れないように」

と帰すのである。中にはこちらの知識不足で、とんだ失敗もした。

四国出身のある兵は、先任下士官から、「あれは、少しぼーっとしているところがありますから」と念を押されていた。その兵の順番となる。

「佐世保から家に着くまでの汽車の乗り替えを順番に言え」というと、

「はい、佐世保線、長崎線、鹿児島線、山陽線で岡山まで行き、宇野線に乗り換えます。宇野から連絡船で高松に行き、ヨサン線に乗り換えます……」

「なに？ ヨゥサン線？ そんなのはないだろう。聞いたことないぞ。そりゃサンヨウ線の間違いだろう」と言うと、

「はい、間違いました。サンヨウ線に乗り換えます」

と素直に訂正した。幸いなことに、彼は郷里で数日の休暇を過ごし、ぶじ予定時刻に帰艦してくれた。

うかつにも当時、私は四国に予讃線という国鉄線があることを知らなかった。高松で山陽線に乗り換えることは、少し考えれば、不可能なことがわかるはずなのに、ぼーとしているのは兵ではなく分隊士であった。

私もまた雪の新潟に賜暇帰省し、二泊ほどした。信越線来迎寺駅に着くと、鉱山のトロッコ並みの狭軌鉄道ではあるが、全長十二キロメートル余の、れっきとした国鉄魚沼線があったのだが、それがない。不思議に思いながら、雪道を八キロ歩いて帰宅した。

聞けば昭和十八年の九月下旬、私が歓呼の声に送られて乗車した約半月後の十月十一日、東條英機首相は石炭増産のために、炭鉱に移せばそのまま使用できる魚沼線に目をつけ、レールごと取りはずしてしまった。炭鉱にレールも蒸気機関車も車輛も、丸ごと移した東條首相は、全国くまなく目を光らせていたのである。

魚沼線沿線の村々の悲劇は、線路がトロッコ並みの狭軌だったことである。冬は三メートルを越す降雪地帯で、バスもない当時、村人は雪の中、四キロ歩いて町に買物に行き、六キロも八キロも歩かないと汽車に乗れなくなった。

何の連絡もせず突然の帰省だが、父母は別に喜びも表わさず、何の感慨も湧かないふうであった。弟妹も同様である。隣り近所で、戦地に子供を送り出していない家が少ないのだから、たまに戦場から子供が賜暇帰省しても、サラリーマンが休暇で帰って来た程度の感情しか、父母には湧かなかったのであろうか。

むしろこのとき印象に残っているのは、石炭節約で暖房を止めてしまった北陸線や信越線の寒さである。士官なるがゆえに、二等車に乗らなければならない辛さである。

戦時中もこの時機には、北陸線や信越線などで二等車を利用する人は、ほとんどいない。三等車なら旅客が多く、夜行列車でも、人の体温で車内はそれほど寒くはない。二等車の乗客は、大阪駅を出たときから私ただ一人で、寒さのため一睡もできず、ついに朝方、三等車に緊急避難した。これも士官の体面を汚したことになるのであろうか。

注排水指揮所にて

昭和十八年九月十五日に卒業した兵学校七十二期およびコレスの機関学校卒と経理学校卒の候補生が、十一月末ごろに乗艦して来た。この候補生たちが、しばらくして少尉に任官したのを機に、十九年一月末ごろ、私は機関長付兼機械分隊の十分隊士から、工作分隊の十三分隊士に配置替えになった。

工作科の内部は金工と木工に分かれており、大修理は別にして、艦内のあらゆる修理を一手に引き受ける。

毎日午前の課業整列時、各科から出されて来る修理要求を聴取し、修理の可否、日数などを知らせ、船体、機関、兵器あるいは烹炊関係器具などの修理をするのが主な仕事である。

潜水作業も工作科の所掌であって、木工の兵隊が担当する。碇泊中、艦の外板の損傷個所検査、船尾管内軸受リグナムバイタの摩耗量の測定などは、潜水のベテランを入れる。

潜水訓練としては潜るだけでなく、水中電気溶接や切断も行なわせるが、この訓練には神経をつかう。完全に体が水中に没してから、水中で電気の通じている溶接棒や切断棒のホールダーを握れば感電しないのだが、潜水の未熟者はあわてて水面上に手を出してホールダーを握り感電する。死ぬことはないが、びっくりして怖《お》じ気《け》づく。

水中電気溶接や切断は、一般的に、空気中で溶切、切断をやっている金工のベテランよりも、金工溶接は素人だが、潜水技量に優れている木工の兵隊のほうが上手であった。

重巡は泊地で浮上中も、毎月一回、潜水兵を入れ、リグナムバイタの摩耗量を計測する。それは海水温度の高い南方海域での航行が、リグナムバイタの摩耗をはなはだしく早めるからだ。

工作科の重要な仕事の一つに、被雷や被爆による浸水で、艦が左右に傾斜したり、艦首尾の吃水差変化がはなはだしくなった場合、注排水装置によって、傾斜や吃水差を正常値に直すことがある。

これには二つの方法があった。一つはポンプを使って艉、艏および左舷、右舷にある各タンク相互間で、水や油の移動を行なう方法である。他の一つは圧縮空気を使って傾斜している側のタンクの水や油を艦外に排除すると同時に、反対舷の空のタンクやバルジなどに取りつけてある海水弁を開き、注水する方法である。

後者の方法を急速注排水という。この装置は重巡にはあったが、駆逐艦としてはもっとも大きな「秋月」にもなかった。注排水指揮所は、艦の前部と後部の端で、しかも艦底の深いところにあって、広さは人間が三人も入れば満員になりそうな、きわめて狭い部屋というより空所であった。あるいは、中央にもう一つ指揮所があったかも知れない。

艦には、被害により浸水した場合、左右の傾斜や艉艏の吃水変化を直す基準があった。艦によりその数値は異なるが、一定値が決まっている。「足柄」の数値は忘れてしまったが、左右の傾斜は十数度であったように思う。

艦には、弾薬庫から弾薬を砲塔内に揚げる揚弾機がある。艦の傾斜がある値以上になってもどらないと、揚弾機が右か左の壁に接触して動かなくなる。陸上の建物でも、地震で十度も傾斜すると、エレベーターが壁に接触して動かなくなるのと同じである。艦の左右の傾斜は、揚弾機の作動可能限度で決められる。

一方、艉と艏の吃水の差をトリムというが、トリムがある値以上になると、具合の悪いことが起こる。載貨状態によるトリムの変化程度なら問題はないが、艦の浸水による異常トリムで、真っ先に支障が出るのは罐である。罐が焚けなくなる。

罐には水面計といって、直径数センチメートルのガラス製管が、蒸汽ドラムの前面に二本ずつ取りつけられている。罐内の水量が多いか少ないかを示す水準が、水面計のほぼ中央にあるように、給水ポンプを調節しながら焚火するのである。

ところが、異常トリムになると、たとえ罐内の水量が適正であっても、水準が水面計から消えてしまう。水位ゼロになったり、逆に満水になったりして、罐内の水量の判定がつかなくなる。蒸発管の一部に水がなくなったりすると、危なくて焚火ができなくなる。罐の中の水量が異常に減少し、蒸発管などが過熱されることを、空罐を焚くという。

最悪の場合はボイラーの爆発につながる。ボイラーの爆発は大砲の弾の爆発どころではない。異常トリムになったら、罐が焚けなくなり、艦内の動力源がなくなって発電機も停止する。そうなると主砲も副砲も動かなくなって、戦闘能力はゼロに等しくなる。「足柄」のトリムの限界値も思い出せない。

この浸水などによる異常トリムや異常傾斜と艦の戦闘能力との関係について、軍令部あたりの兵科の参謀は、認識がまったくなかったか、あるいは認識不足であったと思われるふしがある。

ちなみに、現在の外航商船では、機関室内各補機やエレベーターの使用上の限度として、船の縦揺れは十度、横揺れは十五度としている。

昭和十九年中ごろ、兵科の運用科と機関科の電気科と工作科の三つの科から編成された、内務科という被害時の艦内防御を目的とした科がようやく新設された。米海軍の艦が被害時、なかなか沈まないのを戦訓として採用したのであろう。

内務科ができるまでは、工作科の分隊長と分隊士の戦闘配置は注排水指揮所であって、各指揮所に分かれて入る。機械指揮所や罐指揮所には部下が多数いるので、何となく心強いが、艦底のもっとも奥深い空所に、一人あるいは伝令の兵と二人で配置につくのは、いささか心細い。

被雷や被爆時には、停電の可能性がきわめて高いから、艦の中枢部との連絡は途絶するであろう。電源がなくなれば、ポンプの使用はもちろんできないが、急速注排水装置の使用も覚つかなくなる。

総じて日本の軍艦は、艦内が天気晴朗状態のときには戦闘能力を発揮するが、爆弾の一発か魚雷の一本でも食らって曇天か雨天になると、戦闘能力はガタ落ちする。どしゃ降りになったらまったく駄目である。それは防御用鉄板の厚さの問題というよりも、艦内の神経系統の切断に対する配慮不足であろう。

被雷、被爆時の船体振動による配線、配管の切断は、艦内随所に起こるはずである。大砲を一門減らして、その代わりに神経系統を三重、四重に張りめぐらしておくほうが、艦の総合戦力が高い、という考えは海軍にはないのである。攻撃している間は強いが、いったん守勢に回ると脆《もろ》い。日本の軍艦の大半がそうだったのではなかろうか。

「尻ヲー、出セ」

昭和十九（一九四四）年二月末、「足柄」はシンガポールを出港し、佐世保を経て青森県の大湊に向かったのであるが、この航海で「魔の海峡」と言われる台湾とフィリピンの間のバシー海峡を二十六ノットほどの高速で通過した。バシー海峡は敵潜がたむろしている場所で、艦は臨戦態勢をとり、私は後部注排水指揮所に入っていた。注排水指揮盤を睨みながら、艦内構造を前記のように考えたのであった。

兵科の水兵や、機関科でも機械分隊や罐分隊の機関兵の多くが、農家の出身であるのに対し、工作分隊の兵の多くは大工や鍛冶屋などの子弟で、いわゆる職人である。そのため器用であり芸達者であり、艦内演芸会では、分隊対抗でも個人でも優勝することが多い。反面、頑固者が多く機械分隊や罐分隊の兵のような素直さがなくて、若い分隊士の言うことなどなかなか聞かない。

分隊士の仕事の一つに、分隊員の出す私信の検閲がある。機密保持のためなのだが、いささか良心の呵責もあって嫌な作業である。

やり方は、文中にある艦の在泊港名や日時などの個所を、鋏で切り取ってしまうのである。だから便箋に孔が開き、受取人には変な感じをあたえることになる。墨を塗ればよさそうなものだが、墨だとその個所を水に浸して墨を落とせば、元の字が出て来るので駄目だと、分隊長から乗艦当時に指導された。

書いてはならない港名や入港日などは、隊員に徹底しておけば防げるのだが、機械分隊にくらべて工作分隊のほうが違反の割合は多いようであった。「何だ、これくらいのこと」と思って、分隊員がしたがわない頑固さのせいであろう。

五艦隊の第二十一戦隊で大湊在泊時代、電気分隊の第十二分隊で、若い兵が機械室の電線通路で首吊り自殺した。食器当番として分隊所属の食器を洗っているとき、誤って食器の一つ二つを海中に落としたことを、古参兵にひどく叱られたらしい。それを苦にしての自殺であった。

そのことがあって二、三週間後のある晩、巡検が終わって一息ついていると、わが工作分隊の若い兵が一人、巡検時に見当たらず、下士官全員で捜したが行方不明であるという報告が、兵曹長の掌工作長からあり、大尉の分隊長にそのむね報告した。

第二十一戦隊に所属替えになったころ、それまでの工作分隊長は転勤になり、後任の分隊長には電気分隊の第十二分隊長と機関学校は同期で、恩賜の短剣の大尉が着任した。この分隊長は工作分隊全員を集め、隠密に艦内を捜索せよと命令した。

行方不明の兵は、やはり食器当番でアルミ製食器を洗浄中、海中に一個落としたの苦にしていたということで、古参兵に絞られるのを恐れて姿を消したらしい。軍艦は艦内が小さな区画に上下左右に細分されており、一万トン巡洋艦ともなると、大変な区画数である。三十名あまりで捜しても、なかなか見つからない。

「分隊士、海に飛び込んだのではないですか」などという声が出はじめると、つい先日の電気分隊員自殺の件が思い出されて、気が気でない。

半ばあきらめていたところ、先任下士官が、木工倉庫の中に積み上げて置いていた板と天井とのわずかな隙間に、かの兵がぐっすりと寝込んでいたのを見つけて、一件落着となった。先任下士官ともなると、経験からどこに潜んでいるかわかるのである。

そのあと分隊長が私に、

「下士官か兵長が、若い兵をバットで殴ってるんだろう。若い兵を集めて調べてみろ」

と命令した。若い兵十数名だけ工作機械室に集め、一列に並べて、

「下士官や兵長に、バットで殴られたことがあるか」

と聞くが、一同無言である。黙って見まもっていた分隊長、坂本龍馬に似た顔から、

「分隊士！　尻を調べろ！」

と語気鋭く叫ぶ。バットで殴る悪習は耳にしていたが、わが分隊にあるとは思ってもいなかったのに、尻を調べろとは⁉　一体どうやって調べたらよいのか困惑してしまった。女性なら論外だが、男性とはいえ二十歳前後の男の尻を、どうやって調べるのか、そんな方法は初任士官教育期間の授業にもなかった。私が窮しているようすを見て、掌工作長が、

「分隊士、私がやります」

と助け舟を出してくれた。こちらがほっとする間もあらばこそ、掌工作長は一列に並んでいる兵隊のまえに進み出るや否や、まず、

「回レー、右」

と令し、後ろ向きの隊列に対して、

「尻ヲー、出セ」

と、声高らかに号令をかけたのである。

とたんに、帝国海軍の兵隊は、

「上官ノ命令ハ朕ノ命令ト心得ヨ」

の教えに従って、一言の文句もなく、じつに素直に白の水兵服のズボンを下ろし、さらに褌を取りはずしたではないか。

臨機応変とはこのことだな、帝国海軍のいかなる号令集にも、「尻ヲー、出セ」という号令は載ってないのに、かつて兵時代、バットで殴られ、みずからも兵長や下士官時代に殴った経験者だったかも知れないこの兵曹長には、すっかり感心してしまった。兵たちの大多数の尻には、紫色の殴打の跡が鮮やかに残っていた。

後刻、下士官と兵長を集め、以後このような蛮行をやったら許さないぞと、厳重に注意をあたえてこの件は幕引きとなった。

この気転の効く兵曹長も、私が「足柄」から転勤したあと、レイテ沖海戦後のミンドロ突入作戦で、「足柄」の砲火で撃墜された米軍機が、機械工作室に突入した際、かつて尻を出させた場所で、そのときの部下十名とともに戦死してしまったとのことである。

賜暇が終わり、「足柄」は第五艦隊の基地大湊に向かう。艦隊の旗艦「那智」には志摩清英中将が座乗しており、「足柄」は二番艦である。「足柄」艦長は、昭和十九年二月、リンガ泊地で阪匡身大佐が戦艦「扶桑」艦長に転出後、三浦速雄大佐であった。

「那智」には、訓練の打ち合わせなどでときどき行ったが、同型艦ながら、細部にわたっては「足柄」と異なる点がいくつかある。前檣、後檣などの相違は別にして、たとえば士官の風呂の床は、「那智」がセメント張りなのに、「足柄」はタイル張りであった。

些細なことながら、「那智」はこの型の最初に完成した一号艦で、呉海工廠製なのに対し、「足柄」は三号艦で、造船所は神戸の川崎造船所である。官の工廠と民間造船所の違いかなどと思うが、それよりも「足柄」が昭和十二年、イギリス国王ジョージ六世の戴冠式の観艦式に参列したとき、タイル張りに改造した可能性が大きい。

第五艦隊はもっぱら陸奥海湾で訓練に明け暮れ、ときおり大湊に入港したり野辺地湾に入港したりする。浅虫の沖に投錨し、温泉に休養した日もあった。変転する北方戦線を睨みながらも、前線に出動することはなかった。

工作科の潜水訓練を、陸奥海湾でも何回か行なう。浅いところで行なう潜水訓練の余祿は、雲丹《うに》や海鼠《なまこ》や栄螺《さざえ》だが、格別喜ばれるのが帆立貝であった。十メートル以上は潜らないと、帆立貝はない。

「俺にもやらせろ」と、下士官の指導で、鉄兜のようなもののついた潜水服をつけて潜るが、深度は五メートル止まり、それ以上は潜れず雲丹、海鼠で我慢し、帆立貝はあきらめる。

昭和十九年の四月初め、兵学校七十三期とコレスの機関学校、経理学校卒の候補生が合計十名あまり乗艦して来て、ガンルームは一段と賑やかになる。私もそのころは少尉の中堅で、ガンルーム席次は上位のほうであった。

トラック基地の機能喪失を機に、中央では永野修身軍令部総長が辞任し、嶋田繁太郎海軍大臣が軍令部総長を兼任し、陸軍も杉山元参謀総長が辞任し、東條英機首相が陸軍大臣も参謀総長も兼務した。

昭和十九年三月から五月にかけて、南東方面の戦況は、カロリン、マリアナ、ソロモンと刻々急を告げていた。

十九年三月三十一日の夜、連合艦隊司令長官古賀峯一大将が、パラオからフィリピンのダバオに司令部を移す途中、悪天候のため幕僚の多くとともに殉職したことは、艦隊全員に衝撃をあたえ、戦いの前途に暗雲がたれこめた。

古賀長官殉職後の指揮権は序列に従い、南西方面艦隊司令長官高須四郎大将に移った。五月三日、正式に豊田副武大将が連合艦隊司令長官に親補される。

豊田長官は、緊迫する南東方面の戦況を一気に打開するため、連合艦隊の編制替えを行ない、空母九隻からなる機動艦隊と基地航空部隊とを、連合艦隊の中心に据えた。

機動艦隊の司令長官には小沢治三郎中将が補され、中将は将旗を新鋭空母「大鳳」に掲げた。小沢艦隊は、ボルネオの北東部に近い小島タウイタウイに集結する。

昭和十九年六月一日、敵艦載機がサイパン、テニアン、グアムに来襲し、戦機は迫って来る。豊田長官は、六月十三日午後五時半、「あ号作戦決戦用意」を発令した。

六月十五日の早朝、米軍はサイパンおよびテニアンに上陸を開始する。

小沢中将の部隊は十六日、フィリピン東方海上において総艦が合同し、十七日、艦隊は前衛と本隊に分かれ、さらに本隊は甲部隊と乙部隊に区分された。

小沢中将は、航空攻撃にアウトレーンジ戦法を採用した。アウトレーンジ戦法とは、専門用語を用いれば、「航空攻撃ハ敵空母艦ノ航空攻撃圏外ヨリ大兵力ヲ以テ昼間先制攻撃ヲ行フヲ重視ス」というようなことになるのであろう。元来、大艦巨砲主義もアウトレーンジ戦法の一種と言ってよい。

ボクシングの試合で、体重は同じでも、手の長い選手と短い選手が戦った場合、長いほうの選手がつねに相手を打っていれば、短いほうの選手は、いくら手を伸ばして打とうとしても、グローブが相手の選手の体に届かないという理窟と同じである。

大きな大砲は射程距離が長いから長い手、小さい大砲は短い手に相当し、敵より大きな大砲で先に弾を打ち込むというのが大艦巨砲主義なのだから、これもアウトレーンジ戦法と言える。航空戦では、敵よりも航続距離の長い飛行機に爆弾を積み、敵機が味方を攻撃できない遠距離から味方機を発艦させて勝つという戦法である。

この戦法には弱点がある。第一に敵の機動部隊の所在が索敵によって正確に把握されつづけていること、第二に味方の攻撃機が敵艦隊上空に到達したとき、敵戦闘機によって撃墜されないような防御方法を講じておかなければならないことである。

「あ」号作戦は、六月十九日午前三時に発動された。小沢艦隊は結果として、この二点のいずれにも弱点を暴露して完敗することになる。

米機動部隊を発見できず、自爆、未帰還となった機も多く、さらに米艦隊上空に待ち伏せていた敵戦闘機によって〝マリアナの七面鳥射ち〟と米軍パイロットに呼ばれたように、バタバタと撃墜された機が大多数だったという。戦闘開始前には四百三十九機を数えたわが艦載機のうち、四百四機が失われた。

他方、艦載機を発艦させ、その帰投を待っていた空母「大鳳」と「翔鶴」は、敵潜の雷撃を受けて十九日に沈没、「飛鷹」もまた翌二十日、敵機の攻撃により被爆し沈没した。損傷した艦には空母「瑞鶴」「隼鷹」「千代田」、戦艦「榛名」、重巡「摩耶」があり、ほかにタンカー二隻が沈没した。

小沢中将は、作戦を中止して各部隊に沖縄中城湾に集結するよう命令し、艦隊は二十二日の午後一時から三時までに中城湾に入泊を完了した。

「あ」号作戦に出動した艦には、級友の多くが乗っていた。「大鳳」には長沼重義、「翔鶴」には大河内康行、「千代田」には松村修一、「金剛」には室岡元次、「愛宕」には藤崎実と桜井敏夫、「摩耶」には高橋吉郎、「高雄」には岡田久麿、「妙高」には岩崎勇の各少尉が乗艦している。

この時点で、駆逐艦「初月」に青木伸夫、「満潮」も板垣正吉が乗艦しておれば、両少尉をふくめ、他の駆逐艦や軽巡にも数名いたであろうから、級友の半数以上が「あ」号作戦に出撃していたと思われる。

この戦いで長沼重義少尉と大河内康行少尉の二人が戦死した。神戸高等商船機関科第三十九期の田村安雄少尉は長沼少尉とともに「大鳳」で、古沢英信少尉は大河内少尉とともに「翔鶴」で戦死した。

幻のサイパン水上特攻

第五艦隊はこの間、陸奥海湾で「あ」号作戦の成功を祈っていた。六月十九日の夕刻になっても戦果の報はなく、二十日になると、「大鳳」「翔鶴」沈没の悲報が入る。二十一日には、さらに日本郵船の客船出雲丸を改造した空母「飛鷹」沈没の報が入り、「あ」号作戦失敗のニュースは艦内に行き渡る。

「あ」号作戦発動以来、中央で何が検討され、第五艦隊司令部に何が電令されたかなどは、最下級士官の知るところではない。われわれに知らされていたのは、「あ」号作戦が失敗したので、「戦艦『山城』と『那智』『足柄』の三隻は、航空機なしでサイパンに上陸した米軍を艦砲射撃する作戦に出動」するというものであった。十ヵ月後におこなわれる戦艦「大和」などの沖縄「水上特攻」の前駆をなすものである。

「那智」「足柄」が大湊を出港し、横須賀に入港したのは、六月二十一日ころであった。入港したその日から、弾火薬、燃料油、水、食糧などの搭載に乗組員は忙殺される。夜は身辺整理である。連合艦隊の水上艦船、艦載機、基地航空機を総動員して完敗したマリアナ海域の中心サイパンに、航空機なしで到達できると考えている者は、一人としてなかろう。ある分隊長は、サイパンに「着けるはずがない」と断言した。

全員玉砕は自明のこととしてか、ガンルームはきわめて静粛であった。だれもそのことを話そうとしない。触れたくない。避けて通る。艦内の雰囲気には、艦がまさに沈まんとし、海水に洗われている上甲板に、総員退去の令で集まった兵士たちの静寂さがあった。それは沈鬱な静寂である。

この時点から四ヵ月後の比島沖海戦で出撃した駆逐艦「秋月」の艦内の雰囲気にくらべ、「足柄」の重苦しさは、駆逐艦と重巡のトン数に比例して重かった。あるいはそれは、この時点の私の気持と、四ヵ月後の私の気持との差であった、というほうが正しいのかも知れない。

いよいよ明日は出撃という日になって、突然、作戦中止命令が来たのである。その日は六月二十五日のようであった。

戦後知ったことであるが、米軍がサイパンに上陸した後の中央の動きはつぎの通りである。六月十七日、サイパンに兵力輸送するため、第五艦隊に駆逐艦三隻、タンカー一隻をつけて、マリアナ輸送作戦の準備にかかるよう電令した。当時の第五艦隊は、旗艦重巡「那智」および「足柄」、軽巡「多摩」「木曽」「阿武隈」、駆逐艦五隻の編成であった。この作戦を「イ」号作戦といい、第五艦隊がサイパンに殴り込み、三日後に陸軍の資材を送り込む。

他方、「ワ」号作戦として、陸軍は二個師団と一会戦分の兵力を用意し、七月上旬、総攻撃を行なうための研究を開始した。

二十日から二十一日にかけて、サイパン反撃作戦として、甲案と乙案の二つが検討された。

甲案＝飛行機三百機で七月七日、マリアナ方面の制空権を一時確保し、七月八日、第五艦隊、高速輸送部隊、空母部隊、陸軍（輸送船団、一個師団）、第二艦隊がマリアナに近迫。第五艦隊は同日、サイパンなどに入港、翌日、輸送船団を入港させる。

乙案＝マリアナを極力持久する。陸海軍の対米作戦態勢を強化する。

二十二日、陸軍が否定的な意見に傾いた。

二十三日、連合艦隊司令長官は作戦に成算がないといった。

二十四日、陸軍参謀総長、海軍軍令部総長が作戦部として乙案を上奏した。天皇はこれを承認されず、元帥会議を召集された。

二十五日、午前十時、宮中で開かれた元帥会議に、天皇は作戦部のこの決定を諮問された。元帥府の意見はつぎの通りであった。

「曩《さき》ニ参謀総長、軍令部総長ノタテマツリタル中部太平洋ヲ中心トスル爾後ノ作戦指導ニ関スル件ハ適当ナリト認ム。而シテ今次方策ノ実行ハ事迅速ヲ要シ又陸軍ノ航空戦力ノ統一的運用ニ努ムルコト緊要ナリ

右謹テ　上奏ス」

天皇は、「サイパンには民間人が大勢いるではないか。授軍を送れ」といわれたと伝えられているが、叡慮は達成されなかった。

当時、海軍省教育局第一課長であった神重徳大佐は「海軍の辻政信」と言われた人であるという。このとき神大佐は、軍令部中沢佑作戦部長に、

「私を『山城』の艦長にして下さい。サイパンへのしあげて砲撃します」

と懇請したが、中沢部長に、

「君は作戦参謀もやったのに、『山城』が行けると思うか。万一サイパンにのし上げても、電気系統が動かなければ、主砲は射てないじゃないか……」

とたしなめられ、引き下がった。

だが、同様の意見を、海軍の長老や軍令部各方面にも説いてまわったという。十ヵ月後の「大和」沖縄特攻も神大佐が主唱者だったという説がある。実施はされなかったが、このときのサイパン「イ」号作戦および「大和」の水上特攻には、「のしあげて砲撃する」という共通した理念がある。

兵科の高級参謀の中には、艦がいかなる状態になっても砲撃は可能、という考えが潜在していたのであろうか。艦の傾斜が何度になったら、揚弾機が使用不能になるか、トリムがいくらになったら、罐が焚けなくなるか、という基礎知識が欠如していたのであろうか。

一般論として、のし上げたら傾斜もトリムも砲撃可能限度を越すと考えるのが、合理的というものであろう。さらにのし上げによる船体の撓《たわ》みにより、電気・通信系統の配線切断が随所に起き、砲の使用は不可能であろう。

陸軍に比べて合理性に富むと言われていた海軍でも、兵科高級参謀の合理性は、このレベルと言うべきか。科学を軽視し、精神主義の弊に陥った軍首脳の決断が、昭和十六年十二月八日の開戦であったのもうなずけよう。

サイパン殴り込み作戦中止後、「足柄」は横須賀から呉に入港し、次期作戦に備え、可燃物の撤去が行なわれた。木製品を陸揚げしたり、リノリュームを甲板からはがしたり、ペンキもはがしたりして、艦内は異様な感じになった。

昭和十九年七月、八月は、主に柱島沖に碇泊し、訓練に励んでいた。そのころ私は、工作分隊から罐分隊の十一分隊士に配置換えになる。柱島泊地の夏は暑く、午後は水泳日課である。私は機関科の水泳未熟者の指導係を仰せつかって、近くの大島と呼ばれている屋代島の砂浜に、カッターで未熟兵を連れて行き、訓練する日々であった。

このころパラオとマニラの間の輸送作戦にあたっていた軽巡「名取」は、昭和十九年八月十八日、パラオからもセブ島からも約四百マイルの太平洋上で被雷して沈没した。「名取」には昭和十九年七月一日付で中尉に進級したばかりの級友吉村芳郎が乗艦していた。彼は戦死した。吉村中尉は、級友では四番目の戦死者となった。

一億玉砕の思想

柱島泊地の夏のある暑い日、私は希望通り防空駆逐艦「秋月」に、昭和十九年九月十日付で転勤の内命を受けた。

転勤命令の内示を受けてから九月十日までには、かなりの日数があった。その間にたまたま呉に入港したとき、海軍機関学校出身の士官たちが、私のために呉の水交社で送別会を開いてくれるという。光栄の至りである。

その日は、九月に入ってもなおかなり暑い日であった。小高い丘にある呉の水交社の一室が会場であった。水交社に着くと、神戸高等商船出身で一期先輩の佐藤忠次中尉が、「あのなあ、東大の偉い先生が出席してくれるそうだからな」と告げてくれる。「どうして私の送別会に、東大の先生が出席して下さるんですか」と問い返そうと思ったが、「はい」とだけ答えた。

昼食をはさんでの会で、私の席の右隣りの椅子には、身長百六十センチ程度の小柄で上品な背広姿の紳士が着く。先輩佐藤中尉、それに私のコレスでやはり神戸高等商船出身の井戸久雄中尉と私の三名のほかは、機関長以下、この春、大湊で乗艦したばかりの少尉をふくめて十名余は全部、海軍機関学校出身者である。

機関長につぐ先任の機械分隊長の大尉が司会者となる。

まず、私の「秋月」転勤にふれ、つぎに東京大学の先生を簡単に紹介した。内容は記憶にないが、「東京大学平泉澄先生」という名だけは覚えている。平泉教授は軽く頭を下げただけで、無言であった。

予備知識もなく、はじめて聞く平泉澄という名に、何の感動も湧かなかった。細い眼は澄んでいて、おっとりとした色白な顔からは、公家の末裔という印象を受ける。食事中、私との会話は平泉博士みずから語ることは少なく、もっぱら聞き役であった。

「級友がつぎつぎに戦死して行くなかで、『足柄』は比較的静穏な海域を担当しています。何かすまないような気がしますので、もっと激しい戦闘をやる駆逐艦を希望しました。それで、このたび『秋月』に転勤が決まりました」

と述べると、うなずいていた。

平泉澄教授との同席はまったく偶然である。閉会後、佐藤先輩は、

「機械分隊長が平泉先生を知っておられて、お呼びしたんだそうだ」

と話してくれた。

平泉史学の皇国史観という語を知ったのは、戦後二十年余も過ぎてからである。皇国史観と陸海軍軍人との係わり合い、過激派軍人のクーデター、開戦、そして終戦時の一部軍人の動向などが、平泉教授の皇国史観と深く係わっていたことを知るのは、さらに二十年の後であった。

虫も殺さぬ風情の平泉教授が、右翼やクーデター軍人の思想的支柱であったとは驚きである。なぜ平泉教授が、私の送別会に出席することになったのか、長い間、疑問に思って調べているうちに、つぎの二つの記述が眼にとまった。

その一つは秦郁彦著『昭和史の軍人たち』にあった。終戦時の陸軍大臣阿南惟幾大将と平泉澄教授との関係が、概略つぎのように記してある。

「東京帝国大学国史学科平泉澄教授が陸軍と関係を持つようになったのは、満州事変前後である。陸軍士官学校の東条英機幹事が課外講師として、平泉教授を招いたのが昭和九年、のちに教授は陸軍大学校、海軍大学校にも講師に呼ばれ、自宅では私塾『青々塾』を開いており、多数の青年将校が集っていた。終戦時、陸軍大臣であった阿南大将の義弟竹下正彦中佐や陸士在学中の大将の長男も次男も『青々塾』に行くようになり、二人の息子を介して、大将は次第に平泉教授に傾倒し、時々会う関係に進んだ。大将が次官時代、陸軍の機密費から資金援助をし始め、終戦まで続けたという」

他の一つは阿川弘之著『井上成美』にあった。平泉教授と兵学校、機関学校との関係を、要約すると、つぎのようになる。

「海軍大学校では教官徳永栄大佐が国粋主義者で、平泉学派の学説に心酔していた。昭和七年から十年、十一年までの甲種学生は皆、平泉教授の講義を聴講させられた。しかし昭和十二年頃、何等かの理由で教授は海軍から当分縁切を申し渡された。

一方、機関科将校の戦闘配置は艦底で、脱出生還が難しいためか『従容として死につけ』という伝統が、舞鶴の海軍機関学校には強かった。そのためか教授は、兵学校、海軍大学校とも出入り差し止め後も、機関学校とは五年余も暗黙裡に親密な関係が続いた。昭和十年代半ばの機関学校卒業生に、平泉博士の学風を慕う者が多いのはそのせいだ。三国同盟締結のころを境に、海軍省中枢の空気が変り、博士と海軍とのよりが戻る。教育局長は徳永少将がなる。

やがて戦争が始まり、十七年上半期だけで博士は五たび江田島に赴いて『皇国護持の道』と題する講演を行った。校長が井上中将に変り、十八年になっても海軍省は平泉講師の兵学校差遣を通知して来た。井上校長が異を唱え、生徒には直接講演を聞かせず、教官にだけ聞かせた。

十九年八月五日、井上校長は海軍次官になった」

後任の兵学校長は大川内伝七中将、小松輝久中将とつづき、昭和二十年一月十五日に栗田健男中将となる。私の送別会があった十九年九月上旬の校長は、大川内中将であったのではなかろうか。井上中将は皇国史観の平泉教授を嫌っていたが、海軍省が平泉教授を差し遣わすので、その後の大川内中将時代にも、平泉教授はときどき江田島に来ていたものと推察される。

「足柄」の機械分隊長は、昭和十年代半ばの海軍機関学校卒業生であったので、平泉教授に心酔していたのであろう。それが縁で、教授の江田島差遣と私の送別会が、たまたま重なったのを機に、機械分隊長が平泉教授を招いたのであろう。

このときから九ヵ月後、「足柄」がスマトラのバンカ海峡で英潜トレンチャントの雷撃で沈没した際、部下に命じてわが身を「足柄」に縛りつけさせ、従容として死についた坂梨忠大尉もまた、彼の日ごろの言動から平泉博士に心酔していた可能性がきわめて高い。

皇国史観は読む機会もなかったが、察するに、建武の中興のような天皇親政こそ日本国家のあるべき姿と定め、臣民は天皇、上御一人に帰一し奉るという思想であったのではなかろうか。一億国民は、上御一人のため一命を捧げることを至上の道徳とし、敗戦よりも「一億玉砕」を臣民の道と教えたのであろうか。

平泉澄教授の誤算は、終戦が近づくころ、高松宮が、

「お上のお気持は、この戦争をどうやって上手に負けるかということです」

と軍令部第一部長の中沢少将に伝えたり、宮様御自身の、

「一億玉砕なんて問題にならん」

のお言葉など、客観情勢の把握が不十分だったことであろう。

教授は昭和初期に台頭した右翼、過激派軍人たちに迎合し、実証性の乏しい御用学説を創造したのであろうが、それは敗戦とともに瓦解した。しかし、この学説によって、幾多の生

命が失われたことは消すことのできない事実である。

明治維新以後、昭和二十年の敗戦までの八十年間ほど、天皇が神格化されたことは、日本の歴史上かつてないと言われている。その原因は、明治維新の原動力となった下級武士が、みずからの権威のなさをカバーするために、天皇をバックに据え、神格化したことにあるという。平泉教授は神格化を加速させた。

わが国では殿様のため、京都の天皇様のため、侍は別にして、百姓町人全員打ち死にするという思想は、明治以前にはまったくなかった。

今次大戦で、上御一人のため「一億玉砕」という思想の系譜は、どこに起源があるのであろうか。

第三章　地獄の海から生還す

生死の分かれ目

昭和十九年九月十日、瀬戸内海の柱島泊地において、重巡「足柄」の内火艇から、防空駆逐艦「秋月」の舷梯をかけ登って、私の転勤はいとも簡単に終わった。

当時「秋月」は、同型艦「初月」「若月」とともに、第六十一駆逐隊を編成しており、旗艦は「初月」で、司令は天野重隆大佐であった。

「秋月」艦長は緒方友兄中佐、機関長は柿田実徳少佐、砲術長は岡田一呂大尉、航海長は坂本利秀大尉、水雷長は河原崎勇大尉、軍医長は国見寿彦中尉であった。坂本航海長は神戸高等商船航海科第二十九期の同窓である。機関科について言えば、三期先輩の東京高等商船機関科第百八期の金子正明中尉が機関長附、私、山本中尉が機関科分隊である第四分隊の分隊士、後部機械室の分掌指揮は特務士官出身の摂津貞司少尉と森山政信兵曹長、第二罐室の分掌指揮は池田光隆兵曹長であった。

機関長附の金子中尉と四分隊士の私との関係は変則であった。この型の艦では四分隊士のほうが、機関長付より序列が上位のポストである。本来なら、私より先任の金子中尉が四分隊士になり、私が機関長附になるのが正しい序列であった。

私の乗艦前は、神戸高等商船機関科第三十六期の古川衛中尉がおり、同中尉は金子中尉とコレスであったが、金子中尉の召集が遅れたために古川中尉が先任で四分隊士、金子中尉は後任で機関長附となっていた。古川中尉が九月十日付で第七号駆潜艇機関長に転勤し、同日付で私が「秋月」に発令された。

したがって金子中尉が四分隊士に繰り上がり、新任の私が機関長附になるのが順序である。ところが、金子中尉と私とは学校時代から知己の間柄であったので、同中尉は私が発令されると、柿田機関長に、「機関長附に慣れていますので、この職に留まりたい」と申し出て、了承を得ていた。

私が乗艦すると同中尉は、「長附に慣れてるから、いまさら罐の指揮官になる気はない」、私に、「罐の指揮官をやれ」と言う。四分隊士の戦闘配置は罐部指揮官なのである。

同中尉は柿田機関長の信頼が厚かったせいかどうかは知らないが、よくもこのような序列を乱した人事を、機関長が許したものだと思う。

この異常人事のため、四十五日後のフィリピン沖海戦で、金子中尉は戦死し、私が生き残る運命となるのである。

ちなみに、私の前任者古川中尉はまもなく大尉に進級し、「秋月」転出半年後の昭和二十年三月二十六日、マラッカ海峡で第七号駆潜艇が被雷したとき、機関長として戦死することになる。

戦闘はまさに一寸先は闇である。政界の「一寸先は闇」の闇とは闇が違って、生死のかかる闇である。金子中尉は、みずからの意志によって死の配置を選択した。

「秋月」は、航空兵力の伸展にともない、艦船の対空防御の必要から、本格的な防空駆逐艦として進水した最初のもので、以後、同型を秋月型といった。

昭和十七年六月、舞鶴海軍工廠で竣工し、当時の駆逐艦としてはもっとも大きく、公試排水量は三千四百七十トン、主砲の十センチ高角砲は初速毎秒一千メートル、最大射高一万四千七百メートル、一門当たり発射速度毎分十九発、最大仰角九十度、また魚雷は六十一センチで、八本搭載していた。

「秋月」の沈没原因については諸説があり、それに係わりがあるので船体、機関の主要目をあげておく。

全長百三十四・二メートル、最大幅十一・六メートル、深さ七・〇五メートル、公試状態における吃水（前、後、平均とも）四・一五メートル、乾舷は前部六・八メートル、中央部二・九メートル、後部二・九メートル、キール位置をK、浮心をB、重心をG、メタセンタをMとすると、KBは二・四四メートル、KGは四・三八メートル、KMは五・四九メートル、BMは三・〇五メートル、GMは一・一一メートル、水線上重心点高さは〇・二六メートル、復原性範囲九十三・九度、最大復原力の角度四十五度であった。

罐は艦本式ロ号二万馬力の蒸気罐三個で計六万馬力、うち二個は第一罐室、他の一個は第二罐室にあった。

罐指揮所は、第一罐室の左舷側中段に小鳥の巣箱のように、甲板と罐室床との中間位置に設けられていた。縦二・四メートル、横幅一・八メートル、面積四・三平方メートルほどの狭いところに、指揮に必要な計器類や各種指令器を備えた指揮台が置かれている。残り畳一枚の空所に、指揮官の私と特務下士官大串上機曹と伝令の機関兵の三人が、戦闘時には配置につくのである。

甲板と罐指揮所と罐室の下段とは、モンキーラッタルで結ばれていた。第一罐室右舷側にも、甲板と罐室床とを結ぶモンキーラッタルが取りつけられているが、戦闘中は甲板上へ通ずる丸蓋は閉鎖するので、第一罐室へ出入りするには、罐指揮所を通る左舷側のものを使用することになっていた。

本艦は、二軸で推進器二個をもち、機関室は艦首から艦尾にかけて第一と第二罐室、つづいて前部と後部の機械室となっている。

各機械室には、推進器をまわす二万六千馬力の蒸気タービンがすえつけられ、馬力は計五万二千馬力、毎分回転数三百四十三のとき速力は三十三ノット強である。過負荷では毎分回転数三百四十八、馬力五万四千八百で、速力は三十四ノット弱であった。罐の蒸気圧力は、毎平方センチ当たり三十キログラム、温度摂氏三百五十度の過熱蒸気である。

機関科の人員は士官、下士官、兵あわせておおよそ八十二名である。戦闘時は、もっとも若い兵四名を弾丸運びとして、また若干名を機銃員として砲術科へ出すほか、残り七十名余は艦底深く配置につく。

開戦翌年のソロモン海域では、全米軍機に対して〝不用意に近づくな〟と、敵首脳部が指令を出すほど、「秋月」は警戒されている。それだけ訓練は猛烈で、本艦では、起床を早めて早朝訓練が連日のように行なわれていた。

思いもかけぬ朗報

昭和十九年十月十日から十六日にかけて、米空母機動部隊は、台湾、フィリピン諸島北部のわが航空基地を反覆攻撃した。わが基地航空隊はこれに反撃し、かなりの戦果があがったと報告した。これが台湾沖航空戦と呼ばれた戦いである。

一ヵ月ほどまえに退艦した「足柄」は、志摩清英中将座乗の「那智」とともに第五艦隊の主力として、台湾沖航空戦の損傷残敵空母掃蕩の任務を帯びて、十月十五日午前零時、岩国沖を出撃したが、目的を果たさず奄美大島で燃料を補給し、つぎの命令を待っていた。その間に「捷」一号作戦が発動になり、今度はレイテ湾内の損傷残敵護送船団を掃蕩する命令が下った。

そして志摩艦隊は、第二遊撃部隊として西村部隊の後を追うように、十月二十四日の夜、スリガオ海峡に向かうのである。

「五艦隊は動かん隊」と陰口をたたかれていた重巡「那智」「足柄」、軽巡「阿武隈」、駆逐艦「潮」「曙」「不知火」「霞」など、かつて陸奥湾での懐かしい名の艦が、久方ぶりに晴れの舞台に出ることになった。

「秋月」は、昭和十九年九月三十日から十月六日まで、艦底洗いと機銃増設工事などのため、呉工廠に入渠していた。

「足柄」から「秋月」に転勤し、フィリピン沖に出撃するまでの一ヵ月余の間に、もっとも親しい級友宮島弘中尉とは呉で数回会った。宮島は商船改造の空母に乗っていた。それは鷹のつく名の空母で、一度その空母を訪ねたことはあるのだが、いまは艦名を思い出せない。空母は南方戦線から帰ったばかりであった。

宮島とは、彼の叔父が社長をしている銀座のワシントンで、靴の修理を三年間ただでやってもらった関係から、靴が取り持つ縁のようでもあるが、彼は信州は松本に近い穂高の産、越後とは隣県の誼《よしみ》か、入学当初からなんとなくうまが合った。

深川越中島の三年間、それにつづく舞鶴海軍工廠の実習生時代、行動を共にすることが多く、私がフィリピン沖に出撃するこのころには、以心伝心、心の中は言葉なしで分かる間柄だった。

彼の乗艦の空母は、「捷」一号のこのたびの作戦には参加せず、呉に残る。私は出撃する。これが「別れ」になることは、互いに言葉には出さないが、「あとは俺が引き受ける」という彼の心情が伝わって来る。

そのころ呉に数ある海軍士官専用料亭の一つと、彼は付けのきく間柄になっていた。当時、私が飲み代に窮しているのを知った彼は、その料亭では「俺の名前で付けておけ」と言う。事実、一人で飲み明かして、額も聞かずに、「宮島中尉に付けておいてくれ」と言って出撃した。

このときから九ヵ月後の終戦も近い昭和二十年の七月、横須賀海軍砲術学校に勤務していた私に、今度は宮島が二度会いに来た。いや「別れ」に来た。二度目は七月末で、まさに彼が第五十二号駆潜艇機関長として戦死する八月八日の前夜であった。呉の料亭の飲み代は話にもならず、その額は永久に不明となってしまった。

十月六日、呉工廠ドックを出渠し、その日に因島日立造船所のドックに入った。因島は尾道沖に浮かぶ気候温暖な島で、蜜柑の産地である。国防婦人会の方々が、そのころとれる皮の薄い蜜柑を、竹製の籠にたくさん入れて「秋月」に差し入れてくれる。

食事のあとにかならず機関長が、「従兵、なまみかん」と言うようになる。「なまみかん」とは、変わったことを言うな」と思うが、それまで食事のあとに出た蜜柑は、罐詰蜜柑ばかりだったので、機関長の気持も理解できるというものである。

十月十日からはじまった米機動部隊による台湾、フィリピン諸島への航空攻撃の報により、十一日には急きょ修理を中止して呉軍港へもどり、臨戦準備にとりかかった。

宮島の名で付けにしたりしながらも、なお飲み代は赤字になり、借金したまま死ぬのはまずいと、郷里の父に、「至急四十円送ってくれ」と手紙を出す。だが、間に合いそうにない。万事休して同室の先輩、機関長附の金子中尉に、「飲み代が赤字で困ってるんですが、借して下さい」と願い出る。

先輩は、気持よくこちらの言いなりの額を貸してくれる。これで料亭の借金の支払いを、ぶじすませた。郷里からの送金を待つが、なかなか届かない。出撃日が近づいて来る。金子中尉から借金したまま死なねばならぬのかと思うと、気が気でない。

「秋月」は準備完了後、輸送任務のため鹿児島港まで往復する。そして、有史以来の最大の海戦で、しかも緒戦以来もっとも多くの艦艇を喪失し、事実上、日本海軍の崩壊をもたらしたフィリピン沖海戦に参加することになる。

この海戦は「捷」一号作戦と呼称された。作戦開始時、連合艦隊の一艦である「秋月」は、のちに囮艦隊と呼ばれる小沢治三郎中将の率いる機動艦隊の中で、第十一水雷戦隊第六十一駆逐隊に所属する防空駆逐艦三隻中の一隻として、第四十一駆逐隊の「霜月」とともに、機動艦隊主力の空母四隻を護衛するのが、その主任務であった。

一方、リンガ泊地を発した「大和」「武蔵」をはじめ、主力水上艦からなる第一遊撃部隊は、栗田健男中将に率いられ、その任務はレイテ湾に突入し、その巨砲を利して敵のレイテ島上陸軍輸送艦船を砲撃撃滅するにあった。

ところが、この第一遊撃部隊を捕捉殲滅せんものと、サンベルナジノ海峡の太平洋側に、世界最強を誇る米機動艦隊が待っている。囮となってそれらの敵艦隊を、ルソン島の北東海域へ誘い出すのが、わが機動艦隊の任務であった。

いよいよ明日は出撃という前夜、思いもかけぬ朗報があった。海軍は、どうせ死なせるんだからというわけでもあるまいが、月給の前払いをしたのである。これで金子中尉からの借金を全部返して、なお二十数円残った。これだけあれば、三途の川の渡し賃は大丈夫と安堵した。

十月十七日、「捷」一号作戦警戒発令となり、翌十八日の午後にはいよいよ同作戦の発動となった。

艦隊司令部から伝達された作戦命令を乗組員に知らせるため、その夜、艦長は暗闇の前甲板に全員を集めた。

命令は戦後、明らかにされたように、

「X日マイナス二日にわが機動艦隊本隊は、囮《おとり》となって敵に突撃する」

という主旨のものであった。解散後、近くにいた兵たちが、

「こんどは三度目だから駄目だなぁ」

と、ささやくのが強く耳に響いた。

だが、開戦後、対空戦闘艦として日本海軍が、はじめて進水させた防空駆逐艦「秋月」型一号艦乗員の多くは、南方戦線で数えきれないほどの米軍機を撃墜してきた自信に、揺らぎを見せなかった。

今度もまたアメリカ生まれの鷲を、何羽撃ち落とせるかと数えている猟師のように、初陣の私には見えるのである。

この雰囲気に影響されたのか、私の心境は、サイパン陥落後、サイパン「水上特攻」とも言える「イ」号作戦出撃準備中の「足柄」乗組当時とは、違っていることに気がつく。

落ち着きはらっているのではない。気持は、席上課程終了時、研究発表の順番を待つ合間の、いらいらしたやり切れなさに似ている。いったん壇上に立って話しはじめると、それまでの落ち着かない気分は消し飛んでしまった。司会の教官も級友も後輩たちも、無縁の聴衆となって、まったく気にならなかった。

戦闘も同じだろうか。焦燥感は、戦場に到達し、戦闘が開始されるまでのものであろうか。対空戦闘がはじまったら、恐怖感は霧散するのであろうか。

「足柄」当時ほどの重圧感はないが、不安の想念は走馬灯のように、ぐるぐる回って果てることがない。

堂々の布陣

昭和十九年七月八日に呉を出て十六日にリンガ泊地に着いた栗田艦隊は、リンガに近いスマトラのパレンバン油で、三ヵ月間、日に日に練度を上げていた。

「捷」一号作戦で第一遊撃部隊となった栗田艦隊が、静かにリンガ泊地を後にし、ボルネオのブルネイ湾に向かったのは、十月十八日の深夜であった。

艦隊がレイテ湾まで一千二百カイリのブルネイ湾に入港したのは、二十日の正午ころである。ここでブルネイに来ているはずの油槽船が着いていないので、大艦から小艦へと油の補給が行なわれた。

十月二十二日午前八時、栗田艦隊のうち第一、第二部隊は、一千二百カイリの北方航路をとって、レイテ湾を目ざしてブルネイを出撃した。

西村中将の率いる速力の遅い「山城」「扶桑」を中心とする第三部隊は、スリガオ海峡を通過する航程、八百カイリの南方航路をとって、レイテ湾に突入することになっているので、少し遅れて二十二日の午後三時にブルネイ港を出撃した。「扶桑」艦長は、かつての「足柄」艦長阪匡身少将である。

「捷」一号作戦の編制と区分は、つぎのようであった。

第一機動艦隊＝司令長官小沢治三郎中将

第二艦隊（第一遊撃部隊）＝司令長官栗田健男中将

第一部隊＝司令官栗田健男中将

第一戦隊＝「大和」（旗艦）、「武蔵」「長門」

第四戦隊＝「愛宕」（艦隊旗艦）、「高雄」「鳥海」「摩耶」

第五戦隊＝「妙高」（旗艦）、「羽黒」

第二水雷戦隊＝「能代」（旗艦）、「島風」、第二駆逐隊「早霜」「秋霜」、第三十一駆逐隊「岸波」「沖波」「朝霜」「長波」、第三十二駆逐隊「藤波」「浜波」

第二部隊＝司令官鈴木義尾中将

第三戦隊＝「金剛」（旗艦）、「榛名」

第七戦隊＝「熊野」（旗艦）、「鈴谷」「利根」「筑摩」

第十戦隊＝「矢矧」（旗艦）、第十七駆逐隊「浦風」「磯風」「浜風」「雪風」「野分」「清霜」

第三部隊＝司令官西村祥治中将

第二戦隊＝「山城」（旗艦）、「扶桑」「最上」、第四駆逐隊「満潮」「朝雲」「山雲」、第二十七駆逐隊「時雨」

第三艦隊（本隊）＝司令長官小沢治三郎中将

第三航空戦隊＝「瑞鶴」（艦隊旗艦）、「瑞鳳」「千歳」「千代田」

第四航空戦隊＝「日向」（旗艦）、「伊勢」「大淀」「多摩」

第十一水雷戦隊＝「五十鈴」（旗艦）、第四十三駆逐隊「桐」「桑」「槇」「杉」、第四十一駆逐隊「霜月」、第六十一駆逐隊「初月」「秋月」「若月」
第五艦隊（第二遊撃部隊）＝司令長官志摩清英中将
第二十一戦隊＝「那智」（艦隊旗艦）、「足柄」
第一水雷戦隊＝「阿武隈」（旗艦）、第七駆逐隊「潮」「曙」、第十八駆逐隊「不知火」「霞」、第二十一駆逐隊「若葉」「初春」「初霜」
第六艦隊＝司令長官三輪茂義中将
第一航空艦隊（第五基地航空部隊）＝司令長官大西瀧治郎中将
第二航空艦隊（第六基地航空部隊）＝司令長官福留繁中将

「捷」一号作戦にもまた、それまでに戦死した四人を除くほとんどの級友が参加した。栗田艦隊の旗艦、重巡「愛宕」には藤崎実と桜井敏夫、第一部隊の「摩耶」に高橋吉郎、「妙高」に岩崎勇、「高雄」に岡田久麿、第二部隊の戦艦「金剛」に室岡元次、第三部隊の駆逐艦「満潮」に板垣正吉、機動艦隊本隊の空母「千代田」に松村修一、防空駆逐艦「初月」に青木伸夫、「秋月」に私が乗艦し、そのほか「捷」一号作戦以後、戦死したり、戦後故人となったりして確認のむずかしくなった級友をふくめると、級友の三分の二以上が出撃したものと思われる。

栗田艦隊の惨劇

十月二十日、機動艦隊本隊は小沢治三郎中将に率いられ、八島沖を出撃した。空母はそれぞれ駆逐艦をしたがえ、伊予灘において航行しながら艦載機百十六機を搭載した。空母四、航空戦艦二、軽巡三、駆逐艦八の機動艦隊本隊が、囮の任務をおびて、夕闇せまる豊後水道を通過し、一路南下を開始したのは、その日の午後五時ごろであった。

豊後水道通過後は、警戒序列で航行し、二十二日には主力艦から駆逐艦に燃料補給が行なわれた。

その間、幾度となく対潜・対空警戒信号のブザーが艦内に鳴り響き、そのつど私は、戦闘配置の罐指揮所へ下りていったが、警戒のみで戦闘はなかった。

二十三日の黎明、栗田艦隊は十八ノットで之字運動中であった。午前六時三十二分、フィリピンのパラワン島西方で、敵潜の放った魚雷四本が突如、艦隊旗艦「愛宕」に命中する。「愛宕」は二十分余で沈没した。このとき「愛宕」の藤崎実中尉が戦死する。彼は「捷」一号作戦で最初の戦死級友となった。藤崎中尉とともに「愛宕」に乗っていた桜井敏夫中尉は生還する。

「愛宕」の被雷直後、同じ四戦隊の「高雄」に魚雷二本が命中した。その個所は右舷艦橋下と後部であった。後部の被雷で、四個のプロペラのうち二個と舵がやられ、最大速力は十二ノットに落ち、操艦もままならず、戦列を離れてシンガポールに回航されることになる。「高雄」の岡田久磨中尉は、ぶじシンガポールに着く。

「高雄」被雷の二十分後の六時五十九分、やはり四戦隊の「摩耶」にも魚雷四本が命中し、

「摩耶」は二分で轟沈した。二つに折れて沈みながら、艦内の主タービンは、なおも懸命に回転しつづけ、朝日に映える艦尾のプロペラを、キラキラ空転させていたという。

このとき「摩耶」の高橋吉郎中尉は、奇蹟的に戦死しなかった。泳ぎの達者な彼は、七時間半後、駆逐艦「秋霜」に救助され、その後、「武蔵」に移乗することになる。

世界の海戦史に永く残る運命の日、十月二十四日の太陽が、東の水平線からキラキラと昇りはじめる。

この日は、フィリピン諸島の太平洋側は雲一つない青空であったから、反対側の南シナ海も同様だったのではなかろうか。

「愛宕」「摩耶」を失い、「高雄」の脱落した栗田艦隊は、午前十時ごろ、ミンドロ島南端を回り、シヤブヤン海の入口にさしかかっていた。

午前十時半ごろ、敵機の第一波が来襲した。第一波で「武蔵」は右舷に一本被雷したが、速力は落ちなかった。

第二波は十二時ごろ来襲し、このとき左舷に三本被雷、二百五十キロ爆弾二発を被弾した。

第三波は午後一時半、被雷五本、被弾四発、速力は二十二ノットに落ちた。

さらに、午後二時半ごろから一時間ほどの間に、約百五十機が殺到した。結局、魚雷二十本以上、爆弾十七発以上の命中により、「武蔵」は午後七時三十七分、シブヤン海に没した。

「摩耶」が沈没した後、「武蔵」に移乗していた高橋中尉は、「武蔵」の後部艦橋の辺りで戦死したという。

また第一波の午前十時半ごろ、第五戦隊旗艦「妙高」は、右舷後部機械室に一本被雷し、速力が五ノットに落ち、右舷に十五度傾斜した。戦隊司令部は、「妙高」から「羽黒」に移る。

その後、速力は十五ノットまで回復したが、ブルネイ基地に帰投を命ぜられる。このとき、「妙高」に乗り組んでいた岩崎勇中尉は、戦闘配置が右舷後部機械室でなかったのであろうか、ぶじであった。が、九ヵ月後の昭和二十年七月、岩崎大尉は第四十八号駆潜艇機関長として戦死することになる。

十月二十四日、ハルゼー大将麾下の米機動部隊は、北からルソン島東方にシャーマン隊、サンベルナジノ海峡出口あたりにボーガン隊、その南にデビソン隊の順で展開していた。その後、午前五時半、小沢中将の機動部隊は南に索敵機を出し、六時半、それまでの警戒航行序列を、対空警戒序列とした。

一方、福留繁中将の基地航空部隊である第二航空艦隊の索敵機から、八時十分、敵機動部隊発見の報が入り、八時三十分、福留中将は麾下の航空機百九十機を発進させた。

北方に位置するシャーマン少将は、レーダーで日本機の大編隊を探知し、四隻の空母からすべての戦闘機を上空にあげて待機していた。

そのため福留中将の攻撃機は、シャーマン艦隊を目前にしてほとんど撃墜された。ただその中の一機の艦爆彗星が、九時三十八分、米空母プリンストンに二百五十キロ爆弾を命中させ、大火災を生じさせる戦果をあげている。

他方、小沢部隊の索敵機は、十一時十五分、敵艦隊が小沢機動部隊本隊より方位二百十度、距離百八十カイリの位置にあって、北上中と報告してきた。小沢中将は、旗艦「瑞鶴」にZ旗を掲げ、十一時四十五分、戦闘機四十機、急降下爆撃機三十八機、雷撃機六機、偵察機二機、計八十六機の攻撃隊を発進させた。

四隻の空母から放たれた艦上機は、上空でいくつかの編隊を組み終わるやいなや、青く澄みわたった南溟の空に、敵艦隊を求めて矢のように消え去った。

しかし、燃料の尽きる時間が経過しても、敵艦隊発見や攻撃開始などの情報はなに一つなく、夕刻まで、わずかに数機が帰還したらしく、「秋月」の艦内にも沈痛な空気がただよってきた。

戦後あきらかになったところによれば、午後一時五十分、「瑞鶴」から発進した十八機がシャーマン隊を発見して攻撃を加えたが、敵空母に至近弾による損傷をあたえた程度であった。

それに対し、敵グラマン戦闘機により、味方機はほとんど撃墜された。一方、「瑞鳳」「千代田」「千歳」から発進した飛行隊は、敵艦隊を発見できなかった。

この時点で小沢中将は、敵艦隊を誘い出すことに失敗したものと判断し、午後二時三十九分、戦艦「日向」「伊勢」、防空駆逐艦「初月」「秋月」「若月」「霜月」からなる前衛部隊を編成し、これによって敵艦隊を牽制するため、つぎの命令を発した。

「前衛部隊は南方に進出し、好機をとらえて敵艦隊と接触し、これを撃滅すべし。……本隊は午後四時まで西方に進行すべし。ついで本隊は、わが航空部隊の飛行機を収容した後、東南方に進出して、翌朝さらに戦闘を続行すべし」

午後六時十三分、豊田副武長官から、

「天佑神助を期して進出せよ」

との電令が来た。

二十四日の日没ちかく艦隊は、夜戦にむかない空母群を残して、航空戦隊「日向」「伊勢」、駆逐艦「初月」「秋月」「若月」「霜月」の六隻からなる前衛部隊を編成し、松田千秋少将指揮のもとに、敵艦隊との夜戦を期して、暮れ行く薄闇のなかを南下しだした。

このころ私は、〈あと何時間で敵と接触するのか〉を確認するため、ほとんど三十分おきに艦橋へ上がって行ったが、「あと二時間」「あとしばらく」の声があるのみ——暗夜のなか艦橋は刻々と緊迫の度を加えて行ったが、ついに敵艦隊との接触はえられず、午後九時二十七分、小沢中将は、

「前衛はすみやかに北方に離脱せよ」

と松田少将に電令した。午後十時三十分、前衛部隊は南進を中止し、北東に変針して、翌朝の空母群との合流点へと向かった。

このころ米シャーマン隊は、松田前衛部隊の南方で至近距離に達していたが、両軍ともまったく気づかなかった。レーダーの探知能力が日本海軍にくらべて格段に優れていた米軍にしても、なお松田部隊を発見しえなかったのである。

二十四日の午後、第一遊撃部隊第三部隊の西村艦隊が、ミンダナオ海を十三ノットで静かに東進していた。

午後九時、西村中将は、ボホール島の南方を通過中、重巡「最上」と駆逐艦「満潮」「朝雲」「山雲」を前方に進出させ、パナオン島区域を哨戒させる。ボホール島とカミギン諸島の間を通過中、「山城」「扶桑」「時雨」は米魚雷艇の攻撃を受けるが、砲撃によって撃退させた。

二十五日午前零時半過ぎ、「最上」と駆逐艦三隻が復帰したので、接敵序列をつくる。「満潮」が先頭で、つぎが「朝雲」、その後に旗艦「山城」、「山城」の左舷前方に「時雨」、右舷前方に「山雲」が位置し、「山城」の後方に「扶桑」、そして最後が「最上」という序列であった。

午前二時過ぎ、部隊はスリガオ海峡入口を通過し、北進していると、やがて午前三時になる。このころ、敵駆逐艦三隻が接近して来るのが視認され、さらに敵巡洋艦、駆逐艦が水平線上に望見された。

午前三時二十分、戦闘序列の信号が掲げられ、「満潮」を先頭に「朝雲」「山雲」「時雨」「山城」「扶桑」「最上」の一本棒をつくろうとしていた。そのときまず「山雲」が被雷し、二つに折れて沈没する。同時に「満潮」も「朝雲」も被雷し、航行不能となった。さらに「扶桑」も「山城」も被雷する。

「山城」は火災を起こし、火柱は夜空を焦がし、午前三時五十分、スリガオ海峡に沈んだ。その五分後に「満潮」が沈み、さらに二、三分後、「朝雲」が沈む。

「扶桑」と「最上」は午前四時十分ごろ、米艦隊の砲雷撃によって炎上し、焼けただれた鉄塊のような姿が、そのころようやく西村艦隊に接近して来た第二遊撃部隊志摩艦隊にって、視認された。

午前四時十五分、駆逐艦「時雨」一艦だけが反転し、スリガオ海峡から脱出した。

この戦いで級友板垣正吉中尉は、西村艦隊の先頭で勇戦した「満潮」とともに戦死した。

死の恐怖

主砲と機銃の発射音が鳴り響く中で、突如として大爆発らしい轟音が起こった。「秋月」はおどり上がって灯りが消えた。そのとたん、過熱蒸気が罐室に充満し、熱気で呼吸さえ困難となった。冒頭で詳述したように、その焦熱地獄から、私はどうにか上甲板に脱出することができた。そして罐室から上甲板に出て十数秒、フィリピン東方海上の心地よい潮風が、焼けただれた私の肉体に、ふたたび精神を吹き込んでくれた。罐部指揮官としての責務が真っ先によみがえる。

第二罐室はどうか？　それはもの音一つしない沈黙の鉄桶であった。

見わたせば、上甲板舷側の機銃群は、爆風で吹っ飛んだのかまったくなかった。予想以上の被害である。なによりもまず、機関科の現状を確認しなければならない。私はつぎの行動に移った。ところが、左舷側からすぐ艦尾へ行けばよいのに、どうしたことか、私は左舷を艦首へ向かっていた。

艦内に入らず艦橋を迂回し、右舷へ回って艦尾へ、そして機関指揮所のある前部機械室のあたりまで行く。途中、私の目に焼きついたものは、頭部と四肢をもぎとられた鮮紅色の肉塊で、それは上甲板中段にかかっていた。

中部甲板上は、すべての構造物が爆風で飛び散り、何一つなく、中部と後部の甲板は森閑とした空間であった。そこには太古から変わることなく存在したかのように、真っ黒な深淵がある。艦は停止し、海上は静穏で白波一つない。深淵の黒い油面も静かで、地球深部から湧き出る重油の貯蔵タンクを思わす。私はその傍らに立って、一瞬茫然となった。

前部機械室直上の甲板には、左舷側すれすれから右舷側一杯まで、艦幅を長軸とする楕円形の大破孔が開いている。後甲板へは、両舷いずれからも渡ることは不可能であった。

後甲板には数名の姿が見られたが、そのうちの一人は、大きな木箱で胸部から下を押しつぶされ、仰向けに倒れて苦しんでいる。私は後甲板の者に、

「箱をどけてやれ……」

と声をかけたが、だれも放心状態で無言であった。

大破孔のなかを見ると、黒い重油におおわれた海水が、タービンケーシング上すれすれにただよっている。遺体は一体も見えない。破孔内の水線付近は両舷側とも、外側から損傷を受た形跡はなかった。

機関長柿田少佐、機関長附金子中尉をはじめ三十名近い全員が、重油におおわれた黒い静寂の淵に沈んでいると思われる。両隣りの後部機械室と第二罐室にも、生存者は一名もあるまい。

そのときなぜか、ふと、日露戦争の広瀬武夫中佐と杉野孫七兵曹長のことが脳裏をよぎっ

た。小学校で教わったこの戦争故事が、重巡「足柄」乗組当時の僚艦、軽巡「球磨」の艦長杉野修一大佐と重ね合わさって、この生死の境に記憶がよみがえったのであろうか。大佐は兵曹長の長男である。

私は重油のただよう大破孔に向かって、機関長と機関長附の名を四、五回呼んだ。叫び声は深閑とした中、後部甲板の静寂のなかに、吸い取られて行くだけであった。

機関科は全滅したな。俺は、八十名の機関科の最高責任者か。だが、部下は一人もいない。そう思った。その責任感は無意識のうちに、死の恐怖を押さえ込んでしまう。一罐室員以外、機関科関係の戦闘配置についていた者は、瞬時にして全員戦死したものと判断した。私は一人、閑散とした中部甲板にたたずんでいた。

それにしても、魚雷関係施設が見当たらないのは、どうしたことか。考えてみれば、前部機械室の直上が魚雷発射管の位置であった。見当たらないのは当然かも知れない。いまは大破孔しかないのだから。

ともあれ、機関科の全滅を艦長に報告しなければならない。私はふたたび左舷から艦首に向かい、艦橋を迂回して右舷から羅針艦橋に昇る。そこでは艦長、砲術長、航海長以下みな健在だった。私は、艦長に報告した。

「機関科は全滅です。前部機械室の上に大孔が開き、タービンケーシングの上まで浸水しています」

「機関科はだめか。……傾斜をなおせないか」

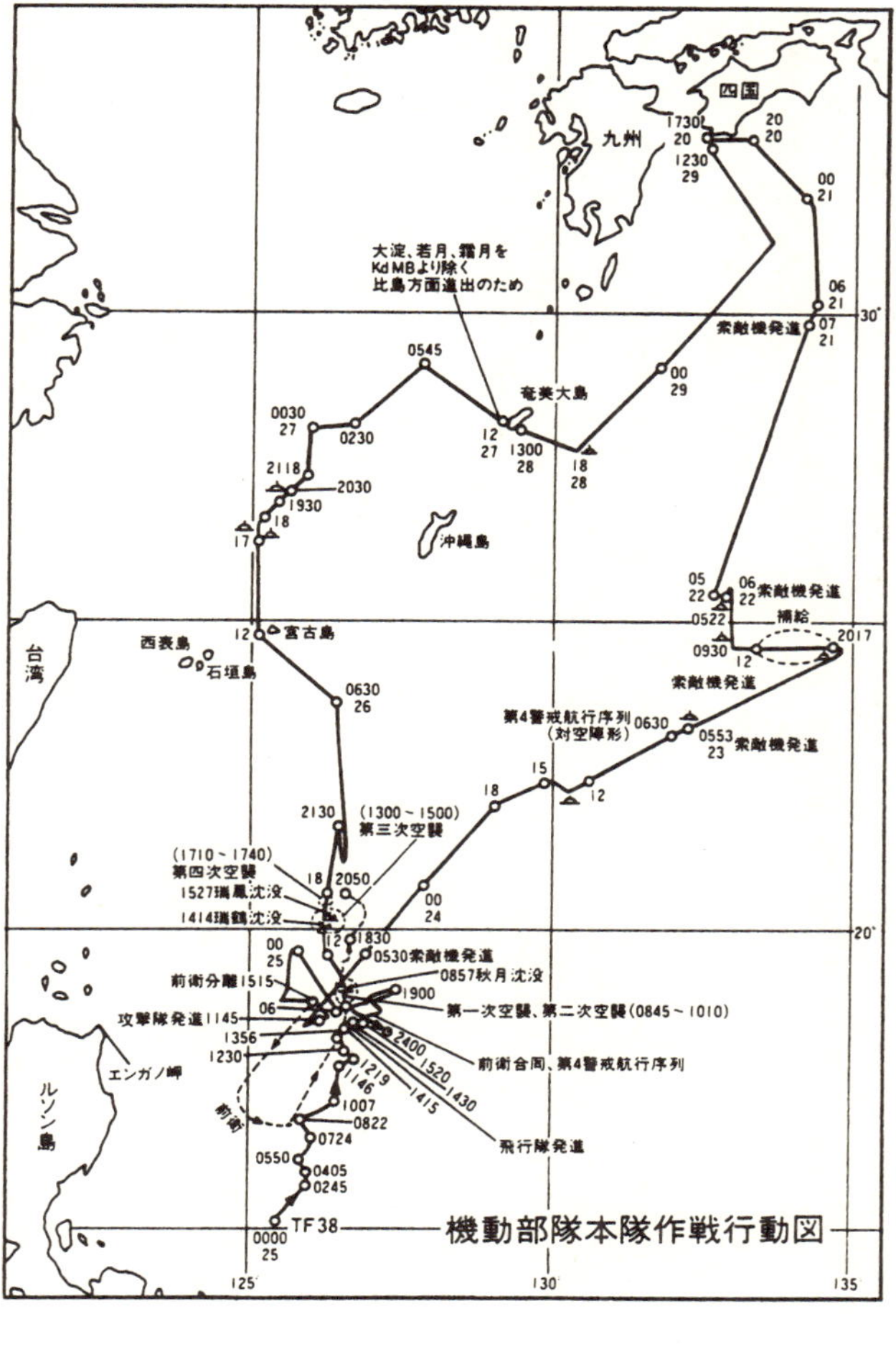

機動部隊本隊作戦行動図

と艦長は言った。いまや艦はまったく停止し、傾斜はまだわずかだが、船体は中央部から折れはじめ、艦橋から見ると、中央より前部は艦首をもたげつつある。私は、

「注排水装置がないのでなおりません」

と答えた。もし、それがあったところで、動力源が全滅したいま、どうなるものでもない。兵の一人が、焼けただれた私の手や肘に、包帯を巻いてくれはじめた。

そのとき、ますます頭をもたげた艦首の方から、「敵機来襲!」の叫びが声高に静寂を破った。

砲術長が、「打て! 打てる者は打て!」と令する。けれども、前甲板の機銃でさえ沈黙しているのに、動力もなし、たとえ無傷であろうと、前部主砲塔が、応えるわけがあろうか。

その直後、艦は急速に折れてきた。砲術長か航海長かだれかが、

「艦長、もうだめです。総員退去にしましょう」

と進言する。艦長は、

「もうだめか」

と力なく言って、

「総員退去」

と令した。けれどもみずからは、そこを一歩も動かない。

「艦長、降りて下さい」

「俺は残る」

「艦長が降りられないと、他の者は降りられません」

「いや、降りない」

と問答しながら、科長たちは、力づくで艦長を降ろそうとする。

「じゃ、みんなに迷惑かけるから降りよう」

私は包帯を巻いてもらいながら、その光景を見ていた。

そのころ、艦橋のある前部は、かなり後ろに低く傾斜していた。中央部はすでに海水に洗われ、艦首と艦尾を刻々と空中高くせり上げる。

悲しき総員退去

いよいよ離艦のときが迫った。

私は艦橋から、垂直に切り立った側壁のモンキーラッタルを降りて、ふたたび右舷上甲板に立った。第二罐室、前部機械室、後部機械室の六十名を艦に残して去るわが身——後ろめたさが一瞬、脳裏をかすめる。

だが、退艦する負傷者にも無傷の者にも、死は確実に訪れるであろう。囮の任務を帯びた小沢艦隊の作戦命令には、溺者救助の文字はない。対空戦闘は開始されたばかりである。艦に残る死者と、退艦する負傷者たちとの相違は、死にいたる時間差のみ。

スムーズに海に入るためには、水につかった中央部がよいはずだが、妙なことに、吸い込まれる恐れからか、あるいは少しでもおそく入水したい心理からだろうか、逆立つ艦首に向かって、みんな、昇って行く。

右舷側すれすれに、艦首に向かって一列縦隊ができる。

動物の群れは何かの理由により、突然、海に面した断崖から集団自殺するという。「秋月」の生存者の群れは、刻々として沈み行く鉄の断崖から、いま、海を見下ろしている。だれ一人として声を出さない。まったくの無言である。

無言の隊列は、一歩一歩と歩を進めて行く。だれが最初に飛び込むかと見ていると、艦首ちかくで一人が飛んだ。前部乾舷六・八メートルの「秋月」だが、すでに、海面上かなりの高さにせり上がっている。

が、これまたおかしな心理で、一人が飛び込むと、まるで、そこが飛び込み台のようにその位置まで進んで、飛び込む。ところが、前者がまだ中空にあるのに、つぎが飛ぶ。

早すぎる！　間をとれ！

声にはならないが、そう思う。

私の番になる。水面までの高さは十メートル近くはあろう。前者の着水を確かめてからと思いながらも、はやる心を抑えきれず、私の足先は「秋月」の前甲板から離れてしまう。間をとる心のゆとりはなかった。

隊列の中には、すでにこのような経験をした者もいるのだろうが、みな同じことをくり返す。落下点の水面下一、二メートルは、先に着水した人たちの絨毯である。絨毯に激突したショックで気を失っている暇もあらばこそ、後続がわが身の上に落下するので、なかなか浮き上がらず、ここでふたたび終わりかと思う。

短距離ならば、水泳には多少の自信はあった。だが、長さも日本一、年間流水量も日本一という大河のほとりで生まれた自信をもってしても、後から後から落下する人、人、人……の圧力に負け、わが浮力はつかない。もがくうち、あらぬ方向に、ぽっかりと浮かぶ。

周囲は乗組員の頭ばかりであった。

艦が沈没するときの渦巻きに、巻き込まれてはならない。大きな戦艦や空母、とくに艦内が空胴に等しい空母の場合、渦巻きの吸引力はものすごいという。吸い込まれたら最後である。三千トンの小艦「秋月」だからといって、あなどることはできない。

「はやく、艦から遠ざかれ！」

すでに海中にあっただれかが叫ぶと、みんなはいっせいに泳ぎ出した。

そのとき、艦は中央部から真二つに折れ、フィリピン東方海上、青く澄み切った空のもと、艦底の錆止めペンキの色も鮮やかに、艦首と艦尾が並列に高だかと直立した。

その一瞬、無傷で元気な坂本利秀航海長が叫ぶ。「秋月万歳」をやろう。

元気な者たちの「秋月万歳！」が、比島沖の海と空に消えた。

やがて、重い機関のある中央部を水中にし、離れて直立していた艦首と艦尾は、仲よく手をとり合うかのように急速に沈み出して、紺碧の海面に吸い込まれるように消えていった。

防空駆逐艦の第一号で、その名を馳せた歴戦の勇士「秋月」は、ここに没してしまった。その時刻は午前八時五十六分であったという。

ところで、「秋月」は轟沈したと伝えられているが、じつは被弾後、このように没するまで、かなりの時間があった。けれどもそれが何分だったのか、私には長いような、短いような時間であった。

爆雷を持つ艦は、沈没のとき搭載爆雷が爆発する。その水圧を避けるためには平泳ぎに限ると、かねてから聞いていたけれども、深度が深かったせいか、数回の爆発にも、私や近くにいる者には影響がなかった。

海面は重油で一面におおわれている。浮遊物はごくわずかであった。一週間まえ、呉を出港するときに可燃物をすべて撤去していた。そのため、わが身をゆだねる浮遊物は何一つない。もちろん、ボートで脱出するなどという考えは、当初からなかったのである。

無情の時は刻々と過ぎ、澄み切った南天の空、照りつける太陽の光が、皮膚を剥離し、赤肌の露出している顔面をひりひりと焼く。顔を上げていられない。そんな私を見て、航海長や軍医長が、近よって来て励ましてくれる。

「火傷に油はよいから、重油に顔を浸《つ》けよ」とも言う。

その忠告にしたがい、私は重油の海に顔を浸し、呼吸のときだけ、海面に顔を上げることをくり返した。手は常時、海水という格好の冷却剤の中にあるので、皮膚はなくとも火傷のヒリヒリ感はまったくない。水に浸けている限り、油濁した海水の冷却効果で、顔も火傷特有の疼痛はない。

だが、呼吸する口のある顔は、常時、水中というわけにはいかぬ。頭の頂きに空気の吸入口があるならば、顔面はつねに水没させておくこともできるのだが。

強いものの代表として、ツラの皮といわれる顔の皮膚や、手の皮膚よりも、肺の組織は熱に弱い。罐室で吸った高温蒸気の熱は、肺組織の表面を、ひどく糜爛させているに違いない。健康な肺にくらべて糜爛した肺は、酸素の吸収性能が劣るのか、呼吸が速くなってきた。

油まじりの海面に、顔を出没させる頻度が次第に多くなって、疲労が増してくる。

やがて、「秋月」の艦橋で、腕に巻いてもらった包帯が、解けはじめた。解けた包帯の端が、体に絡《から》みついて泳ぎにくくなる。巻いてくれた兵にはすまないが、両腕の包帯は自分で解いて、全部水に流してしまう。

水中から空中へ、空中から水中へと、単調な首の屈伸運動に精根を傾けていると、思考力は急速に衰えてゆく。清澄な海水が油濁し、その中で私の意識は混濁する。故郷の山河や父母弟妹、級友たちの記憶を喪失したのであろうか。肉体だけが海面の現象に反応する。

私はただ動物的に、反射的に、首の屈伸運動をくり返した。屈伸運動は、精も根もつき果てた肉体が、水没する瞬間までつづくように思われる。屈伸運動の停止は、死を意味していた。

十月下旬のフィリピン沖東方では、海水はほどよい温かさを保っていた。灼熱の罐室から適温の海中へ飛び込んだことは、肉体にとって、煉獄から天国への引っ越しである。

ただこの天国は、私にとって二つの欠陥をもっている。一つは、わが身に浮力をつける努力を怠ると、たちまち地獄に送り込まれてしまう。他の一つは、屈伸運動を止めて顔を空中に停止すると、苛烈な陽光が皮膚のない顔面を容赦なく焼く。

このとき、重油を飲んでいたことには気づかなかった。どうやら私は、火傷でやられているせいか、衰弱が早いらしい。水中では靴は重い。少しでも身を軽くしたかった。もう靴の必要はあるまいと、脱いでしまう。が、惜しい気がした。

少し離れたところに、青竹が一本見える。はじめて見る役立ちそうな浮遊物である。頼もしかった。すかさず四、五人が群がる。さすがに太い竹も浮力が足らず、かすかに足先に触れるだけであった。

「――溺れる者、藁をも摑む」

古くから言いならわされたこの教訓、現に私は溺れている。警句は、ずしりと身にこたえた。哀れであった。

さらに少し離れたところに、醬油の空き樽を抱えて、仰向きに目を閉じ浮かんでる者がいる。見ると、彼は直属の部下で、第一罐室の下士官であった。彼の顔にも皮膚はない。よくぞ脱出して来たものであった。

直属の部下を見たのは、彼が二人目であった。すでに私には部下を励ます力はない。その後、彼の姿をふたたび見ることはなかった。

敵機は相変わらず、戦闘能力のあるわが僚艦を攻撃しているのだろうが、油に潤む目をこらしても、敵機も僚艦も見えない。ゆっくりとしたうねりの海原が、水面すれすれにある瞳に、果てしなくひろがって見える。

突然、まったく突然、艦影が目に入った。私はわが目を疑った。それは「秋月」より、ふたまわりも小さい駆逐艦である。

僚艦は、漂流者群に近寄って来て、停止した。乗組員たちは何ごとか叫んでいたが、よく聞きとれない。

それも数分のうちだった。ふたたび戦闘がはじまり、艦は樽などを放り込み、急いで離れ、みるみるうちに小さくなって行く。心細い限りである。

あとには、樽を中心に数人ずつのグループが散在し、あちらこちらに見え隠れしている。私は僚艦がふたたび来てくれるのかどうかを思いながら、ついに力も尽き果て、重油の海に沈みがちになっていた。

ところが、またも戦闘の合い間に、その僚艦が近よって来て停止した。甲板からは兵たちが、いっせいに手まねきをしている。元気な者が泳ぎ出す。私も死力を尽くして泳ぐ。もちろん、一番おくれた。

舷側に太いロープが海面まで下がっている。両手だけで、昇りかける。上半身が水面上に出ると、握っている手に荷重がかかる。ロープを持つ左右の手を、交互に運ぶと、そのとたん、ずるずると海中に滑り落ちる。先に上がった人たちの重油が、ロープに染み込んで、潤滑剤の作用をしているうえに、火傷の手は握力不足であった。

甲板上の兵は、

「早く上がれ！　早く上がれ！」

と叫ぶ。

三度目に、ようやく昇り切った私が、ドタンと甲板に腰を落としたとたん、ごうごうと艦の推進器が回転しだした。

救助された者の最後が、私であった。ただよっていた者のすべてが救助されたかどうかはわからない。あとで知ったのであるが、私たちを救助してくれたのは、駆逐艦「槇」であった。

一難去ってまた一難

第一次空襲が終わって第二次空襲まで約一時間あった。その間に、第一次で大打撃を受けた「千歳」は、午前九時三十七分に沈む。

小沢艦隊首脳部は、「秋月」乗組員の救助を指令せず、放置したまま北上をつづけた。巡洋艦や戦艦、航空母艦の沈没の際は、かならず乗組員救助の指令は出る。

本来、消耗品の一種として、菊の御紋章のない駆逐艦は、軍艦に列せられない艦で、その乗組員もまた救助に値いしない員数として、見放されたのであろうか。あるいは轟沈と見えたので、生存者なし、と判断されたのかも知れない。

ところが、「秋月」漂流者にとっては、神ともいえる駆逐艦「槇」の石塚栄艦長が現われたのである。

「瑞鶴」「瑞鳳」を中心とした第一小隊と、「千歳」「千代田」を中心とする第二小隊とは、第一次空襲がはじまったときには約八キロメートルの距離があった。そして第一小隊、第二小隊とも、その輪型陣の直径は約三キロメートルである。

「秋月」は、第一小隊の輪型陣の左前方に位置し、「槇」は、第二小隊輪型陣の右後方に位置していたから、「秋月」と「槇」との距離は十一キロメートルほどであった。

「槇」が第一次空襲の対空戦闘をつづけながら北上中、艦長石塚少佐は独断で、

「われ『秋月』の救助に向かう」

と打電し、「秋月」沈没位置に向かうのである。到達するまで約三十分、救助活動に三、四十分を要しているが、機動部隊本隊は、「槇」の行動にはかまわず、さらに北上をつづける。

救助された負傷者は、「槇」の士官室に収容されたが、ソファーはもとより、床まで足のふみ場もない。苦痛のうめきが、そこかしこに漏れている。

重巡「足柄」乗組当時、上官だった海軍機関学校出身の大尉が、

「戦闘中はいいんだがな。艦がやられて基地へ向かってるときが、一番怖《こわ》いんだ。速力は落ちてるし、また敵潜にやられたら終わりだと思うと、恐ろしくなるんだな」

と述懐したことがあった。

「秋月」は損傷どころか轟沈し、私は負傷の身となって、「槇」の士官室の床に伏せている。「槇」は、絶え間なく対空戦闘をつづける。「槇」の主砲や機銃の発射音と、敵機からの至近弾の炸裂音が交錯する中で、「足柄」の大尉の述懐が、忽然と思い出された。

私は恐怖感の虜《とりこ》となった。恐怖のどん底に突き落とされた。「秋月」では、戦闘中、こんな恐怖におそわれたことはなかったのに……。

——「槇」に爆弾が当たらぬように……と一心に祈る。

船が航海中、大時化に遭遇すると、ローリング、ピッチングをくり返す。航海当直中の乗組員は船酔いをしないが、非番の乗組員は不思議に酔う。おそらく、当直者は安全航海の責任を負っているから、精神はその一点に集中し、船酔いをしないのであろう。非番の者は、

なすこともなく、ひたすらローリング、ピッチングに心を奪われているので、船酔いに悩まされてしまう。

戦闘中、乗組員は各自の戦闘配置にあって、神経を戦闘動作に集中しているので、恐怖心はそれほどない。だが、乗艦がやられ、沈没し、僚艦に救助された者は戦闘配置がない。なすことのない者は、勢いわが身の安全を願う。身勝手というべきだが、人のつねとしてやむを得まい。恐怖感に全身をつつまれてしまう。まして負傷の身となって、救助された艦に横たわっている者には、恐怖感はいっそう深い。

この日の戦闘で、「槇」が直撃弾を受け、最大の被害を出したとき、私は士官室を出て上部艦橋まで行った。この間の十数分を除いて、私は「槇」に救助されたのち、その日の対空戦闘が終わる夕刻までの数時間、内心、恐怖におののいていたのである。

奇妙なことに、この間、火傷による疼痛は、それほど感じない。適温の冷却剤、海水から空気中に移った熱傷の患部は、ヒリヒリと耐えがたいうずきをあたえるはずなのに、どうしたことだろう。

患部だけでなく、身体全体が重油にまみれている。重油が患部をおおい、空気を遮断しているためであろうか。いや、それもあろうが、それだけではあるまい。

敵機の間断ない攻撃によって、恐怖心は、このとき肉体的苦痛を意識の底に、押さえ込んでいたのではなかろうか。

「秋月」の罐室でも、「槇」の士官室でも、最強の苦痛は、第二、第三の苦痛を意識の外に、追いやってしまったのであろうか。苦痛のうめきが、そこかしこにもれる。

第二次空襲は、午前九時五十分から十時三十分までつづき、その間に敵機四十四機によって攻撃された「千代田」は、火災を起こして航行不能となり、「多摩」にも被害が出た。松田少将は、「五十鈴」に「千代田」を曳航して中城湾に向かうよう電令し、同時に「槇」にもその護衛を命じた。

「槇」が午後一時過ぎからはじまった第三次空襲の合間の一時半ころ、「千代田」乗組員を救助するため、速力を落として「千代田」に近づいたとき、敵機十数機が飛来した。

一瞬、大轟音とともに、硝煙が士官室にまで充満する。歩行可能な負傷者は、いっせいに室外に出た。

「秋月」では、戦闘服のズボンの裾をゲートルで巻いて、蒸気の侵入を防いでいたので、私は両足とも健在であった。

「槇」の士官室に横たわっている間に、重油でどろどろになった戦闘服の上衣をぬいでいたので、そのままの姿で室外に出る破目になった。

上甲板を一見すると、罐室の直上と思われる個所に、直径二、三メートルの破孔が見える。直感的に、罐室員は全員即死と判断した。

顔や両手はやられていても、歩行は可能なので、「秋月」よりも馬力の小さな「槇」罐部の指揮はできる、という気が先に立つ。

全般の状況を見るには上部艦橋にしかずと、一気に艦橋めがけて昇りはじめる。そのとき、白の下着、それも重油にまみれ黒く汚れた下着に気づく。この姿では艦橋に行けない。とっさに、近くの予備室か士官室と思われる部屋の入口カーテンをはずし、体にぐるぐる巻きつけた。

　重油で一面黒くなった皮膚のない顔と、一枚の布を体に巻きつけたスタイルは、さながらインド人とまごうほどであったろう。本人は「これで罐の指揮はできる」と、至極真剣なのである。

　羅針艦橋を通り越して、その上の上部艦橋に出た。艦の前甲板も一望のもとに見渡せる。爆風で吹き飛ばされたか、機銃掃射でなぎ倒されたのであろうか、両脚のない遺体、手や足をもぎ取られた負傷者、息を引きとるいまはの機銃員と思われる兵士などが、るいるいとしていた。

　数本の消火ホースのノズルから、上甲板に散布される澄み切った海水が、戦闘で倒れた兵士の流す血で、たちまち淡紅色に変わる。そして、ブルワークのスカッパーから舷側を染め、数条の瀧は桃色となって、紺碧の太平洋に帰って行く。

　突然、舷首から艦尾にかけて、「ダッダッダッ……」と敵機の機銃掃射の直撃を受けた。このとき、上部艦橋には、石塚艦長のほか「槇」乗組員一、二名と私だけのようであった。

　艦長の、

「負傷者は下がれ！」

の鋭い叫びに、上部艦橋から士官室にもどる。硝煙はおさまり、士官室はふたたび負傷者で一杯になった。

「槇」の士官室を出て上部艦橋に上り、石塚艦長に怒鳴られてふたたび士官室にもどるまでの間、私の精神は張りつめ、恐怖感は消えていた。士官室に横たわると、また恐怖心の虜となる。

士官室には、負傷者がつぎつぎに運び込まれてくる。このなかには「槇」の負傷者のほか、「槇」に救助された後の戦闘で負傷した「秋月」乗員もいたのではなかろうか。

「槇」が、被弾したときの戦闘は、この日の米軍機による波状攻撃では、もっとも長い時間つづいたように感じられた。救助された艦が損傷し、罐の出力が半減したことの不安が、敵機の攻撃時間を長く感じさせたのかも知れない。

戦闘行為に直接参加しているときは、時間感覚は分裂しているのか、「長くもあり短かくもある」と思う。だが、乗艦が沈没し、僚艦に救助された者にとっては、僚艦の戦闘時間は、一人残らず「長い」と感ずるに違いない。

甲板から士官室への短い通路には、丸い舷窓がある。舷窓のガラスは、血しぶきで真紅に染まっている。

士官室の隣りは浴室で、そこには戦いで斃れた遺体が積み重ねられていた。軍医長と看護兵の短い会話が耳に入る。

「軍医長！　どうします？」

「だめだ、浴室に入れておいてくれ！」

手術しても見込みはないというのだろうか。

このとき「槇」は、第一罐室と魚雷発射官室と一番砲塔の三ヵ所に、直撃弾三発を受け、戦死者三十一名、負傷者三十六名を出している。

僚艦「初月」死闘せり

午後一時十分から三時十分までつづいた第三次空襲で、集中攻撃を受けた「瑞鶴」が午後二時十四分、「瑞鳳」が午後三時二十七分に沈んだ。

午後三時過ぎからはじまった第四次空襲の主標的は、「伊勢」や「日向」に変わる。その間に、「瑞鶴」乗組員の救助作業を、「初月」が行なう。「初月」が速力を落とすと、敵機が急降下して機銃掃射をする。「伊勢」も、「瑞鳳」乗組員の救助作業を行なう。

松田少将は、「五十鈴」による「千代田」の曳航を断念し、乗組員救助後、自沈するよう命じたが実行されなかった。米軍の記録によれば、「千代田」はその日の午後四時四十七分から米水上艦艇の砲撃を受け、四時五十五分に沈没した。生存者は一名もなかったという。

級友松村修一中尉は、「千代田」と運命をともにした。

「五十鈴」が「千代田」の漂流海域へ向かっているとき、「瑞鶴」乗組員を救助中の「初月」と出合う。「五十鈴」と「初月」が「千代田」の消息や現在位置確認の信号を交わしているとき、暗黒の南方に閃光が走る。

それはデュボーズ少将麾下の米巡洋艦隊が、「初月」と「五十鈴」をレーダーで探知し、砲撃を開始したのであった。米巡洋艦の砲撃開始は午後六時五十一分であった。「五十鈴」は、「初月」と連絡し、戦場離脱をはかり成功する。

「初月」は単艦、よく米巡洋艦の大艦隊に立ち向かい、応戦する。米艦隊に対し、「初月」

は二度、魚雷攻撃をかけている。二時間にわたる勇戦が、わずか三千トンの駆逐艦であったとは、米将兵は信じかねた。「初月」の戦いは、まさに獅子奮迅である。今次大戦を通じ、もっとも果敢に、長時間、死闘をつづけたのは「初月」であろう。

午後八時五十七分、秋月型四号艦の「初月」は、その日の朝、一号艦の「秋月」が沈んだ海面の近くで、あとを追うように没したのであった。「秋月」が午前八時五十六分に、「初月」が午後八時五十七分に、沈んでいるのも何かの縁であろう。

級友青木伸夫中尉は、「初月」と運命をともにした。青木中尉とコレスの神戸高等商船機関科第三十九期の坂口健次郎中尉も、また「初月」と運命をともにした。

執拗な敵の攻撃は、夕刻ちかくになってようやく終わり、強烈な陽光の空も、すっぽりと暗闇につつまれていった。敵機来襲の恐れはもうない。あとは潜水艦の警戒だけとあって、負傷者にもようやく安堵の色が見えはじめる。

ところが、夜になって、私は火傷にともなう苦痛に全身をさいなまれ、身のおきどころもなかった。夜半から吐き気さえくわわった。けれども吐き出すものは重油ばかりである。

こうして、朝まで嘔吐と苦痛にさいなまれ、全身はくたくたに疲労しきっていた。それを弾丸運びに出ていて、無傷で生き残った若い機関兵の一人が、親身になって介抱してくれるが、申しわけないことに私は、夜どおし、その若い兵を手こずらしてしまった。

翌二十六日、この機関兵がどこからか包帯をもらって来て、目と鼻と口だけ出し、あとは顔をぐるぐる巻きしてくれる。両手もまた手首から上膊にかけて、包帯に巻かれた姿となった。

二十六日の午後四時、「槇」は中城湾に入った。

戦史の多くに、「秋月」は轟沈したとある。

「……黒煙につつまれた『秋月』を見たように思えた。黒煙が消えたとき、しかし、艦らしいものはそこになかった……」

轟沈劇の目撃者は、そう答えている。

「機関室から艦橋へ行くとき、デッキに出たら『秋月』がやられてなあ。艦橋からもどるとき見たら、もう『秋月』はなかった。山本は死んだと思ったよ……」と、級友の一人が戦後語った。

それほど早かったのか。私にとっては時間は充分にあった。秒単位の時間だが。

アメリカ海軍が撮影した「秋月」沈没の航空写真から、爆発点と停止点との距離が求められる。「秋月」爆発時の速力は、私の記憶にあった。この二つから逆算すると、爆発から停止するまでの時間は約五十秒となる。

罐部指揮所から上甲板に私が脱出したとき、艦はすでに停止していたから、指揮所にいた時間は、おおよそ六十秒。あるいはそれ以上であったかも知れない。脱出後、左舷から艦橋前部を迂回し、艦尾に向かって前部機械室付近に来るまでを約三十秒とする。大破孔の傍らにたたずんでいた時間は約六十秒、ここから羅針艦橋に昇るまで三十秒とすると、爆発からすでに三分は経過していた。

艦橋にとどまっていた時間を六十秒、「総員退去」の令から海中に飛び込むまで六十秒、退去後、「秋月」が真二つに割れて垂直になり、海没するまで六十秒とすれば、「秋月」が爆発後、海没するまで合計六分となる。

この時間は、「秋月」が爆発し沈没するまで、冷静に観察していたと思われる巡洋艦「大淀」の戦闘記録係の記述と一致する。

防衛庁戦史室公刊戦史に、

「……『秋月』は、〇八五〇ころ被弾、罐室に損傷を受け、たちまち航行不能に陥った。罐室から蒸気が空中に噴き上げ白煙と化した。そして〇八五六、瞬時にして沈没した。……」

とある。では、一般の戦闘員には、なぜ「秋月」は轟沈した、と写るのか。

死闘を演じているそのとき、戦闘員の時間感覚は分裂する。自己の死闘は、「長くもあり、短くもある」と。射たれながら射っている戦闘員は、死に向かって加速中だ。光速に近くなると、時計は限りなく停止に近づく。「秋月」の対空戦闘がはじまってから、被弾まで四十分近くかかっているのに、私の感覚は、その時間を数分ととらえている。

死闘を終えて、一呼吸した戦闘員が観察者となった瞬間、周囲の事象はすべて進行し終わっていた、ことに気がつく。あっという間に、「秋月」は沈んでしまったと。

戦闘場裡、観察者の時間単位は、分から秒に変わる。だが、「秋月」の時計は五分か六分、確実に刻んでいたのである。

二十七日十二時四分、戦艦「伊勢」が奄美大島薩川湾に入港した。翌二十八日、「負傷者は『伊勢』に移れ」という命令が出る。

歩行困難な者は担架で運ばれたが、私は自力で、苦闘のあともなまなましい果敢な「槇」に感謝しながら、「伊勢」へ移った。四万トン近い「伊勢」も、見たところ激戦で疲労困憊という状態であった。そのあと、私は下甲板の予備室らしい大きな部屋に、ベッドをあたえられた。

「伊勢」には、級友の西部隆中尉と神戸高等商船機関科第三十九期の大慈弥嘉弘中尉の二人がいることを思い出した。さっそくわが機関兵を通じて面会を申し込むと、二人はそろってやって来たが、包帯だらけの私がわからず、不思議そうな顔をしている。

そのとき、彼らとなにを話し合ったか、私に記憶はないが、後年、大慈弥が、

「山本が最初に言った言葉が、『やられたよ。褌ないか』だった。やられたよ、に実感がこもっていた」

と語ってくれた。

事実、下着は上も下も、褌も重油にまみれ、何よりも取り換えたかった。重油を吐きつづけ、その後は粘液を吐き、食欲はまったくない。二人の級友は褌はもちろん、下着や食糧も差し入れてくれる。こんな境遇で、級友に会えたのは幸運というほかはない。二人の親切が身にしみる。

火傷のせいか、それとも大艦「伊勢」に移乗した安堵感からか、疲労が一気に噴き出てくる。翌日、「伊勢」の軍医が一度診察に訪れて来てくれた。皮膚のない顔や両手に、黄色いリバノールらしい薬のついたガーゼをあて、あとは包帯のぐるぐる巻きで終わりである。

「伊勢」が呉に向かって出港した二十八日の夕刻、「秋月」の戦闘中、砲術科に砲弾運びとして派遣していた若い機関兵四人のうち、負傷していた一人が手術を受けるという。

「分隊士、河野は腹に弾が入っているので、これから手術するそうです」

と、付き添っていた機関兵が報告してくれた。しばらくして、その機関兵が、

「分隊士、河野は死にました。河野は偉いです。息を引きとる前、『天皇陛下万歳』と言ったそうです」

と、ふたたび報告に来た。私は横たわったまま、河野幸都夫一等機関兵の冥福を祈った。

当時、「伊勢」には、救助された「秋月」の国見寿彦軍医長と「瑞鳳」の春日正信軍医長が乗っており、国見軍医長の診断では、河野機関兵は腹部盲管弾片創兼腸穿孔による急性腹膜炎であった。

両軍医長は、「伊勢」軍医長の指揮の下に、河野機関兵の開腹手術を行なった。春日軍医長の手記『日の丸の扇』には、

「……その間に患者の容態は悪化する一方であった。手術が八分通り終わりかけた。と、突然、兵士の口から弱々しい声で、『天皇陛下万歳』という言葉がもれた。『おいおい、まだ早いよ』『頑張るんだ』と励ます間もあらばこそ、突如としてショック症状を呈し、あっという間に彼の魂は、天に召されて行ってしまった。それはもう、どうすることも出来ない一瞬であった。我々は肩の力が音を立てて崩れて行くような感じを受けた」とある。

翌二十九日、「伊勢」乗組戦死者数名とともに、河野機関兵の水葬が行なわれた。それにも私は参列できず、ベッドに伏したまま、彼の霊に合掌し、哀悼の意を捧げるのみであった。

薩川湾から瀬戸内海まで「伊勢」は、敵潜の攻撃をかわし、十月三十日午後十時半、灯火管制下の呉軍港に入った。堺川の海軍桟橋には、呉海軍病院のバスが待機しており、負傷者はその夜のうち、海軍病院に入院した。

「秋月」沈没の謎

生還した乗組員の多くにとって、この時点では、「秋月」の沈没原因が何であったか、確信が持てなかった。

戦後も四十年近くをへて、なお定説がなくミステリーとされていた。だが、このミステリーには、戦艦「陸奥」の沈没のような猟奇性はない。それは米軍の魚雷にやられたか、それとも爆弾でやられたか、という単純なものであった。この謎に応えようという動きが、「秋月」の生存者たちに出て来たのは、ここ数年である。

ことの発端は、米海軍潜水艦ハリバット艦長が、ハリバットの発射した魚雷で、「秋月」を沈めたと報告していたことにある。また、「秋月」轟沈を見ていた空母「瑞鳳」の乗組員が、

「『秋月』は『瑞鳳』に伸びてくる必中魚雷に、『瑞鳳』を救うため体当たりして沈んだ」

とある作家に話したことが、問題をこじらせた。さらに、「秋月」の緒方友兄艦長が他の作家に、魚雷体当たり説も、米軍機の爆弾命中による「秋月」搭載魚雷誘爆説も、ともに否定しながら、予備魚雷の誘爆をほのめかしたのが、混迷の度を深めた。

そのうえ、前方と両舷側にのみ注意をはらっていた緒方艦長が、この作家に、

「ドカンときたとき、私は後ろを振り返って見たんですよ。すると、発射管付近が盛り上がっているんですね。べつに穴もあいてないし、水柱も上がっていない。……『秋月』には一機も襲ってきていないんですよ。……ただ、あとから聞いたところによると、後ろから二機ばかり来よったというんですが、これは爆弾を落としていない。……」

と語ったのが、ますます問題を難解なものにした。

他方、防衛庁戦史室の公刊戦史『海軍捷号作戦②』は、前にふれたことであるが、「秋月」の沈没状況をつぎのように記述している。

「――『秋月』は、〇八五〇ころ被弾、たちまち航行不能に陥った。罐室に損傷を受け、罐室から蒸気が空中に噴き上げ白煙と化した。そして〇八五六、瞬時にして沈没した。『秋月』の右斜め前方にいた『大淀』からは、初め白煙を出していた『秋月』が突然、『もうもうたる黒煙ならびに火炎を認めた瞬間、真っ二つに折れて沈没』したのが目撃された。それはあたかも魚雷の誘爆によるもののように見えた。しかし、実際には魚雷の誘爆は起きていなかった――」

公刊戦史は、爆弾が命中したとも、魚雷が命中したとも述べていない。単に〝被弾〟と玉虫色に表現し、魚雷の誘爆だけは否定している。つまり原因不明の被爆である。

小沢艦隊では、「秋月」が最初の犠牲艦となった。いわば衆人環視の中で轟沈劇を演じたようなものだから、「秋月」沈没の傍証にはこと欠かない。防衛庁戦史室も、作家も、傍証

だけに頼っている。作家は傍証をもとに推論もする。緒方艦長は、被害現場の艦中央部に足を運んでいない。艦橋から一瞬、艦尾に目を向けたのであろうが、このとき多くの見誤りを犯していた可能性が大きい。艦長の証言もまた傍証に過ぎない。

ごく短い轟沈劇の幕間に、「秋月」被害現場まで足を運んだ乗組員は少ないと思われる。記録によれば、少なくとも水雷長河原崎勇大尉、目戸守衛砲術科員、それに私の三人は、被害現場で状況を観察している。

私はその時点で、機関科士官の生存者は、自分一人だけと思っていた。被害の中心は前部機械室であるから、責任者として艦長に報告しなければならない。秒単位ではあるが、長時間、被害状況を見ていた。自分の現場検証結果と、甲板上にいた戦闘員の証言とを突き合わせて、記録として残しておかなくてはならない。

◇目戸守衛砲術科員の記録

――爆発が起こり、下を見てアッと驚いた。機関室と罐室は何もない。空箱を引っくり返したようで、艦底と舷側から吹き出す海水は噴水のようだ。機関室の上にあった魚雷発射管と四本の魚雷は跡形もない。爆弾はおそらく、魚雷発射管付近に命中して、四本の魚雷が誘爆したものだろう。

しかし、攻撃してきた敵機は、私たち見張員でさえ視認していない。死角を突かれ、連装機銃員も発見が遅れたのだろう。三番砲前部の五番連装機銃台では、機銃員が一人放心したように立っていた。艦は惰力で進んでいたが、艦尾の方を雷跡が一本、右舷から左舷へ通り抜けた。

突然、右四十五度の方向から、「秋月」めがけて敵機が一機突き込んで来た。星のマークがはっきり見える。私は十三ミリ機銃の照準器を敵機に合わせ、引き金を引いたが、ガチャンと音がして発射しない。弾倉が爆発の衝撃で浮き上がっていたのだ。私はすぐに気がつき、弾倉を押し込み、狙いを定めて引き金を引くと、今度は弾丸が出た。

敵機は間近に迫ってきたので、私は機銃を打ちつづけた。すると敵機は、艦首の方向へ急に変針した。途端に、敵機から白いものがパッと飛んだ。かなり大きなもので、ひらりひらりと落ちて行く。敵機は落ちるのではないかと思ったが、落ちず艦首の方へ飛び去った。

——

◇水雷長河原崎勇大尉の記録
——「秋月」は、主砲、機銃の限りを尽くして打ちまくり奮戦していたが、四十分あまりを経過したころ、思いがけなく敵機の爆弾が中部に命中、魚雷が誘爆して大爆発を起こした。私は艦橋後部で機銃群の指揮をとっていたが、その瞬間、爆風で吹き跳ばされ一瞬、気を失っていた。

気がついてみると、鉄兜も防炎覆いもどこかに飛ばされてなく、顔の半分は黒く焼け焦げ、鼓膜は破れて聾同然になっていた。艦は中央の煙突をはじめとし、その周辺の機銃群が吹き飛ばされていた。機関、機器は、全部機能を停止し、艦は航行不能となり停止していた。

応急指揮官でもあった私は、とにかく被害の状況を見ようと、艦橋を下りた。見ると、無惨な死傷者が散らばっており、かすかな声で呼びかけてくれる者があったが、焼けただれた顔で、だれだれと分別がつかないほどであった。

中部に辿り着いてみると、煙突から発射管にかけて大穴があき、両舷は鉄板一枚で保たれていた。穴の中は真っ暗で、ただ処どころに白煙が立ち登っているだけであった。鉄板一枚の両舷は波で艦が動揺するたびにギシギシと音を発し、まさに折れる寸前であった。

艦長に報告するため急いで艦橋に戻り、後を振り向いたとき、右後方から一本の雷跡がこちらに向かって直進して来るのが目に入った。機械は停止したままだ。もうこの魚雷をかわすすべはない。……幸いにも雷跡は、艦尾を掠めて通過し消えた。――


目戸、河原崎両記録は、敵機爆弾が命中したことにより魚雷が誘爆したことを指摘している。これにより緒方艦長の証言も、両作家の記述も、防衛庁戦史室公刊戦史の記述も、誤りであることが理解できる。では、「秋月」に爆弾を投下した敵機は、どこから来たのか。

◇山本民法主計科員の記録

――突然、斜め後部二千メートル上空から、敵機が本艦に向かって急降下して来る。間髪を入れず猛射を加える。死力を尽くしての激闘、無我夢中である。瞬間、爆発音。

「やられたか」一瞬、無念の気持が頭の片隅をよぎる。煙突の一部と一番機銃台か？　スローモーションで、右舷斜め前方十五～三十メートルの海中にふんわりと飛び込む。機械室がやられたのか、艦は停止しているかとも思えたし、惰力で進んでいるようにも見えた。

戦史において駆逐艦「秋月」沈没の原因は、種々、書かれている。多くの生存者との対話の中で、艦橋におられた方はもちろん、指揮所にいた戦闘見張員でさえも、「秋月」を攻撃した敵機は視認していないと聞いた。

私は艦尾から急降下して来た敵機を、目撃して射撃を加えた数少ない中の一人としてこう考えている。

米軍機は強力な対空火器を持つ、本艦への攻撃方法についてはかなり研究していたと見る。見張りから容易に発見される前部からの攻撃は危険がある。したがって、見張りが弱く、発見されにくい後部からの攻撃を編み出したと思う。

あのとき、敵機は左舷高空から急降下して右舷側へ、煙突の陽炎の死角を利用して水平飛行で忍びより、見張りは空母の警戒ばかりに気を取られている隙を狙い、艦中央の四番機銃台付近に向かって爆弾を投下、魚雷の誘爆を起こさせた。敵機は空母に対し、急降下爆撃後は、空母と駆逐艦の死角をついて海面すれすれに退避する方法をとっていた。——

山本主計科員の記録は、「秋月」に爆弾を投下した敵機の存在を証明した。では、「秋月」が停止したあと、艦尾をかすめて通過した魚雷は、どこから来たか。

◇神前静砲術科員の記録

——突然、すさまじい爆発音とともに電灯は消えて、室内は真っ暗闇となった。すべての騒音は止み、一瞬、静寂の世界となった。船足は完全に止まったらしく、艦体はローリングをはじめた。私たちは手探りでラッタルを駆け上がった。上甲板に出て、中部甲板を眺めた瞬間、私は、「もはやこれまで」と観念しなければならなかった。

魚雷が誘爆したのであろう。魚雷発射管、四基の連装機銃台、煙突、内火艇、カッターも吹き飛ばされて何もない。内火艇のダビットや厠の扉には、戦友のものらしい人間大の肉片がぶら下がっている。変わり果てた中部甲板の惨状に、私は茫然と立ちつくしていた。

そのとき、だれかが「敵機、敵機」と叫んだ。右九十度の方向から、超低空で艦攻らしい敵機が向かってくる。四千メートルくらいだったと思う。魚雷を投下した。「秋月」が戦闘不能と見てか、なおも接近してくる。

高角砲も三連装機銃も使用できない。三番砲塔右舷の単装機銃で、野中正義上水が照準しているのが見えた。甲板にいた者は祈る気持で見まもった。射距離に入ったのか、ダダダーと試射、つづいてダダン。だれかが「やった」と叫んだ。みごと命中して、敵機が海中に墜落するのが見えた。

思わず甲板で拍手が起こった。喜びも束の間、敵機の投下した魚雷の雷跡が、後部に向かって直進してくる。「もう最後だ」と、思わず目を閉じた。一秒、二秒、三秒。ふと目を開いたら、魚雷は艦尾を通過していた。——

神前砲術科員の記録は、「秋月」艦尾をかすめて通過した魚雷は、航空機が投下したものであることを証明した。では、米潜水艦ハリバットの発射した魚雷は、一体どこに行ったのか。

米潜ハリバットの魚雷は？

「秋月」が沈没する直前、「艦尾を掠めて通過し消えた」魚雷が、航空魚雷であったのであるから、ハリバットの放った魚雷はどこに行ったのか。「秋月」の高木義男砲術科員は、つぎのように述べている。

「大爆発音がして、艦は激しく動揺した。そして停電した。砲塔内が真っ暗となった瞬間、パチンと銃弾らしい音がして砲塔内で炸裂した。急いで砲塔後部の扉を開いて見ると、砲員の一人が倒れており、負傷していた。とっさに私は、『大したことはないぞ』と大声で激励した。意外と軽傷だったのか、すぐ立ち上がるのを見届けた。

そのとき艦橋から、『潜水艦だ』『潜水艦を打て』の命令が聞こえた。二番砲は、すぐに人力で左舷に向かって旋回しはじめた。私は、射手の頭上にある指揮用窓を開いて頭を出した。すると、突然に扉が閉まり、それが頭頂部に当たり、失神して頭から血が顔をつたって流れ出した。

目に入った血を拭きながら、左舷後方を見ると、二番機銃台の甲板から、多量の真っ赤な血が流れ落ちていたので、先の爆発は、艦の中央部付近が甚大な被害をうけたことを察知した。しかし、左舷海面には潜水艦は影も形も見えない」

この高木砲術科員の記述から、米軍機の銃撃があったこと、および米潜ハリバットはもちろんその雷跡を見た者は、「秋月」には一人もいないことがわかる。

ハリバットが本当に魚雷を発射したのなら、その雷跡は「秋月」から相当遠かったのではなかろうか。ハリバット艦長は、よほど腕が悪かったに相違ない。

米軍機が撮影した「秋月」爆発の航空写真がある。この写真は、目戸砲術科員の見た米軍機が撮影したものであるかも知れない。写真には、「秋月」の航跡以外に、「秋月」の航跡と鋭角で交わっている何かの航跡が一本、明らかに写っている。

この航跡は、神前砲術科員が述べている「秋月」爆発後、右九十度方向から超低空で向かってきた米軍機が、投下した魚雷の雷跡ではない。

なぜならば、この魚雷が、停止している「秋月」の艦尾をかすめ去っていることは、河原崎水雷長、神前、目戸両砲術科員のほか、多くの乗組員が確認しており、雷跡は、「秋月」の航跡とほぼ直角に交わっていたと言われている。

米潜水艦の魚雷は、磁気魚雷であったという。いま、ハリバット艦長の名誉のために、航空写真の航跡が、ハリバットの放った魚雷の航跡であると、仮定しよう。

雷跡と「秋月」航跡とのなす角は、写真上では約四度であるが、真上から見た角度が何度であるかは、撮影した米軍機の高度やカメラ諸元、アングルが不明であるので、判定はむずかしい。

私は海上保安庁水路部および同庁航空関係機関、さらに政府の航空関係の機関に、つぎのことを依頼した。

「真上から見た角度は何度か」

解析はカメラ諸元など不可欠のデータが不明であるので、困難をきわめたようである。結果は三者の仮定が異なるので、かなりのバラツキは避け難かった。カメラ諸元を、焦点距離に関しては、ある機関は五百ミリメートル、他の機関は三百六十ミリメートルといった具合で、サイズについても仮定が異なっている。解析結果はつぎのようであった。

雷跡と「秋月」航跡との交点と、「秋月」が爆発した点との距離は約四百八十メートルであり、爆発点と写真上の「秋月」との距離は約三百十七メートルであるという。

さらにカメラ高度は海面上、約百二十三メートル、約百四十九メートル、約三百二十メートルと分かれたが、低空撮影であったことに間違いない。そして両航跡の交角は、三十八度、四十八度等と分かれた。

「秋月」沈没時の機関科被害要図

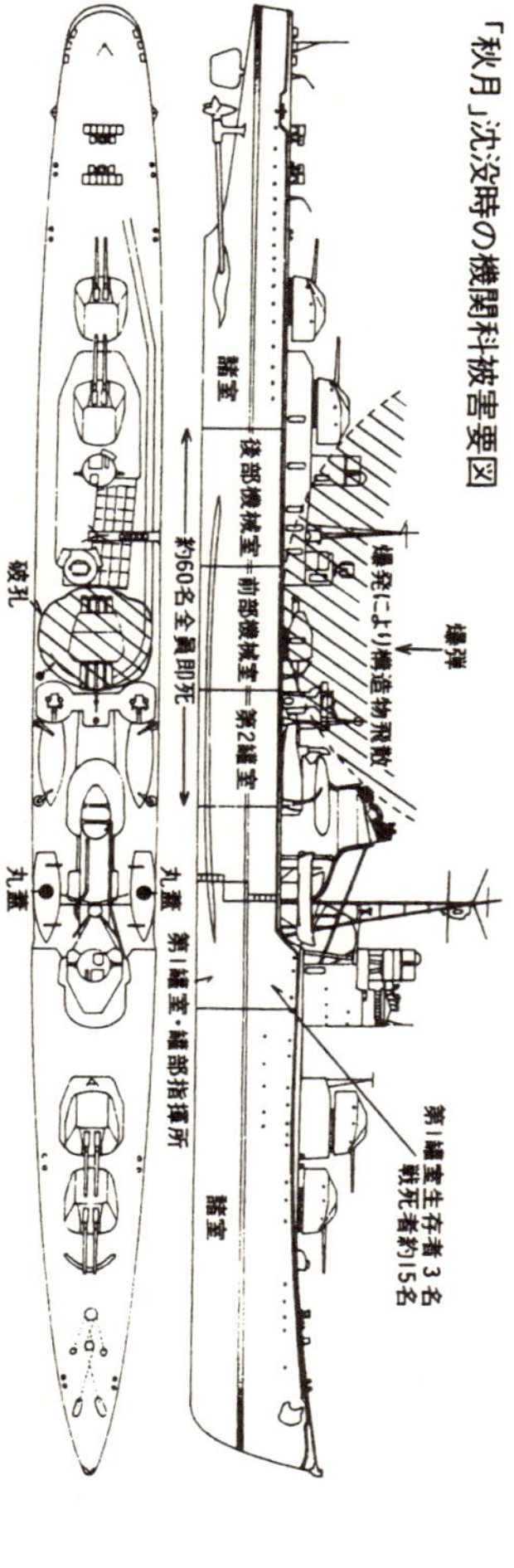

三者の解析結果を総合すると、交角はおおよそ四十度から五十度の間であるらしい。交角を小さいほうの四十度とした場合でも、「秋月」爆発点と雷跡との最短距離は、三百八メートルくらいである。とすれば、磁気魚雷であっても爆発の可能性はない。

＊

私は、機関科の立場からつぎの理由によって、被雷説を否定する。

被雷説をとった場合、魚雷命中位置が問題となる。その場合、命中位置としてつぎの五つが考えられる。

(a)　第二罐室中央部
(b)　第二罐室と前部機械室との隔壁部
(c)　前部機械室中央部
(d)　前部機械室と後部機械室との隔壁部
(e)　後部機械室中央部

これらの場合、人的被害は一般に、

(a)では第二罐室員即死
(b)では第二罐室員および前部機械室員即死

というように、各場合について考えられるが、いずれの場合でも第二罐室、前部機械室および後部機械室の三室全員が、同時に即死する可能性は、きわめて小さい。事実は、三室全員が同時即死である。

また私は昭和十七年、舞鶴海軍工廠において、軽巡の被雷個所をつぶさに見たが、「秋月」の損傷状況から被雷とは考えにくい。

近年、「秋月」の船体、機関、兵装などの詳細な図面、および米軍撮影による沈没直前の「秋月」の比較的鮮明な写真を見ることができた。

写真によれば、中央部にあった魚雷関係施設をはじめ、いくつかの甲板上構造物が、見あたらない。

写真でみる甲板のもっとも凹んでいる個所は、図面によれば、魚雷発射管のあった前部機械室の真上の甲板である。私の記憶にある大破孔位置と、写真でみる最凹個所の位置は一致する。

私が、米機の爆弾命中による「秋月」魚雷誘爆説をとるのは、機関科員の戦死状況ならびに破孔位置と、その形状および米軍機撮影の写真からである。

緒方艦長の証言をもとにして書いた作家の作品に、「秋月」沈没時の機関科に関し、つぎの一節がある。

「……ただ、ものすごい蒸気の雲が吹きだしているんです。そのとき第一罐室にいた機関科の少尉が、辛うじて這い上がってきましてね、見ると熱蒸気で焼けただれて、まるで海坊主が出てきたような悲惨な姿でしたよ。そして、『機関運転不能、機関長以下はほとんど全員戦死しました』と言うわけです。……」

右の文にある「機関科の少尉」とは、私のことである。少尉は誤りで、私はこのとき中尉であった。

「秋月」が遺した鉄片

「槇」の士官室に横たわる私に、終始つきそって介抱してくれた機関兵が、その日の夕刻、重油にまみれてヌルヌルになってそばにぬぎすててあった私の戦闘服の上着と、まだはいているズボンをみて、

「分隊士、水洗いしましょうか」

と親切に言ってくれた。私がズボンをぬいでわたすと、彼は服の上下をもって艦内のどこかへ消えた。しばらくしてもどった彼が、意外なことを言う。

「分隊士、分隊士の上着のポケットから、これが出てきました」

と言って長さ十センチ、幅三センチ、厚さ二ミリくらいの折れ曲がって、ひしゃげた鉄片をさし出したのである。

「本当か、本当にポケットに入っていたのか？」

「本当です、まちがいありません」

と、彼は何度も言い切った。純真な彼が、この生死の境にある戦場で、嘘を言うはずはない。私はあまりの不思議さに、ただただ、考えこんでしまった。

私自身、「秋月」の被弾後、「槇」の士官室で上着をぬぐまでの行動をかえりみて、上着のポケットに手をつっこんだ記憶はない。

機関兵が言うとおり、「まちがいない」とすれば、この鉄片が上着のポケットに入る可能

性は、ただ一つだけある。

「秋月」の被弾個所は艦中央部で、前部機械室の真上である。ここで大爆発が起き、その付近の船体構造物をふくむあらゆる物が吹き飛び、艦幅一杯の大破孔が開いて、前部機械室のタービン上すれすれに重油がただよっていた。

このとき私は、第一罐室中段にある狭い罐指揮所に、罐部特務下士官と若い伝令の兵と三人で戦闘配置についていた。

本来ならば、閉鎖しておくべき第一罐室左舷入口の鉄製丸蓋を、「対空戦闘配置につけ」で、急ぎ入室したために閉めるひまがなく、丸蓋はなかば開放状態であったことが、のちに判明した。

この丸蓋は、甲板と四十五度、六十度あるいは九十度と三段階くらいの角度で、ピン止めされるようになっている。このときは四十五度くらいにピン止めされていたのであろう。

爆発時、瞬時に停電した暗闇のなか、甲板から罐指揮所への通路にそって猛烈な爆風が吹き込み、さらに罐室へと下っていった。

このとき、指揮所にいた私の上着の両側ポケットは、真上からの強烈な爆風によって大きくふくらんだに違いない。

この爆風のなかに、くだんの鉄片があったのであろう。それは船体構造物などの破片で、爆発個所から飛んで罐室入口の丸蓋に当たり、勢いを失って爆風とともに指揮所に落下し、真下にいた私のふくらんだどちらかのポケットに入って、止まった可能性があるのである。

まさに奇蹟というべきか。

全滅の中の奇蹟

病室は、予備学生出身の少尉といっしょの二人部屋で、南に面していた。私の傷病名は「顔面左右耳翼同前膊熱傷」であった。

だいたい皮膚の三分の一程度をやられると死ぬ、と聞いていたが……近隣の室では、火傷患者が入院後三、四日の間に数名が死亡していった。

同室の少尉は、外見上はまったく無傷だが、背骨をやられていて歩行も困難であった。その彼は一週間後、別府の温泉療養所に転送されることになった。転送前、彼は自分の体験を、つぎのように私に語ってくれた。

「直衛空母を攻撃した敵の一機が、ぐるりと回って『秋月』の後方から進入してきて、投下した爆弾が艦の中央に命中し、爆発した。私は後部機銃指揮官なので、その状況を見ていた。私は爆風で後部甲板の端へ吹っ飛ばされて、立ち上がれなかった」

艦が沈み、彼はおのずと海面に浮き上がったわけである。

ともあれ、私が確認した大破孔の形状と、この後部機銃指揮官の言は一致している。損傷個所の位置や形状と、後部機銃指揮官の言から、「秋月」は、敵機の大型爆弾の直撃か、あるいは投下爆弾が魚雷発射管周辺に命中し、魚雷が誘爆したと考えられる。

入院してから数日後、比較的軽傷の下士官、兵がいる大部屋の病室に行き、周囲を見まわしていると、にわかに一人がかけよってきて、

「分隊士！　生きていましたか！」

と叫んだ。見れば、火傷も私より軽かったか、包帯も少ない直属の特務下士官大串忠義上機曹であった。第一罐室の指揮所に、伝令の若い兵と私の三人で戦闘配置についていたのである。

「おお、お前も生きていたか！　伝令は？」

「だめでした」

互いに手を取り合ったが、それにしてもよくぞ、包帯だらけの私が自分の上官と分かったものだ。

結局、機関科関係で艦底の戦闘配置についていたと思われる七十余名のうち、私以外に一人の生存者のいることが明らかになった。そして、戦後三十四年して、第一罐室の下士官増田幸生上機曹が、生存していたことを確認できたが、それまでは長年、生存者は私をふくめて二人だけと思っていたのである。

「秋月」で戦死された方々の遺族と、生存者で構成されている秋月会が、昭和六十二年十月二日に「思い出集・南十字星に祈る・続編」を発行した。その中に、大串、増田両上機曹の体験記が載っているので、その一部を引用しよう。

◇大串忠義上機曹の証言

――突然（八時四十分ごろか）人体を吹き飛ばす大音響と衝撃を受けた。電灯は消え、暗黒の室内は、主蒸気管の破裂による物凄い蒸気の噴出音とともに、一瞬、熱湯を浴びせられた状態となり、室内の惨状は言語に絶するものとなった。艦底を戦闘配置としている機関科員の宿命かも知れないが、同僚のほとんどが、この熱気地獄の中で職に殉じた。

私は衝撃で吹き飛ばされたプレート（床鉄板）とともに艦底に叩き込まれ、おおいかぶさる熱気とビルジ（艦底に溜まった汚水）の中で身動きもできず、熱気の苦痛で、顔面は汚水を吸い込まんばかりまで下げ、死を待つほかはなかった。

そうした暗黒の中で、海水の侵入とともに充満した蒸気は希薄となり、昇降口の微かな明かりを頼りに、無我夢中で上甲板に脱出していた。時すでに艦は真二つに折れ、脱出口まで海水につかり、沈没直前の状態で、私は本能的に海中に飛び込んでいた。

私の生死を分けた奇蹟は、つぎの事由による。
一、被爆時の衝撃で艦底に叩き込まれた。
一、艦底部は蒸気が希薄で汚水が溜まっていた。
一、上甲板の昇降口（ハッチ）の鉄蓋が開いていた。
一、罐本体が爆発しなかった。
以上、どの一項目が除かれていても、私の生への奇蹟は起こらなかったと思う。なお戦闘中の昇降口「ハッチ」の鉄蓋の開放は信じられず、爆風の衝撃によるものとばかり信じていたが、罐部指揮官山本分隊士の手記（昭和五十七年十一月二十五日の秋月会だより）により、同分隊士の手で開かれていたことが判明した。——

◇増田幸生上機曹の証言

――突然、一大音響とともに大爆発が起こり、艦は躍り上がった。電灯は消え、暗黒となった室内に、物凄い勢いで、高圧の過熱蒸気が音を立てて吹き込んで来た。足もとのプレートは飛散して足場が悪く、昇降口へ進むことも困難をきわめた。

みる間に焼きつく熱気で、顔、手足など露出した部分は剝離して行った。針で刺される痛さが全身に走る。皮膚はちょうど烏賊《いか》の甲のようにドロドロに剝げてゆき、喉に蒸気が入って息苦しさは極限に達した。

全機停止状態の中、なす術もなく、私は補佐役の平永春義君（同年兵）とともに、一人でも多く上甲板に逃れることを念じ、大声で誘導に当たった。声は次第にかすれて行った。第一罐室の責任者として、罐室以外のところで戦死することは望まず、二人はここで死のうと話した。苦痛のあまり悶えながら、二人は抱き合った。

最後を覚悟したとき、死に対する恐怖感は微塵もおこらず、むしろ国難に一身を捧げることのできる誇りが脳裡を掠めた。「天皇陛下万歳」声を絞って叫びつづけた。何回もくり返すうち、すうーと気が抜け、雲の中へ吸いこまれる気がした。意識が朦朧として苦痛も遠のいていった。

そのとき、一瞬、年老いた父、前年結婚した妻のことが走馬燈のように浮かんですぐ消えた。つづいて入団前亡くなった母が、「ハッチ」のところから顔を出した。私の名前を呼び、にこにこしながら手招きしている姿がはっきり写った。「お母さん」と叫びつつ手を伸ばしたが、どうしても届かなかった。（いまも脳裡にやきついている）

何ほどかの時間がたったろう。二回目の大きな衝撃が起こって、艦は大きく揺れた。このショックで意識を取りもどした。ずきずきと全身に痛みが走る。歯を食いしばって目を開けると、室内の蒸気は薄らぎ、浸水がはじまっていた。そばに平永君が倒れてぐったりとなっていた。夢中で服をつかんで激しくゆり動かすと、彼は意識を取りもどした。

肩を叩いて頑張ろうと意思表示した後、私はタラップに手をかけた。皮膚が剝げて握ることができないので、タラップの後に手を回して両手を組んだ。一歩また一歩、時間をかけて昇った。上肢の肉がすり切れ、その間から血が吹き出した。(いまもその疵痕は醜く残っている)

「何くそ負けるか」頑張った。

やっとのことで、上甲板に昇りついてみると、ここは生き地獄の惨状である。屍は折り重なって肉片は飛び散り、血の海と化していた。茫然としていると、平永君が昇って来た。昇降口を抜け出すと、彼はとっさに、「苦しい」といって倒れた。彼の姿を見たのは、このときが最後となった。

上甲板を流れる血に足を滑らせながら、私は士官室で応急処置をうけ、口、鼻、目だけ出して包帯でつつんでもらい、艦橋下で横になった。そのうち総員退去の命令があり、他の者といっしょに右舷から海中に飛び込んだ。――

小沢長官との対面

「秋月」爆発時、艦橋にいた数藤勝治信号員はぶじであった。爆発から沈没までの数分の間に、彼は艦橋の左舷から上甲板に下りて、艦尾に向かっていた。そのとき、たまたま第一罐室の左舷側出入口から、一人の兵士が上甲板に脱出するところを見た。

それは、皮膚のない顔に、皮膚のない手をだらりと下げた蒸し焼き人間が、マンホールからはい出てくるところであった。とうてい生き残れるとは思えない。

その後、四十三年間、彼の見たその兵士は、七、八十パーセント戦死している、と戦友たちに彼は語りつづけてきたという。

昭和六十二年、第十回秋月会で偶然、私の隣席にいた数藤信号員は、四十三年前に見た脱出兵士の模様を語った。

「それは私です」

と言うと、彼は絶句した。いまも両腕に残る火傷の跡や顔の火傷のことなどを話すと、

「そうですか、戦死したものとばかり思っていましたのに、よく生き残りましたね」

と驚きの声を上げていた。そして私の両腕に、艦橋で包帯を巻いてくれた近藤弘信号長のことを話すと、彼の上司であるという。

「近藤信号長は、よく覚えています」と言っていた。

第一罐室から上甲板へ脱出する部下を、私が確認したのは一人で、「秋月」沈没後、泳いでいるのを確かめたもう一人の部下がいたが、結局、二人とも帰らなかった。生還したのは大串、増田両上機曹と私の三人である。

生還を果たさなかった二名、それに増田上機曹と同年兵の平永春義一機曹を加えると、少なくとも六名は脱出している。数藤信号員が見たのは、私であったか、他の五名であったか、

いまとなっては確認は不可能であるが、いずれにしても脱出した六人の姿は、眼をおおいたくなるような凄惨なものであったことは間違いない。

なお、砲術科に弾丸運びとして派遣していた若い兵四名のうち、二名は「秋月」で戦死し、一名は「伊勢」で手術中に死亡し、結局、一名だけはぶじであったようである。

入院して二、三日すると、呉を出撃する前、父親に依頼していた四十円送金の封筒が届けられた。必要のなくなった金であるが、ないよりましである。

その一日か二日後、小沢中将が「捷」一号作戦の機動艦隊負傷兵士を見舞うから、そのときはベッドの上に上半身を起こして姿勢を正すように、との指示が病院側からあった。同室の少尉と指示通りに姿勢を正していると、副官をともなった中将は、軍医の案内で室内に一歩入る。

われわれ二人が頭を下げて敬礼すると、中将は無言のまま目礼して、つぎの部屋に移った。その間約五秒、司令長官小沢治三郎中将に拝謁したのは、これが最初であり、最後となる。そしてこのときから四十年後に、私はまったく偶然、小沢中将の墓参をすることになる。

火傷患者は内臓をやられているわけではないので、日がたつにしたがい退屈してくる。そのころ、宝塚少女歌劇団が慰問に来てくれた。場所は海軍病院から海岸に向かって緩い坂道を、一分ほど歩いて下ったところにある下士官兵集会所の小劇場であった。

歩行可能な患者たちは、白衣のまま看護兵に引率されて、小劇場に行く。少女たちはモンペ姿で、全員が舞台に上がって挨拶し、歌や踊りを披露してくれた。かつて二度ほど宝塚を訪れたときの印象とは異なり、戦時色の強いものに変わっていた。

このころは呉にもたびたび空襲警報が発令され、患者は看護婦に誘導されて防空壕に入った日が数日あった。しかし、実際には空襲はまだなかった。

お咲の真情

呉海軍病院に入院後、十日ほどして一通の封書が届けられて来た。郵便ではなく、病院のだれかが預かってきたのである。達筆で、まぎれもなく表に毛筆で、山本平弥様とある。裏には何も書いてない。

「捷」一号作戦に参加した機動部隊では、「秋月」は轟沈し、とくに機関科は全滅したと信じられていたから、私の生存を知っている者は、きわめて限られている。その私が、呉海軍病院に入院していることを知っている者が、外部にいるとはまったく不思議である。

いぶかりながら封を開くと、中から巻紙に書かれた流れるような美しい墨跡で、戦傷見舞いの名文が出てきた。末尾に、咲、と署名がある。

私は驚いてしまった。お咲が、こんなに達筆で名文を書くとは、想像もしていなかった。お咲だからこそ、私が海軍病院に入院していることを知りえたのである。彼女は知ることのできる立場にあったのである。お咲は、呉にある海軍料亭「徳田」のチーフメイドである。

横須賀、呉、佐世保、舞鶴などの軍港には、海軍士官専用の料亭がいくつかあった。翌二十年四月から勤務することになる横須賀海軍砲術学校時代に、幾度か飲みに行った横須賀の

「小松」は、明治時代、小松宮彰仁親王からその名を頂いた女将、山本悦が山本コマツに改名し、後年出した由緒ある海軍料亭であるという。

横須賀の「小松」ほどではないが、呉の「徳田」、佐世保の「万松楼」は「小松」に相当する海軍料亭であった。開戦当初、ハワイ真珠湾攻撃の特殊潜航艇の九軍神も足を運んだという料亭「徳田」の女中頭が、お咲である。左褄を取っている海軍芸者の取締役とでもいうべき地位にあったのであろう。

「捷」一号作戦で、いよいよ呉を出撃することになったとき、後に囮艦隊と呼ばれた機動部隊の第十一水雷戦隊第六十一駆逐隊は、司令以下各艦長をはじめ、その夜、上陸可能だった士官が、全員「徳田」に集まって今生の別れの宴を張った。その多くは、フィリピン沖の太平洋で艦と運命をともにし、海底深く眠っている。

この宴のあとであったか、あるいは前であったか定かでないが、上陸する機会があったので、別に用もないが上陸してみる気になった。帰艦するかも知れないけれども、一応、艦には外泊することにしておいた。「徳田」で飲んでいるうちに帰艦する気になり、お咲には部屋を取るように言わなかった。

そのうちに、つい帰艦最終便の時刻が過ぎてしまったので、お咲に、「空き部屋はないか」と聞くと、「ない、いっしょに寝よう」と言う。

お咲は玄関から真っすぐに階段を上がった左手の二階に、チーフメイドとしての個室を持っていた。布団は自分専用のもの一揃いしかない。彼女は布団を敷き終わると、「先に寝ていて」と言いながら、スタスタと階段を降りて行った。

夜中の二時すぎ、彼女は布団に入ってきた。一つの布団に寝ながらたがいに向け合った背と背の間には、海峡を流れる潮のように、忍びこむ風が夜通し流れていた。秋の夜風は冷気を運び、彼女の温もりを感ずることのなかった一夜であった。

お咲は三十歳のなかばか、それとも四十歳に近かったのか、女の年齢はよくわからないが、二十三歳の私とは年齢の差がかなりあった。

「徳田」のチーフメイドが、このように立派な書翰を書くとは思いもよらず、病床で私は、お咲の情と文筆の才に打たれたのである。

銃後の母

十一月二十二日、海軍病院はベッドをあけたいのか、自宅療養せよ、というので退院した。呉海軍病院を退院後、水交社に宿泊して二、三日、呉に滞在した。

「秋月」ですべてをなくし、何一つなく、水交社の隣りにあった海軍物資部の支所のようなところで、衣類、軍刀など軍装一式を買い求め、ようやく外出できる姿になった。「徳田」に挨拶に行ったのは、その夜である。

海軍病院から歩いて五分ほどの四つ道路という交叉点に面していた「徳田」に、お咲を訪ねたのは夜の七時ころであった。予告なしの突然の訪れであったが、幸い彼女はいた。二階の八畳ほどの間に、若い少尉三、四名と、お咲は酒食も茶もなしで、真剣な顔つきで話し合っている。彼女は私の顔を見るや、驚きと悲しみの入り混じった表情で、

「この子は、色の白い子だったのに！　こんなになってしまって！」

と言ったまま絶句してしまった。実戦を知らない少尉たちは、焼けただれて顔一面、黒い痣のようになっている私を凝視したまま、不安につつまれたのか、あるいは憐憫の情からか、押し黙ったままである。お咲は「秋月」轟沈、機関科全滅のことはすでに知っているので、説明の要はない。

私は、このときから、艦内や海軍施設の内部は別として、人に顔を見られるのを嫌うようになる。翌二十年一月、兵学校の練習艦「八雲」乗組を命ぜられ、呉にも上陸することになるが、人と会うのが嫌で、お咲とは、この夜の別れが最後となってしまった。

翌日は、当時、兵学校の最下級生であった弟に面会するため、江田島に渡った。面会はなかなか許可されず、私が戦傷で入院しており、これから自宅療養する事情を説明して、ようやく許された。

待つこと約一時間、授業の休憩時間と思われるころ、弟が現われた。八ヵ月ぶりの再会であった。入学後、日が浅く、緊張感のただよう弟との数分間は、またたくまに過ぎ去った。

江田島からの帰途、級友折目宏中尉との連絡がとれたのであろう。このころには、呉軍港在泊艦に乗っていた級友には、私の生存は伝わっていたらしい。折目が乗艦していた新鋭空母「雲龍」は、呉に在泊中であった。郷里に向かう私を、翌日の夕方、呉駅まで彼は見送りに来てくれる。三十分ほどの短い時間であった。

列車の到着時刻が迫ったころ、彼は乗客たちの一群から少し離れたところに私を呼びよせ、小声で、

「『雲龍』は近く出撃する。多分、駄目だ」

と最後の別れを告げた。私には彼に言うべき言葉がなかった。ほの暗い光の中で、折目の顔をじーと見すえたまま、彼と無言の別れをした。折目中尉は、この日から二十五日後に戦死することになる。

私の療養期間は病院と自宅を通じて、通算二ヵ月余である。その後、顔の火傷は痕跡をかくすこともできず、人に会うと顔を自然にそむける数年である。

呉から郷里に向かう途中、神戸に下車し、三宮の「しぶき」を訪れたが、午前中だったせいか店は閉まっていた。

神戸の町はまだ一年前と変わっていない。元町にある同窓会の宿泊施設である海洋会館に立ち寄った。ここは汽船実習中、たびたび泊まったことがある。偶然、神戸高等商船航海科第三十九期の小山健一中尉が泊まっていた。彼は私の顔を見て、いたく同情してくれるが、こちらはそれが辛い。早々に海洋会館を退散して上京する。

東京では小石川の伯母と叔父の家に立ちよる。伯母も叔父も私を見て、異様な感じを抱いているらしいので、

「幽霊じゃないですよ」

と言うと、苦笑していた。東京の町並みも変わっていなかった。翌日の午後、長岡駅から三つ手前の上越線小千谷駅に着く。

八ヵ月ぶりの帰省である。この冬は珍しい大雪の年であった。一面に黒く焼け焦げた顔の私が、突然、帰宅したにもかかわらず、父母には格別驚いたようすはみえない。

「艦が沈んで海軍病院に入院していた。機関科は全滅で、生き残ったのは二人だけだ」

と言うと、父は、

「へい、そうかい」

と気のない返事をするだけである。あとは何も聞かない。聞いても話してくれないと思っているのであろう。母は戦争のことは何も聞かない。そのころは、わが家の近隣の家には戦死者は幾人も出ていたので、「いずれわが家にも」と思っていたのであろうか。兵学校の弟に帰途、面会した話のほうに、父母の関心が集まった。
二、三日したころ、高熱が出て一週間ほど四十度近い状態がつづいた。子供の戦傷には、さして心の動きを示さなかった母は、この高熱にはかなり心痛しているらしい。その看護ぶりから病人の私にも伝わって来る。
戦争で死ぬのは国のためだからよいが、病気で死なせては天皇陛下に申しわけないと、銃後の母は考えていたのであろうか。

国鉄魚沼線を取りはずされて、江戸時代に逆行したようなわが村は、本村から医者を呼ぶにも四キロ歩いてもらわなければならない。医者は二メートル近い積雪の道を、かんじきをつけ、四キロ歩いて往診してくれた。

風邪でも腹痛でもなく、マラリアのような高熱は、一週間すぎると平熱にもどり、体調は元に復した。大雪の中で思いもかけず、兵学校に行っている弟を除いて、父母や弟妹たちと年越しができた。

明けて昭和二十年一月早々、海軍省から呉鎮守府への出頭命令が来た。

第四章　「忠君愛国」の教育現場で

老骨「八雲」と共に

昭和二十（一九四五）年一月十日、呉鎮守府に出頭すると、係の武官は私の顔を見ながら、
「第一線で御苦労だった。今度は練習艦の『八雲』だ」
と慰め顔に言う。負傷兵の仲間に入れられたのが縁で、教育の場に立つことになる。これ以後、敗戦までは海軍軍人教育、戦後は商船乗組員教育、海上保安官教育にと、私の人生はほとんど海の教育に終始することになる。奇妙なことに、このときに先立つこと十年、十三歳のときに一度だけ教育に関与したことがあった。

昭和九（一九三四）年四月、工業学校に入学すると、父の勤務していた水力発電所から学校まで通学するのに、バスと国鉄の乗り継ぎで、片道二時間近くかかった。いまでも雪で名高い小千谷のそのまた奥だから、冬期、バスは不通となる。当時はまだ市になっていない小千谷町で、上越線の駅に近い親戚に、冬の間だけ下宿させてもらった。

隣室には師範学校を卒業して、まだ一、二年の若い小学校の先生が下宿していた。先生はそのころ、三年生か四年生の担任だったらしい。ある夜、襖障子越しに、

「平弥君、修身の試験の採点してくれんかね」

と声がかかった。工業学校に入学してまだ十ヵ月余、十三歳の子供に、小学校児童とはいえ修身の採点ができるわけがない。いまと違って当時は、小学校から大学まで○×式の試験問題はなく、すべて論述式であった。小学生の答案も文章である。それを読みこなして、何点つけるかなど、小学校を卒業して間もない少年にはおよびもつかない。

「先生、できん」

「あのね、忠君愛国という字があったら百点つけてくれればいいんだって。やってくれんかね」となかなか先生は、強引だ。

「本当に、それでいいんかね」

「いいて」というような問答が襖越しに交わされた。当時、義務教育の教科書はすべて国定であり、修身という科目は明治政府の指導によって、忠君愛国が柱となっていたのは、先生の言葉が端的にもの語っている。

小学生だけでなく日本国民全体の道徳原理が、忠君愛国であった。それが至高の生活規範なのである。すべての国民が、忠君愛国を至上命令として、自己の生命を捧げるのが道徳なのであった。

先生の要請もだしがたく、四十枚ほどの修身の答案を採点することとなる。忠君愛国の字を捜し、あったのは百点をつけ、なかったのは何点つけたか記憶にない。

十年後、忠君愛国を鉄鋼板で囲って潮漬けにしたような練習艦教育に、たずさわることになった。

五千二百トンの巡洋艦「八雲」の主機は、タービンではなく往復動蒸汽機関である。「出雲」「磐手」とともに練習艦隊を編成し、旗艦は「出雲」であった。江田島の錨地で乗艦する。航海長の少佐は東京商船、機械分隊長の大尉は神戸商船の先輩で、私は機関長附兼機械分隊士であった。

練習艦の兵は第一線の艦への転勤が頻繁で、その補充に再召集の兵などが多く、これらの兵の履歴は複雑なので、進級の計算等には時間がかかる。分隊士の事務量は、第一線の艦よりはるかに多い。また兵学校の一号、二号生徒が、短いときは三、四日、長いときでも一週間程度で乗艦したり学校にもどったりする。

日露戦争で活躍したこの艦の罐は石炭焚であった。朝七時出港となると、罐の汽蒸、焚機、焚管に三時間もかかるので、夜中の午前三時半ごろには起床しなければならない。兵学校生徒は、ひと通り機関科の実習もするので、汽蒸、焚機、焚管の実習に、生徒は機関室に入って来る。その担当は私一人だけなので、生徒の乗艦中は、毎朝この時刻に起こされる。

外海はすでに敵潜跳梁の場で、練習航海には出られず、瀬戸内海のみが航海可能だったから、朝出港して、夕方どこかの港か島影に投錨する。翌朝、そこを出港することのくり返しだから、朝三時半ごろの起床の日がつづく。第一線のような戦闘はないが、日常の忙しさは「足柄」や「秋月」の比ではない。

おまけに、日露戦争生き残りのこの型の艦は、罐に海軍燃料廠製の煉炭という石炭を焚くので石炭積みの差配が機関長附の仕事となっている。

長さ二十五センチ、幅十五センチ、厚さ十センチくらいの煉瓦のような形に固めた石炭の塊を罐室床の鉄板の上でハンマーで砕き、シャベルで炉に投入する。月に一度か二度の煉炭積み作業は、艦長以外、兵も下士官も士官も生徒も、総員甲板に出ると数班に分けられる。上下つづきの白い作業服に軍手をつけ、総出でこの作業に従事するのである。

練炭を満載した数隻の艀が、艦の両舷に着く。白作業服の乗員は各艀から舷側、上甲板、中甲板、下甲板、そして艦底の石炭庫へと、白蟻の列のように一列に並ぶ。この列の最後部が炭庫に入る。炭庫の一番奥に入っている私が、「始め」の合図を出すと、列の他の先端、つまり各艀に乗っている列の先頭者が、四角形の煉炭を持ち上げてつぎの者に手渡しする。

こうして石炭積みが開始されると数十人、あるいは百人を越える兵士の手を経て、煉炭は炭庫の奥に届く。私自身は煉炭運びの列には加わらず、懐中電灯で石炭を積み重ねる場所をつぎつぎに指示する。

ひとたび煉炭の手渡し作業が開始されると、休憩があるまで炭庫から出られない。この仕事は蟻の列にいる兵士がベルトコンベヤーで、自分の意志で休むこともできず、きわめつきの重労働となる。

機関長附は、どの炭庫にどれだけ石炭を積むかを決め、それにしたがって作業が進行するのであるから、各炭庫を回って指示しなければならない。これまたきわめつきの忙しさである。各自はマスクをしているが、露出部は炭塵で真っ黒になる。もっとも私は乗艦したときから黒い顔をしていたので、石炭積みによる黒さは、さほど目立たなかった。

一見のどかではあるが、労働としてはきつい石炭積み作業は、帝国海軍艦艇では、この型の三隻のほかなかったのではあるまいか。

江田島教育の魔性

兵学校生徒の積極性には感心した。乗艦実習では事前の研究を、出入港前日に艦内の大教室でやる。たとえば何々港に何時に入港するという方案が示されると、入港にともなうありとあらゆる問題を生徒に調査させ、発表させる。このとき、ある項目について指導教官が生徒に問題を投げかけると、全員一人残らず手を挙げて、自分に発表させてもらいたいという、そのさまは壮観である。これほどの積極性を短時日に植えつけた江田島教育に、驚嘆と同時に奇異の念を禁じえない。

それは前年八月まで兵学校長をしていた井上成美中将が、兵学校生徒の面構えを「前科三犯」「狐憑き」と言ったと伝えられているが、そんな感じを受けるのである。そこには度はずれの不自然さがあった。

このことは、私の後輩たちが昭和二十年二月ころ、横須賀海軍砲術学校から練習艦に実習に来たとき、さらにその感を深くした。同様な事前研究発表の場で、わが後輩たちは軍人が本職でないとはいえ、その消極性にはもどかしさが感じられ、まさに「借りて来た猫」という表現が、ぴったりなのである。だが、冷静に考えれば後輩たちのほうが、自然なのかも知れない。

海軍生徒の乗艦実習が数日という短期間であったので、生徒の名前と顔の記憶は、一人を除いて、まったくない。

昭和二十年二月であったか三月であったか定かでないが、兵学校七十四期の生徒が乗艦してきた。ある日、機関実習にきた生徒の中に、なんとなく人を引きつける魅力を持ち、落ちついた態度の青年がいた。

機関室での実習を終わったあと、機関科事務室に上がり、数人の生徒がいっしょになって、私の質問に受け答えする時間帯がある。このとき、かの生徒の答えは、まことに的確で、こちらが感心してしまう。この生徒は「八雲」に乗艦していた生徒の首席であった。名簿には阿部一孝とある。ガンルーム士官の語るところによれば、父親は海軍中将であるという。

このときから数ヵ月後の二十年五月か六月ごろ、横須賀海軍砲術学校長井分校の教官をしていた私の前に、阿部少尉（候補生ではなかったと思う）が、長い軍刀を持ち、陸戦隊の服装で現われるのである。私の顔に見覚えがあったのか、彼はすぐ「八雲」のことを思い出したようである。

「陸戦隊に行ったのか」

「はい、乗る艦がありませんので」

互いに「八雲」時代の堅苦しさはない。青年将校阿部少尉の、爽やかな笑顔がいまも浮かぶ。

昭和二十年三月二十日付で砲術学校教官に発令されながら、私は米軍の磁気機雷のため呉に渡れず、思案していた三月二十九日の午後三時すぎのことである。呉に渡れるかどうかを確かめるため、江田島——呉間の通船が出る港、小用に行ってみた。そのとき至近距離に、巨大な戦艦が静かに航走しているのが、目にとまる。即座に「大和」とわかった。

このとき「大和」には、阿部少尉候補生以下四十二名の七十四期生が乗艦しており、沖縄に向かって呉をあとにしたのであった。候補生たちは仮泊した三田尻沖で、出撃直前に下艦させられた。やがて阿部少尉は、陸戦隊の服装で長井分校に現われるのである。

彼は阿部孝壮海軍中将の長子であり、阿部中将はまた左近允中将と同期であったという。左近允中将と阿部少尉を知る私にとっては、奇縁であった。

私が「八雲」に乗り組んでいたとき、弟は兵学校の生徒であった。「八雲」は兵学校のすぐ近くの江田湾に投錨している日が多いので、日曜日などに面会したことが数回ある。一般の学校の二年生に相当する三号生徒で終戦になった弟は、英語、数学など教養学科の教科書を持って帰郷した。

私は九月一日付で召集解除になったので、横須賀の砲術学校から帰って五ヵ月ぶりに弟と再会した。弟は持参した教科書を礼賛し、数学の教科書を取り上げ、「これは世界一の数学の教科書だ」と大真面目に言う。

「世界一？　そんなことがあるもんか」

「いや世界一だ。教官がそう言ってたから間違いない」

と頑として主張を変えようとしない。信頼よりも信仰に近い過信ぶりにあきれ果てて、数学としては初歩的なその教科書を子細に見た。なるほど例題として、大砲の弾の弾道の計算などに前段で導いた式を応用しているところが多い。いかにも軍の学校の教科書らしく、その点はユニークである。その他は数学として何の変哲もない。

私が商船学校下級生時代に使っていたノート類が家に残っていた。その中から数学の参考書として使っていた市販の本を取り出して、

「東京の商船学校では、数学も物理、化学もエンジンも、教科書は一冊もなく、全部ノートばかりなんだ。ただ数学の教官が参考書としては、これがよいと言うんで、大体みなこれを使ってたようだ」

と言って弟に見せた。黙って見ていたが、一日か二日して、

「こっちがいいようだ」

と、あの頑強な主張を引っこめ、ようやく納得した。兵学校の教科書は、兵器に直結した応用で生徒の関心をそそるところが一味違っている。基礎よりも応用重視というところか。わずか一年そこその間に、「世界一の数学教科書」という信念を植えつける兵学校教育の魔性は、練習艦「八雲」の乗艦実習に来た生徒が、艦内の教室で示したあの積極性、あのバイタリティーと重ね合わせるとき、妖気をはらむある種の宗教や狂気じみた鉄の規律に疑問を抱かせぬ左右の団体などを、連想させた。

教科書への過信は、やがて戦技はもちろん戦術、戦略への過信となり、ついに海軍自体の復原力が喪失しつつあることに気づかなくなったのであろう。

兵学校教育には、長所もあれば短所もある。兵学校出身者たちは、海軍においては特権集団である。中世以来ヨーロッパに Neblésse Oblige（特権には義務がともなう）の精神が伝わり、第二次大戦でも英国では、とくに貴族の子弟が多く戦死したという。

積極性育成には感心したが、兵学校出身者を「温存した」のが事実ならば、同校出身者の

ほとんどは貴族でないとはいえ、特権集団としてNoblésse Oblige精神の徹底が充分であったかどうか、疑問が残るのである。

このころ乗る艦が少なくなったためか、大学、高専など予備学生出身の少尉が、多数乗って来た。この少尉たちは、後に『戦艦大和ノ最期』を書いた吉田満少尉と同期である。初任士官教育の意味もあったのであろうか。

「八雲」のガンルーム士官は、私以外、全部が兵学校の出身者である。彼らは全員が健康上の理由でクラスの者より進級も遅れ、そのうえ第一線に出ないから戦闘の経験がまったくない。しかし、プライドだけは高い。彼らの中には、些細なことで予備学生出身の少尉たちを殴る者がいたらしい。

少尉たちは、はじめ私の顔を見て、こわい中尉と思っていたらしいが、そのうちに商船学校出身であることを知って、問題が起きるたびに繰り言をいいに来るようになった。さながら駆け込み寺の風情である。

ガンルームのやり方には困ったものだと思うが、どうしようもなく、繰り言を聞いてやるだけであった。ただ彼らの学歴には、法律あり、経済あり、演劇も絵画も音楽もあり、その他バラエティーに富み、そちらの話を聞くのが楽しみであった。

昭和二十年三月十七日、「八雲」が米軍機の空襲を受けたとき、艦橋などにおけるガンルーム士官たちの動きが、予備学生出身の少尉たちの動きと「差がなかった」と、彼らは溜飲を下げていた。兵学校出も、一般大学出も、弾丸の洗礼を受けると、同じ動きをする。戦略、戦術は頭でするが、弾丸の下の動きは体がする。体験を重ねる以外、いかんともしがたいというのが真相のようである。

三月十七日、呉軍港と在泊艦艇が空襲されたあとのある夜、機械分隊長の先輩が私を自室に呼んでくれた。この分隊長は、高等商船学校五年半の課程を終わって卒業しているので、一年間の汽船実習中、さらにそのあと就職した船会社に勤務中、アメリカやヨーロッパを幾度か訪れている。

巡検後でもあり、私が三月二十日付で横須賀海軍砲術学校教官に発令されていたこともあり、送別の意もあってか一升瓶を取り出して、

「肴は何もない。海苔だけだ」

と言って飲ましてくれた。夜も深まったころ、舷窓から眺めると、海上遠く広島方面で、当時としては珍しく空襲警報の気配がする。分隊長は、しみじみと述懐した。

「アメリカでは公園なんかで真っ昼間、男と女が抱き合っている。こんな乱れた国は、一撃加えれば、へなへなになると思ってたが、違うんだね。なかなかたいした国だ。日本は、考え違いしてたんだな」

いつのまにか一升瓶は空になり、二本目が半分になっていたが、二人とも酔いはまったく回らない。

呉湾一帯は、米軍機によって磁気機雷を敷設され、江田島と本土との間は通船が止まり、まったく交通を遮断された状態になった。一週間すぎても開通の見込みはなく、無為に十日間がたってしまう。四月一日から砲術学校に後輩の新入生が入ってくるので、気が気でない。

呉線で呉駅から三つ広島寄りに天応という駅がある。呉港は磁気機雷で江田島からの渡航

は、再開の見込みがないという。そこで呉とは方角が九十度違うが、天応に木造機帆船を出してくれることになった。

四月二、三日ごろ、転勤者や公用使など十人ほど乗せた木造船が、遠く呉軍港を迂回して、そろりそろりと微速力で、天応駅近くの砂浜に着いたときには、ほっとした。

第五章　最後の海軍予備生徒

長井分校残酷物語

横須賀海軍工廠裏山のトンネルをくぐると、すぐ正門の見える砲術学校の、練習課程を私が修了したのは昭和十八年三月である。翌年、商船、水産関係教育機関出身の予備生徒だけを教育するために、葉山より少し南の相模湾に面した長井の地に分校が新設され、昭和十九年四月からここで教育が行なわれた。

昭和二十年四月には、東京高等商船学校航海科第百二十五期、神戸高等商船学校航海科第四十五期、清水高等商船学校機関科第一期の生徒、および農林省水産講習所、函館水産専門学校、釜山水産専門学校の生徒、合わせて約六百名が入校し、十四個分隊に編成されていた。航海科は水産系をふくめて第一分隊から第八分隊まで、機関科は第九分隊から第十四分隊までであった。

昭和二十年四月も五日すぎ、発令から半月ほどかかって、ようやく私は長井分校に着任した。担任分隊は第十分隊である。着任挨拶に横須賀の本校に行くと、教頭高松宮大佐は出張中で不在であった。

長井分校の長は海軍兵学校出身の中佐、その下に海軍機関学校出身の少佐、兵学校出身の大尉が一人、ほかに高等商船学校出身が四人、さらに特務士官出身の教官が多数いた。

私が二十年六月、大尉になると、高等商船出身の教官は、神戸航海科第二十四期長野裕睦、神戸航海科第三十期菊地喜三治、東京機関科第百七期吉沢正大と私の四人の大尉となり、この四人が終戦まで後輩生徒の教育訓練に当たることになった。

分校長は、私が砲術学校の予備生徒時代の後半に、予備生徒隊長として着任してきた中佐であり、隣りの第九分隊担任の大尉は、その当時は中尉で教えを受けた特務士官である。

高等商船学校出身の教官四名は、後輩の教育訓練ということから、兵学校や機関学校出身および特務士官の教官とは異なり、微妙な立場にあった。

四ヵ月余の間に生徒の規律違反はたびたびあり、そのつど分校長主宰の教官会議が開かれる。商船学校や水産関係の学校で、厳しい教育訓練を受けてきたとはいえ、六百人もいる中からは、たとえば郷里に出した手紙に軍の機密に属する事柄を書くなど、規律違反者が出る。

予備生徒の知りうる程度の機密は重要性の高くないものであるが、厳しい躾《しつけ》教育を受けているとはいえ、私信の検閲まではやられていない商船、水産系の学校出身予備生徒にとっては、教官の指導にもかかわらず、私信に対する注意が不充分な場合もある。

わが第十分隊の予備生徒一名が、私信の規律違反で懲罰をくらった。授業を受けさせず、反省室に入れるのである。このとき分校長は私に、

「分隊から違反者が出るのは、担任教官が悪いからだ。教官もいっしょに反省室に入れ」

と命じたので、私も一日中、入っていた。その他、些細なことで違反が出るたびに、教官

会議で予備生徒弁護の発言をするのは、われわれである。

砲術学校を退校させられると、即日、商船学校あるいは水産系学校を退学させられる制度になっていた。砲術学校退校とは、海軍予備生徒不適格ということだから、自動的に高等商船学校も退学になるのである。

規律違反生徒懲罰教官会議の決論が出ると、当該生徒分隊担任教官が、懲罰文を起案しなければならない。そのとき参考にされるのが、先輩予備生徒の懲罰文綴りである。厚さ五センチほどの綴りが二冊あった。

昭和初期からのものが残されていて、三人の先輩のうちの一人が、予備生徒時代に門限を切って受けた懲罰文が出て来た。当の先輩は、

「俺なんか、ここの教官に来る資格はないんだよ」

と苦笑する。二年前、私が水路部見学で集合時刻に遅れた書類はなかった。読んでいるうちに吹き出すようなものが多い。内容は門限時刻に遅れたとか、酒に酔ったとか、たいしたことはないのだが、それが漢文調というか文語体で書いてあるので、ユーモラスなのである。

帰校整列時に、

「……酩酊ソノ極ニ達シ制止スレドモ聞カズ……」といった調子である。

帝国海軍軍規の総元締めとみずから任じ、誇り高き横須賀海軍砲術学校本校の正門——この正門はトンネルの学校側出口にあるが——には衛兵詰所があって、つねに一人は剣付鉄砲の不動の姿勢で立直している。その前を酒に酔った予備生徒が、わざと逆立ちして通過したかどで懲罰に付された文などは傑作である。先輩には海軍に対する反逆児が相当いたのであ

ろう。

昭和二十年七月ごろになると、敵は相模湾か九十九里浜に上陸するという噂が流れ、緊張が増してくる。二十年八月一日の夜半、敵の大船団が三浦半島沖合を通過したという情報のもとに、暗夜に非常呼集がかけられ、予備生徒は、戦闘員として陸戦の戦闘部隊に編成された。

私は横須賀海軍砲術学校（長井分校）附兼教官兼横須賀第一警備隊長井分遣隊附であったのだから、長井分校は戦闘部隊であったわけである。ただ召集を受けていない予備生徒を、長井分遣隊の一員として戦闘部隊に編成したことを、疑問視する向きも、戦後ないではなかった。この情報は、結局、夜光虫を見誤ったらしいとのことで、翌朝、訂正があり、戦闘体制は解かれた。

連日、近隣都市の空襲がつづいたある日、警報が解除された後、教官室で予備生徒の当直日誌に目を通していた。

全教官の机が並べてある大部屋には、商船系航海科予備生徒は操艇実習、機関科予備生徒は工機学校実習に行き、教官もその付き添いで出かけていて、吉沢大尉と私以外、教官はだれもいない。教官室真上の二階は教室であるが、たまたま水産系予備生徒が、大きな教室に小人数で授業を受けていた。

突然、爆音も何も聞こえないまま、バリバリバリという凄まじい機銃掃射の音で天井を見上げると、機銃弾が一列に天井板を貫き、通過して行く。とっさに机の下に身を隠す。掃射は一回きりであったが、天井板には三十センチほどの間隔で、数十発の機銃弾貫通痕が残っていた。

被害はいかにと飛び出すと、教官室真上の教室で授業中の予備生徒一人が、大腿部貫通銃創を負うていた。商船系航海予備生徒が全員不在であったため、負傷者は一名ですんだが、全員が教室にいたならば、死者は数名出たであろう。

予備生徒の規律違反が出て懲罰問題が起こると、強硬な特務士官出身の教官の中には、「こんなだらしのない予備生徒を教育する必要はない。さっさと第一線に出したらいい」と言う者もあり、先輩として耳の痛い思いをしたことであった。

しかし、このような中でも、私の担任する第十分隊四十五名の予備生徒のうち二名が、昭和二十年七月ころ、灯火管制下のある夜、真剣な眼差しで会いたいという。そして、

「特攻隊ニ志願シマス」

と申し出た。二人の純粋な国を想う赤心に、私は強く打たれたのである。この件は先輩の吉沢大尉の耳には入れたが、それより上には、私の一存であげなかった。

戦況不利、とくに東京、横浜、横須賀と近隣都市への空襲が日常化するにつれ、訓練は厳しさを加え、艦務より陸戦に重点が移った。陸戦は兵学校出身の大尉と特務士官の中、少尉が中心となって訓練に当たっていた。

辻堂での対戦車肉迫攻撃訓練では、前夜の徹夜に近い訓練の疲労もあってか、肉迫しすぎて手榴弾投擲後、伏せた神戸高等商船航海科生一名が、戦車のキャタピラに後頭部を踏みつけられ、即死する事故が発生した。

また、横須賀の工機学校建物疎開作業に派遣されていた清水高等商船機関科生一名が、校

舎の解体作業中に建物が倒潰して、頭部にボルトが突きさって即死する事故が起きた。事故ではないが、盲腸で一名が死亡した。昭和二十年四月から八月の終戦までの間に、予備生徒の死傷者は死者三名、負傷者一名であった。

異様なる分校長

長井分校では、戦傷の跡がなまなましい顔をしていたせいか、機関科予備生徒の戦訓の担当を命ぜられた。

戦訓という科目は、実戦から学んだことを教えるのである。噴出蒸気の充満した「秋月」罐室から学んだこともその一つである。

後輩たちには、つぎの二、三の点も話した。

(1) 人間の体で外気にさらされているところは、外皮すなわち皮膚だけであると考えられているが、そうではない。体の奥ふかくで外気にさらされている内臓——肺がある。通常はそのような感覚はまったくないが、死に直面した熱気の中では、「肺は外気にさらされている」が実感される。そして、外気の温度にもっとも弱いのも肺である。顔や手の皮膚が剝離する熱さは、まったく記憶にないが、あるのは「肺が火事だ」というその熱さだけである。

(2) 「懐中電灯は蒸気の中では役に立たない」とは、事前にだれも教えてくれなかったし、書物にも書いてない。実戦ではじめて知りえた。また、人間が秒の単位で倒れてゆくほど濃い蒸気が充満している暗黒の中での「蒸気濃度と光の到達距離」との関係は、研究の要がある。

(3) 肺が熱くて呼吸ができず、かなりの秒数がたってから床の鉄板の上にあぐらをかいた。すると、かすかながら呼吸ができた。いくぶん低くなっただけで、この差である。やってみなかったが、鉄板に顔をつけたら、もっとらくに呼吸ができたのではなかろうか。罐室の上部を蒸気でしめられ、逃げ場を失った空気は、床面の近くで濃度が高くなり、そのぶんだけ酸素は余分にあったはずである。

昭和二十年七月ごろ、横須賀にあった機関学校では、コンクリート製の特別室を作り、中に防毒マスクを装着した人間を入れ、蒸気を噴出させ、「熱くて我慢できなくなったら、飛び出してこい」といって実験していた。

機関科員にとっては、「秋月」のような場合、機関室や罐室から上甲板まで脱出する苦労は、上甲板から母港に帰るまでの苦労に匹敵する。私にとっては、罐室から上甲板までの数十秒は、上甲板から呉海軍病院までの数日以上であった。

＊

分校の南端から草むらの小路を二百メートルほど行くと、井上成美海軍大将の私邸がある。洋館の瀟洒な建物もあるが、人里離れた一軒家という感じである。大将はめったに帰宅しないらしく、普段は留守番の女性がいるという。

大将は、予備生徒のために私邸をクラブとして開放してくれた。私は井上邸に通ずる小路を幾度も通ったが、屋敷には足を一歩も踏み入れたことがないので、予備生徒たちがどの程度、利用していたかは知らない。

井上邸の女性については、中、高年の口の悪い教官連中は、「妾だろう」などと影口をたたいていた。戦後もずーとあとになって知ったことであるが、事実はまったくそのような女性ではなかったのである。

井上大将は夫人に先立たれたので、兵学校長時代をふくめて身辺の世話をしていた一家が、官舎や私邸に住んでいたのである。その一家の娘は、長井分校長の秘書をしていた。私も分校長室などで、その秘書にたびたび会っている。分校長は、元兵学校長井上大将から薫陶を受けていたか、あるいは真似をしていた風があった。

分校長は、ほとんどの教官から嫌われていた。上海事変の陸戦で負傷し、金鵄勲章をもらっているということであったが、どこを負傷したのか、外見上はわからないし、動作も負傷しているように見えない。

横須賀地方に空襲警報が発令されると、授業は中止になり、教官、予備生徒とも横須賀第一警備隊長井分遣隊員として、警備の任に着く。この場合、もっとも数の多い陸戦担当教官が中心となって指揮をとるのである。この教官たちは分遣隊長である分校長が、

「防空壕の一番奥に入ったまま、空襲警報が解除されるまで、一度も外に出て来ない」

と、いまいましげに話し合っているのを、ときどき耳にした。

昭和十七年の末から終戦まで、二年九ヵ月も、横須賀海軍砲術学校予備生徒隊長の職に居すわり、壊滅して行く帝国海軍を横眼で見ながら、そしらぬ顔をしていられる神経は、本職の軍人としては異様である。

また、ある日の教官会議で、分校長は、名言というのか迷言というのか、いろいろなお諭しを言った。その中につぎの二つがあった。

「公私混交敷居を踏むな」

「軍隊には意見具申というものはない。指揮官は、部下が右を向きたいと思ったら、部下が右を向きたいと言う前に、『右向け―右』をかけなければならない。飯を食いたいと思ったら、部下がそう言う前に、飯を食わせなければならぬ。だから、軍隊には意見具申はない」

教官会議が終わった直後、私は一人で分校長室に行った。一歩、室内に入って不動の姿勢のまま、「先ほど分校長は、軍隊には意見具申はないと言われましたが、私は軍隊にも意見具申はあると思います」と申し上げたら、鋭い眼で睨みながら、

「若いくせに、生意気だ!」

と大声で怒鳴られた。これでは話にならんと退散する。

公私混交にしても、意見具申にしても、井上大将の影響があるような気がするが、井上大将ほどの器でないこの中佐のお諭しは、教官たちの納得するところではなかった。終戦時のごたごたで、分校長は公私の敷居を踏まずに、すっかり取りはずしてしまったという噂を、戦後数年たってから聞いた。

相模湾上の悲喜劇

予備生徒の葬儀には、高松宮教頭は毎回列席された。これらの葬儀の一つは神式であった

が、高松宮教頭をはじめ教職員予備生徒一同が式場にそろっているのに、肝心の神主が定刻を三十分余すぎても到着しない。みんないらいらしているころ、宮様は隣席の教官に、

「私が代わりにやろうか」と冗談を言われたとか。あとで、

「宮様なら神主の代わりはできるだろうな」

と教官たちは話していた。また高松宮教頭は、長井分校に来校された際は、兵器庫や防空壕などを丹念に見て回られていた。

長井分校は、敵が上陸して来たときは、横須賀第一警備隊長井分遣隊として、戦闘部隊に編成されるのに、人員に対し小銃の数は不足しており、弾もほんのわずかしかないことなど、宮様教頭は知っておられたという。このころ高松宮は、すでに終戦工作に関与されていたのであろう。

昭和二十年七月初旬、高松宮は軍令部に転勤となる。本校で送別会があるというので、都合のつく教官は出席せよ、との達しがあった。送別会は、本校の大食堂と思われるところで行なわれた。校長の送別の辞につづき、宮様の御挨拶があった。少しかん高いお声で、「国家のために……」とおっしゃったのが印象に残っている。「天皇陛下のために……」という お言葉は、最後までなかった。

＊

七月末ころ、全予備生徒を号令台前に整列させて、規律違反による懲罰申し渡し儀式が行なわれていた。全教官列席のもと、白手袋をした分校長が号令台に上がり、当該生徒を呼び出して、お盆に入れた紫色の風呂敷から懲罰文をうやうやしく取り出し、厳かに読み上げる

のである。

その日、私は当直士官であったので、この儀式には出ていなかった。式の前、東京方面の空襲があり、警報解除となったので、懲罰申し渡し式を行なうことになった。

ところが、式のはじまるころ、当直の兵から相模湾の葉山沖海上で、一機の敵B29が海面すれすれに旋回しているという報告があった。私は、さっそく相模湾に面した高台にある練兵場の端に行った。そこには横須賀海軍砲術学校長井分校の大砲が、相模湾に向かって数門並んですえつけてある。

先刻の空襲に参加して撃墜された米軍機の搭乗員の人影は、双眼鏡では見えないが、B29は、搭乗員が浮かんでいる、その上空を旋回しているに違いない。

見ていると、さらに驚いたことには、米潜水艦が少し沖合に浮上したとみるや、辻堂あたりの陸岸に向かって搭乗員救出のため、大胆にもどんどん進行して行く。

「こんな至近距離に、敵潜と敵機がいるのに、海軍砲術学校の砲門が開かぬことがあるものか、教官もまた大砲屋が多いではないか。予備生徒の懲罰儀式どころではない。式など取り止めて、射て、射て」

と私は伝令を飛ばした。やって来た砲術専門の教官は、

「この大砲、射つようになっとらん、弾もない」

と言う。本土決戦というのに、なんと間の抜けたことか、と思っていると、三浦半島先端の三崎方面から、見なれぬ一機が、ぶるんぶるんと飛んで来る。米軍機が応援に来たのかな、それにしても、大正末期か昭和初期のような複葉の旧式機であるのが、不思議である。

この機は、やがて近づき、B29と敵潜のいる上空に到達したと見るや、こちらから見て敵潜の手前に水柱が立ち昇った。

「やった！　やった！　味方の飛行機だ！」

と、われわれにははじめてそれが日本の飛行機であることがわかった。つづいて今度は、敵潜の向こう側に水柱が立った。

その瞬間、大きなB29が鷹が雀を襲うように、接近したと見るや、かの勇敢な日本機は、逆立ちして海中に突っ込んで消えてしまった。

敵潜は、さらに陸岸に近づくと停止し、搭乗員を救助したのか、浮上のまま旋回し、沖に向かって水上航走をつづけた。水深が充分になったのか、やがて潜没し、B29も飛び去り、相模湾はもとの静かな海になっていた。

一部始終を見ていた私には、青く透き通った空と海の相模湾を舞台にした短編映画を、見ているような感じであった。しかし、悲しかった。

それにしても、あの旧式飛行機を操縦して、とうてい勝ち目のない戦いを、B29と米潜水艦に挑んだわが搭乗員の勇敢さに、しばし心を打たれた。それに反し、眼前に展開しているこの悲しい戦いをよそに、白手袋をして懲罰文を読み上げている海軍大佐になったばかりの分校長、海軍はどうかしている、とつくづく情けない想いであった。

『きけわだつみのこえ』第二集に、東大文学部から学徒出陣した久保恵男特攻隊員の日記がある。昭和二十年四月六日には、

「南九州では我が国最後の実用機が総出動して雄渾な菊水一号作戦（「大和」沖縄出撃）が行

なわれているはず、これが成らなければ、いよいよ我々の白菊特攻隊（偵察練習機による特攻隊）がでかけるのだ……」とあり、四月十九日には、

「特攻隊には違いないが、白菊で突っ込む時が来るようでは、日本はいよいよどんづまりだし……」とある。

この日、相模湾で散った機は、白菊特攻隊であったのかも知れない。

沈黙の世界

八月も近くなったころ、転勤者の送別会があり、会も終わりになって、会場には分校長と私の二人だけが残った。二人ともかなり酔っていた。酒の勢いもあって、私は戦局の推移を、分校長に質《ただ》した。分校長は、

「勝たない。しかし、敗けない」と言う。私は、

「勝たないが、敗けないというのは、一体どういう意味ですか」とふたたび問うと、やはり、

「勝たない。敗けない」と言う。

「勝たないというのは、敗けることでしょう。敗けないというのは、勝つことでしょう。勝たない、敗けないなんてこと、あるもんですか」と詰めよるが、依然として分校長は、

「勝たない。敗けない」をくり返す。とっさに私は、分校長に飛びかかった。分校長は小さな私よりさらに小さいから、ひっくり返った。大佐と大尉の二人は、取っ組み合ったまま、畳の上をごろごろと転がりながら、縁先からいっしょに地面に落ちてしまった。

日ごろ私を、教え子の若僧めが、と思っていたらしい大佐も、このころは敗戦の情報でも入っていたのか、からっきし元気がなく、大尉に飛びかかられても反発する気力がなくなっていた。帝国海軍と同じである。

八月六日、広島に特殊爆弾が投下され、つづいて長崎にも同型爆弾が投下されたことが伝わってきた。またソ連の参戦も伝えられて、いよいよ世界を相手に戦うことになったという感を深くした。

長井分校の山側には、練兵場を隔てて桐の林があった。この桐林の中には、あまり広くはないが、一本の道路のようなものが一直線に伸びている。

分校に着任後しばらくして、桐林の中の道路のようなところを、轟音を発しながら物体が疾走するのを見た、という話が、教官の間に囁《ささや》かれはじめた。特攻の新兵器らしいという。

昭和二十年四月から終戦までの間に、実験は数回行なわれたらしい。それが本当に特攻新兵器であったかどうかは、分校の教官たちには結局、分からずに終戦となった。

戦後、種子島時休、元東海大学教授が敗戦直前の二十年八月七日、日本最初のジェットエンジン「ネ－20」を、航空機橘花《きっか》に搭載し、試験飛行を成功させたという記事を見た。長井分校に隣接した桐林の中を、ときたま轟音を発して飛行した物体が、ジェットエンジン「ネ－20」付の橘花であったか、あるいは他の兵器であったか、それはいまだに分からない。

八月十四日、突然、明十五日の正午、重大発表があるというので、全員に集合場所が指示された。十五日正午、校内のどこからか持ち出して来たラジオの特設台の前に、教職員一同が整列した。

正午、初めて聞く少しかん高い玉音が流れてくる。二ヵ月ほどまえ、軍令部に転出された高松宮前教頭の送別会に出席したとき、挨拶された宮様のお声に似ていると思った。ラジオの音声が不明瞭でよく聞きとれないが、放送が進むにつれて敗戦宣言であることを悟った。昭和十六年十二月八日、東京高等商船学校の講堂で、開戦のニュースを聞いたときの緊張感とは裏腹に、虚脱感の中に、敗け戦さばかりの過ぎ去った二ヵ年が、脳裏に去来した。

十五日の午後、分校長は全教官を集め、中央の命令に従い、冷静に対処するように訓示した。

「陸軍士官学校生徒の一部が、徹底抗戦を叫んで校外に出たという情報がある。その他、徹底抗戦の構えを見せている部隊がいくつかある。本校予備生徒が不穏な行動に走らないよう、今夜から分隊指導教官は、各担任分隊の寝室で、予備生徒とともに寝るようにせよ」

夜、巡検後、数個分隊が、いっしょの広々とした寝室に行ってみると、教官はだれ一人として来ていない。私は分隊指導教官ではもっとも若かったせいか、分校長の指示を忠実に守り、翌朝まで予備生徒の空きベッドで寝た。

しかし、寝室は静寂そのもの、もの音一つ、せき払い一つ聞こえないまったく沈黙の世界であった。不穏な行動を起こす兆しはみじんもない。二十歳そこそこの若者たちの胸に去来したものは、何だったのであろうか。

わが第十分隊員の特攻隊員を志願した二人、機密保持違反の私信で懲罰を受けた一人など、想いはさまざまであろう。

翌十六日、長井分校の終戦処理方針が決定され、その一環として、私には清水高等商船学校機関科第一期生の代表二名を連れて、清水の商船学校へ挨拶に行くよう指示があった。

　本来ならば、生徒全員を出身母校に送還すべきところ、敗戦の混乱や列車事情もあり、全員母校送還は取り止め、代わりに各校代表一、二名を連れ、教官が手分けして、東京、神戸、清水あるいは水産関係教育機関に挨拶に行くというものである。

　私は第九分隊の堀田秀夫と第十一分隊の森川卓の両名を連れて、十七日か十八日に、長井から横須賀に出て清水に向かった。列車は定時運行ではなく、午後もかなり遅く清水の学校にたどり着いた。

　両予備生徒を連れて、校長若林清作海軍中将に挨拶し、予備生徒は砲術学校から直接郷里に帰す旨、申し上げて了承を得た。関谷教頭、伊藤生徒課長にも面会したが、今後の方針は定まっていないように見うけられた。

　若林中将は、「大西が自決してね」と淋しそうに私に話した。大西とは、若林中将と兵学校同期の軍令部次長大西瀧治郎中将である。

　大西中将は八月十六日の午前二時四十五分、軍令部次長官舎で自刃した。軍令部次長の前は、第一航空艦隊司令長官として、特攻隊員に出撃を命ずる配置にあった。中将は遺書に、「善く戦ひたり、深謝す。最後の勝利を信じつつ肉弾として散華せり。然れども其の信念は遂に達成し得ざるに至れり。

　吾死を以て旧部下の英霊と其の遺族に謝せんとす」

　と旧部下の霊と遺族に死をもって詫びた。

清水の学校を後にし、堀田、森川両名を連れて長井にもどったのは、夜遅くであった。翌日、予備生徒は、それぞれの郷里に向かって長井をあとにした。

わが第十分隊では、一人の予備生徒が肋膜炎で一ヵ月ほどまえから、防空壕の中のベッドに伏せていた。自力で帰郷するのは困難なので、その翌日、この予備生徒一人をトラックに乗せ、付き添って、彼の郷里、神奈川県の秦野まで送り届けて、私の海軍における仕事は、すべて終わった。

予備生徒のいなくなった長井分校は、閑散としていた。本職の軍人はあとにして、応召者は先に帰郷させるという。

敗け戦さに明け暮れた二ヵ年にわたる私の海軍最後の日は、残暑の厳しい八月下旬の日であった。校門をあとに振り返ると、深閑とした長井の校舎は、最後の予備生徒を戦場に送らずにすんで、ほっとしているかのように見えるのであった。

第六章　同期の桜たちの慟哭

「理に悖るなかりしか」

ここに言う海軍とは、海軍省や軍令部の中枢およびこれに類するポストにいた軍人を指し、理とは道理をいう。

軍人勅諭下賜五十周年記念式典が終わった昭和七（一九三二）年四月二十四日から、海軍兵学校では夜の自習止め後、生徒はつぎの五省を称えることに決められ、終戦までつづいたという。

一、至誠に悖《もと》るなかりしか
一、言行に恥ずるなかりしか
一、気力に欠くるなかりしか
一、努力に憾《うら》みなかりしか
一、不精に亙《わた》るなかりしか

中国新聞に「特攻」という連載ものが昭和六十二年九月にはじまったが、そのまえがきと

でもいえる記事に、

「――特攻問題を考える上でよく問題にされてきたのはプロの軍人は保護され、特攻隊として死地に赴かされたのは予科練（甲種予科飛行練習生など）出身の下士官、予備学生出身の士官が多かったという見方である。が、数字的に見ると必ずしも正しくないように思われる。海軍の場合、理由は海軍兵学校の卒業生が少なかったためである」

と兵学校七十期から七十四期までの卒業生数並びに予科練一期から十三期までの入隊者数をあげている。さらに、

――旧海軍関係の親ぼく団体である「水交会」の機関誌「水交」五十二年九月号で、中沢佑《たすく》元中将の講演記録「海軍勤務時代の回想」を読んだ時のイヤな感じである。

元軍令一部長が象徴的な発言
中沢氏は昭和十八年六月から十九年十二月まで軍令部第一部長（当時少将）の要職にあった人だが、講演記録の中で「航空機による体当たりは大西中将が比島で採用したのが最初で、海軍中央部ではそうした動きはなかった」と言っていた。……

昭和五十七年七月、時事通信社からデニス・ウォーナー夫妻（オーストラリアの軍事研究家）著『神風』が出版された。訳者が前記の妹尾氏であった。訳者のあとがきの中で、この講演を聞いていた妹尾氏が、中沢氏に、「それはおかしい」と質問した経緯が書かれてあった。「やっぱり」の感を深くし、直接、妹尾氏に電話で確かめた。妹尾氏は岡山の出身で海兵七十四期。最後の卒業生であるが、同じ分隊で起居を共にした最上級生の何人かは航空機

や回天特攻で死んでいる。

「明らかな責任逃れ。このような人の作戦で若い命が散っていったのかと思うと腹だたしくて」と激しい口調が受話器から伝わってきた。

証言をたどればすぐ矛盾露呈

妹尾氏は言う。

「明治憲法によれば、部隊の編成は天皇の大権に属する事項なので、特攻部隊の編成については、当然第一部長が知らぬはずはない、と質問したところ、『私は知らないが、そこにおられる土肥（一夫中佐）さんが知っておられるかもしれない』と答えられたのです。土肥さんは即座に『中沢部長の決裁を得た』と答えました。中沢さんは二十分立ち往生でした」と詳しく経緯を語ってくれた。——とある。

また、九大を繰り上げ卒業して海軍予備学生になり、魚雷艇の特攻指揮官として終戦を迎えた島尾敏雄は戦後、作家となるが、その著書『魚雷艇学生』に、

「……そして魚雷艇学生主任指導官の（つまり学生隊長ということだが）S少佐が突然のように思いかけないことを言い出した。……はじめ私はS少佐の言う意味がよく飲みこめなかった。しかしやがてそれは染みが広がるふうに理解できた。要するに海軍は魚雷艇学生の中から特攻の志願者を募っているのだ。……私は結局一日中追いたてられるようにうろうろ歩き廻って過ごしてしまった。誰もがふらふらして気が抜けて見えた。ただ申し合わせたように顔を上気させ熱を含んだ目付をしていた。長い一日が暮れ、なお心は揺れていた。夕食の

食卓でも特攻の件を話題にする者は居なかった。就寝前に伍長が紙を集めて廻った。私は『志願致シマス』と書いて出した。

翌朝分隊点検の際、S少佐は全員が志願したと告げた（そう私は思いこんでいたが、三十数年が過ぎた今になって志願しなかった者の居たことを聞いた。私はずっとあのとき全員が志願したとばかり思ってきた）。特攻のことについての話はそれだけで終わった。私はひどくあっけない思いを抱いた。……」とある。

狂乱の時代にことよせて、若い魂を欺いた中沢中将にも、S少佐にも、「理に悖《もと》るなかりしか」と問いたくなる。が、中沢中将は言うまでもないが、S少佐も昭和七年以前の兵学校卒業生ならば、問うのは無理ということかも知れない。

中国新聞の「特攻」では、プロ軍人は保護され、特攻隊として死地に赴かされたのは予科練出身の下士官や予備学生出身の士官が多かったという見方を、兵学校卒業生数と予科練入隊者数との比較で、必ずしも正しくないと思われる、としている。予科練や予備学生出身者に、そのような感情が残っているのは、第一線の指揮運用に、より多くの問題があったのではなかろうか。

『きけわだつみのこえ』第一集に、昭和十八年九月、慶応大学経済学部を卒業し三重航空隊に入隊、昭和二十年の八月九日、神風特攻隊員として鹿島灘沖に戦死した林憲正海軍中尉の日記がある。四月二十三日の日記の一節――

私は今宣言する！　帝国海軍のためには少くとも戦争しない。私が生き、そして死ぬとすれば、それは祖国のためであり、さらに極言するならば私自信のプライドのためであると。私は帝国海軍に対して反感こそ持て、決して好意は持たない。私は今から私自身のこころに対して言う。私は私のプライドのためならば死に得るけれども、帝国海軍のためには絶対に死に得ないと。我が十三期の学徒出身の搭乗員がいかに弾圧されているか。今戦争しているのは誰だ！　私の戦友であった同期の艦爆乗りの半数はすでに死んでいる。

しかし今日から以後は、一連の彼らとは決して妥協しないことを宣言しておく。

私は私の殻の中にとじこもって自分のイズムを守っていこう。今より「不関旗」を高く掲げてやるのだ。

寂しく小さい反抗でしかないのだけれども、これは私が私の短い海軍生活より得た苦い苦い果実なのだ。私が海軍軍人として実らし得た生れ損いの哀れむべきこの果実を見よ！　形は小さくみにくいけれども、その苦味は決して私一人だけが味わうものではなく、この小さな果実を集めて、やがて帝国海軍を毒殺する毒となり得るだろう。私のこころは今やDämonisch なものに震えているのである。

私は祖国のために、我が十三期の仲間のために、さらに先輩の学徒出身の戦士のために、最後には私のプライドのために生き、そして死ぬのである。帝国海軍――その意味するところは江田島出身のある部分の士官によって代表される――を呪いながら……。

他方、吉田俊雄著『軍艦旗一旒に死す』に、駆逐艦「神風」艦長春日均中佐について、つぎの記述がある。

「(昭和二十年)一月十日、大湊を発った二隻は、呉をへて、二十一日に門司に着く。南方行きの最後の船団(一万トン以上の讃岐丸、東城丸。ほか中型船一隻)を、海防艦三隻と『神風』『野風』の五隻で護衛し、二十六日に出港。朝鮮の沖で、二十八日午前四時、あッという間もなく讃岐丸が被雷して沈没。海防艦『久米』も被雷、沈没に瀕する。

『神風』は、乗組員の救助を命じられ、おおわらわの活動をした。このとき、海防艦『久米』の艦長が、商船学校出身の予備少佐であったが、いまにも沈みそうな艦に残って、艦橋を下りるのを肯《がえ》んじない。

『イカン。通信士。すぐ行って連れてこい。強引に降ろせ。気持はわかるが、いまはそれ以上の非常時だ。またつぎの艦に乗ってもらわにゃならん。引きずって来い――』

春日艦長は、めずらしく大声で叫び、地団駄ふむ。生き残ることのできる人を、目の前で死なせる苦しさに堪えられなかったのだろう。少将や大佐ならば、自分の好むとおりにしてよい。末輩のかれが指図がましいことをするさえはばかられる。しかし、いまの相手は予備少佐だ。兵学校出の士官として、かれが当然、護り、いたわるべき人だ。

だから、首尾よく通信士が、かれを連れてもどってきたときは、虎の顎から親友を救い出したときのように、手をたたいて喜んだ」

海防艦「久米」艦長は二瓶甲少佐であろう。予備士官を、兵学校出身士官が、「当然、護り、いたわるべき人だ」とする。春日中佐のような方は、少なかったのではあるまいか。

「壮烈」のつかない戦死

ここに高等商船学校出身応召予備士官に関する、冷厳な数字がある。

東京、神戸両高等商船学校の航海科、機関科卒業生のうち、二千七百名が海軍に召集され、その三分の一にあたる九百一名が戦死した。九百一名の中には現役に転官し、プロの軍人として戦死した人が二十五名いる。

この二十五名には、東京高等商船機関科第百四期～第百十期、神戸高等商船機関科第三十二期～第三十八期から選抜された三十三名が、飛行機整備学生として十ヵ月の教育を受け、教育終了直前の昭和十九年五月十日付で、全員現役に編入された転官者の中からの戦死者もふくまれている。この三十三名の現役転官は、自由意志ではなく、実質強制であったと言われている。

九百一名と二十五名の差、八百七十六名が高等商船出身の予備士官として海軍応召中に戦死した。このうち昭和十六年十二月八日から十九年十二月三十一日までの戦死者は六百四十五名で、月平均十七・五人である。一方、昭和二十年一月一日から終戦の二十年八月十五日までの戦死者は二百三十一名で、月平均三十・八人である。二十年一月を境にして、以後の平均月間戦死者が、なぜ倍増に近くなったのであろうか。

二十年に入ってから、高等商船学校出身予備士官は、戦艦「大和」、重巡「羽黒」、軽巡「北上」「香椎」、伊第五十六号潜水艦のそれぞれで一名ずつ、呂第六十四号潜水艦の訓練中触雷で六名、その他司令部附や基地隊附などで計三十一名が戦死しているが、その平均月間戦死者は四・一人と少ない。

これに対して駆潜艇、哨戒艇を中心に海防艦、特設砲艦、輸送艦など、いわゆる小艦艇乗組の戦死者は二十六・七人である。小艦艇乗組の戦死者が急増したのである。

二十年に入ると、燃料油の関係から、「大和」による沖縄水上特攻のほかは作戦らしい作戦はなく、南西方面で重巡「足柄」「羽黒」、駆逐艦「神風」などが、わずかに行動していたにすぎない。この時期に盛んに行動していたのは、駆潜艇、哨戒艇に代表される小艦艇だけである。

昭和十九年十月の「捷」一号作戦までは、空母、戦艦、巡洋艦、駆逐艦などがかなりあったから、兵学校等出身の本職軍人を小艦艇に配属する余裕がなかったのかも知れない。しかし、大艦がほとんど沈み、傷つき、あるいは燃料油の欠乏で行動不能になった二十年に入ってからは、本職の軍人を小艦艇に配属できる状況になっていたと思われる。

兵学校卒業生の数が少ないといっても、東京、神戸両高等商船学校航海科卒業生の合計より、ひとけた多いのである。高等商船で全員海軍に召集された各クラスの戦死率は、私のクラスの三十一名中十八名戦死の率に近いのである。

前後して第一線に配属された兵学校各クラスの戦死率と、差はほとんどない。ひとけた多い卒業生を出しているのだから、戦死者が多いといっても、行動不能な大艦から小艦艇に、配属させられないほど当時、生存者が少なかったとは考えられない。

現に冒頭に掲げた私のクラスの戦死者名簿を見ても、十九年末までに戦死した級友は、全員、空母、戦艦、巡洋艦、駆逐艦であるが、二十年になって戦死した級友は、巡洋艦「北上」一隻を除いて、全員駆潜艇、哨戒艇、特設水上機母艦などいわゆる小艦艇である。これらの小艦艇で戦死した級友の多くは、十九年末までは空母や戦艦、巡洋艦、駆逐艦に乗り組んでいたのである。

では、なぜ海軍中枢は、本職の軍人を小艦艇に配属させなかったのであろうか。

第一は本職のプライドであろう。大艦巨砲主義の教育を受けた士官を、小艦艇に乗り組ませることは、いちじるしくそのプライドを傷つけることになるのであろう。

第二は小艦艇に乗り組ますより、本土決戦に備えて、より効果的な配置につかせたというのであろう。

一応の理は通る。だが、昭和二十年に入ってから、凄絶な戦闘を行なっていた水上部隊は、小艦艇であることを、海軍中枢は充分に承知していたはずである。防空力ゼロの当時、小艦艇にとって、出撃即水上特攻であった。惨烈な戦闘下の小艦艇の配置を、商船学校出身の予備士官で埋め尽くしていた。その結果が二十年に入って、月間戦死率を倍増させたのである。

海軍は「プロの軍人を保護した」「温存した」という憾みを拭い切れまい。五省をはじめさせた兵学校長松下元少将は、「理に悖るなかりしか」を加え、六省とすべきであったのであるまいか。

海軍の記録では、戦艦や空母での戦死者に「壮烈なる戦死」が多く、駆逐艦や駆潜艇など小艦艇での戦死者には、壮烈のつかない「戦死」が多い。戦艦が内地に回航途中に被雷し、敵潜との交戦もなく沈没しても、空母が物資輸送中、敵潜から被雷沈没しても、「壮烈」がつく。小艦艇が、我に数倍する大敵と、長時間にわたって苛烈な戦闘を演じ沈没しても、壮烈のつかない「戦死」と記録されている。海軍は硬直していたのである。

風呂敷に包まれた短剣

太平洋戦争中の水上艦艇で、囮《おとり》の中の囮として、一艦で十数倍の敵水上艦隊と、二時間余の死闘を演じた防空駆逐艦「初月」の勇戦は、永く戦史に残るべきものであろう。この「初月」の罐部指揮官として、「初月」とともに散った当時中尉の青木伸夫は、私の親しい級友である。

「捷」一号作戦の小沢囮艦隊では、昭和十九年十月二十五日午前八時すぎ、まず最初に「秋月」が沈み、午後、空母「瑞鶴」「瑞鳳」「千歳」「千代田」、それに軽巡「多摩」も沈む。そしてなお北上をつづける残存艦隊の殿《しんがり》を務めたのが「初月」である。

古来、敗軍部隊の殿ほど、きついものはないといわれている。「初月」は、第六十一駆逐隊の司令駆逐艦であった。十月二十五日の午後に沈んだ「瑞鶴」乗員の救助作業を、夜に入ってもは「初月」はつづけていた。

その「初月」に近寄って来た軽巡「五十鈴」と交信中、米艦隊にレーダー砲撃されるや、「初月」は、単艦で敵大艦隊に果敢に立ち向かい、攻撃を開始した。その間に「五十鈴」は離脱に成功する。「初月」は、二時間におよぶ死闘の末、撃沈され、生存者なしという。

昭和五十九年春の彼岸前、宮崎県高鍋町の青木家を訪ねた。九十歳を過ぎた母堂は、たいへん元気であった。母堂は、青木の遺品を何一つ身近に置いていない。「見るのがつらい」と、まとめて倉庫に入れてしまっていた。

令妹の語るところによれば、青木の戦死の知らせは、海軍省より先に、大阪商船株式会社から入る。たまたまその日、在宅していたのは母堂と十四歳の令妹の二人だけであった。当時は、戦死の知らせは、白い封筒に入って来るのが慣例である。就職先の大阪商船から来た白い封筒を、配達にきた郵便屋さんが、

「お気の毒様です」

と言って、置いていった。

「ひと晩中、母と泣き明かしました。兄は私をとても可愛がってくれました」

と、伏し目がちに歩きながら話す姿には、十四歳の少女の悲しみがよみがえっている。

東京の商船学校に入学したとき同じ自習室、卒業して就職した会社も同じ大阪商船、やられた日も同じ昭和十九年十月二十五日で、時間は記録によれば、私が「秋月」で午前八時五十六分、青木が「初月」でちょうど十二時間後の午後八時五十七分、艦は「秋月」が秋月型の一号艦で、「初月」が秋月型の四号艦、青木と私とは何か縁の糸で結ばれていたのであろうか。

母堂は昭和六十二年十二月、九十五年に近い人生の幕を閉じ、青木のもとに逝った。

海軍の記録によれば、青木は、

「比島東方海面にて敵機動部隊を捕捉激戦中、敵砲弾により艦と共に戦死」とある。

「初月」には、青木とともに散った神戸高等商船学校機関科第三十九期の阪口健次郎中尉が、当時、機関長付の配置にあったと思われる。二時間余の戦いで、阪口中尉は機関長を補佐し、敢闘したに違いない。

昭和五十九年、青木の墓参に高鍋町を訪れたとき、母堂が墓地に案内してくれた。彼の墓前で額づき終えたら、突然、母堂が、

「小沢さんのお墓があるんです」と言う。

「小沢さん？」

「小沢中将のお墓は、あれです」

と、十メートルほど先の、あまり大きくない一つの墓を指差した。驚いてその墓の正面に立つと、まぎれもなく、

従三位　小澤治三郎墓

勲一等

とある。

「どうしてここに小沢中将のお墓があるんですか」と尋ねると、

「小沢さんは高鍋の出なんです」ということであった。

小沢中将が高鍋町出身とはまったく知らず、四十年前、呉海軍病院の病床に伏していた私を見舞ってくれたかつての上官、小沢治三郎海軍中将の墓前に額づいてから墓地を離れた。小沢中将の墓が、青木の墓の十メートル先にあるとは、妙な気がした。

私が訪れるというので、その日、母堂は青木の令兄、令姉、令妹たちを呼びよせ待っていた。母堂は私の来訪を大変喜び、商船学校時代、砲術学校時代、それに海軍に召集されてからの青木の想い出を語る。その中で、

「仲夫は高鍋に帰って来ると、『こんなもの、恥ずかしくて、下げて町なかを歩けない』と言って、短剣を風呂敷に包んで、いつももどって来ました」

と言っていたのは、青木の人柄をよく伝えている。

軍港や他の町なかで、海軍士官が制服を着用しながら短剣をはずして歩くと問題になろうが、生まれ故郷の高鍋では、その心配もない。本職の海軍士官にとっては誇りであり、海軍軍人のシンボルでもあった短剣も、本来、軍人志望でなく、商船の船乗りが志望であった青木にとって、チンドン屋的お飾りの短剣は、

「こんなもの、恥ずかしくて吊って歩けない」ことになる。

その青木は、敗軍艦隊の殿を、囮の中の囮を務め、死闘を演じ、生存者なしの「初月」の勇士である。「初月」は艦が停止した後も二十分以上戦い、全艦火につつまれながらも、ときどき発砲の閃光がきらめいていたという。

もし最後の二十分余の攻撃の発砲が主砲であったとすれば、罐が生きていた可能性がある。罐部指揮官の青木は、最後まで罐の圧力を保持していたのであろうか。

青木に死闘を命じた小沢治三郎中将が、二十二年後に十メートル先に近寄って来た。

青木は「風呂敷に包まれた短剣」を、あの優しい目をして、恥ずかしそうに中将に返したに違いない。

若者を亡くした村

戦後、村に帰って戦死者の多いのに心を暗くした。小学校の級友で男子二十二人の半数が戦死していたし、二十四、五歳から三十歳前後にかけて、とくに多くの戦死が出ていた。

わが家を中心に、おおよそ半径百メートルの円内の家十五軒から、十柱の英霊が出て、うち三柱は私の級友であった。全部で百五十軒しかない純農村の戦死率は、多少下がっても大同小異であろう。

フィリピンや他の戦線でも多くの戦死者を出しているが、やはりわが村では、第五十八連隊のビルマ戦線で、もっとも多くの戦死者を出しているようである。対岸の母の里のある村を管区とする第十六連隊は、ガダルカナル島に上陸し、ここで二千七百名に近い戦死者を出している。

重巡「足柄」で奇遇した後輩岡村は、歯が抜けて二十歳も老け込んで見えるほどになっていたが、ビルマ戦線から生還していた。もう一人、コヒマ・インパール戦線で、宮崎少将の前に整列し、訓示を受けたという小学校一級上の先輩が生還していた。

村は戦死者の出ない家が少ないのだから、悲しみを、あらわに表わすことは、はばかられたのであろう。深閑としている。

村でただ一人の士官、それも海軍大尉の長男と、本職の軍人を志ざして海軍兵学校に入っていた次男が、二人とも帰って来たので、戦死者の家に囲まれているわが家の父母は、肩身の狭い思いをしているようであった。長男が戦傷で海軍病院生活をし、黒い痣のような焼け跡を顔一面に残していることが、せめてもの近隣への申しわけという風である。

この年、昭和二十年の秋、日本最長の大河信濃川が、わが村にとって歴史的な大洪水となった。十二年前、わが家のすぐ裏の堤防が決壊し、わが屋敷の一部をも流出させ、河川敷に取られて以来の決壊である。

対岸まで千メートルの川幅は、濁流滔々として中の島は全没し、ついに村はずれの上流で堤防が決壊しはじめた。老人と子供を残し、村の男たちは総出で、土嚢《どのう》や石や切り倒した生木で濁流に立ち向かうが、自然の猛威にはかなわず、数百メートルにわたって堤防は跡形もなく潰え去った。そして、堤防の内側の田圃を流しはじめる。

男たちは褌一つになり、濁流に飛び込み、首まで泥水に浸りながら、数十人が手をつなぎ合って人垣を造り、田圃の決壊防止につとめる。私も復員したばかりの級友と手をつなぎ、人垣の一員となるが、田の土が決壊流出するたびに、人垣は後退するばかりでまったく無力である。

狂気の武装集団が、戦争へと走り出すと、徒手の人垣が無力であるのと似ている。翌日、水が引き出し、田の流出はようやく止まった。数日して川の水は平常にもどり、島は緑が泥土におおわれてはいるが、元の姿になる。そして濁流の音も聞こえず、村はふたたびひっそりと、もの音一つしない静寂にかえる。

昭和二十一（一九四六）年元旦、〝人間宣言〟を出された天皇は、その年の二月から全国を御巡幸になる。小学校の子供のころ、御紋章の入った御菓子が、ときおり本家から裾分けされた。

昭和二十年八月十五日、天皇が終戦の玉音放送をされた。その放送の草稿を書き、戦後、内記部長、侍従次長、侍従長となった方の郷里は、わが家から見れば、信濃川の対岸の山の裏側にある。わが家の本家から明治時代に、この方の家の分家に嫁に行った。

この人が侍従長の義理の叔母にあたる。その関係で、当時としては希少価値の御菓子を頂くことになったのである。神社に奉納された御菓子のお下がりを頂くような、神々しさを感じた。私は皇室には尊敬の念とともに、ある種の感慨をもっていた。

〝人間宣言〟で、天皇が急に神から人間になられたといっても、ぴんと来ない。級友も戦友も神だからこそ〝天皇陛下万歳〟と言って、死んで行ったのではないか。とまどいの数年がつづく。

昭和二十一年一月四日に私は、「マッカーサーシレイブノメイニヨリ……」という電報を受けとり、横浜に出頭し、米国船に乗った。その後、数少ない邦船に乗ったりして、海外残留の邦人や陸海軍軍人の引き揚げ輸送や、物資の輸送に従事していた。たまたま船が長崎に入港したとき上陸する。

「原爆にやられたというのに、広島とは違うな」

などと思いながら、ぶらついていると、ひどい人だかりである。何ごとかと聞くと、天皇の御巡幸という。好奇心もあって群衆の一員になる。

やがて天皇の御車が近くで停車し、中から小柄な中年の男性が背広姿で出られた。上体を少し前傾されているようで、私と同じくらいの背たけに見える。陸軍大元帥の制服で、白馬にまたがった威風堂々の天皇イメージとは、あまりにも違っていた。

「この方が天皇陛下か」

一瞬、私はポカンとなった。心に空洞ができた。天皇は、群衆の中に消えて行く。年に一度の休暇で帰省したとき、耳にした村のひとこまが記憶に残っている。

長崎よりは、かなりあとになったのだろうが、昭和二十二年十月十日、長岡市に御巡幸されるというニュースが伝えられた。村人たちは、「現人神」から「人間天皇」になられた陛下を一目見たいと、「お前さんも天皇陛下見に、長岡へ行かんかえ」と声をかけ合う。

わが家と道一つ隔てた向かいの農家は、男の子二人だけの当時としては子供の少ない家であった。私が小学校一年生のとき、五年生だった長男はフィリピンで戦死し、二年生だった次男はインパール、コヒマの戦線で、名将宮崎繁三郎少将の部下として勇戦のすえ、戦死した。家の跡取りがなくなってしまったのである。

跡取りをなくした父親は、「天皇陛下見に行かんかえ」と誘われると、「行かねえ。行ったら天皇陛下に石ぶつける」と、一言ぽつりと言ったという。これが、若者のほとんどを亡くして静まりかかえっているこの村の、ただ一つの「音」であった。

平和な海への祈り

大海原　凪渡りたる　丑満に

地球自転の　音かそかなり

昭和二十一年から二十二年にかけて私は、当時の日本船ではもっとも大きな攝津丸という一万トンほどの商船で、ビルマのラングーン二航海、インドネシアのジャワ島一航海の復員輸送に従事していた。機関長が短歌の心得があって、乗組員に投稿を求め、そのたびに十数首をガリ版刷りにして配布してくれた。この歌は、その折りの選者、相沢機関長の作である。四十年あまり前なので、多少記憶違いがあるかも知れない。

この船で私は二等機関士として、昼の十二時から午後四時まで、そして夜中の十二時から午前四時までの一日二回、当直に入っていた。

真夜中の二時すぎ、当直中の機関室から上甲板に上がり、一呼吸することがときどきある。南十字星の輝く空の下、漆黒の凪ぎ渡った海と空との境界線の辺りを凝視していると、静寂の彼方から、地球自転の音を聴く想いがした。

昭和十八年九月から二十年八月まで二年間、海軍に応召し、主にジャワ、スマトラ、マレー半島、フィリピン沖などの海域で戦い、乗艦の沈没時は、直属の上官や部下のほとんどを失った。その海域を航行するたびに、亡き戦友、級友の慟哭を聴く想いであった。

昭和十年代は欧州に極東に、砲弾や爆弾の炸裂音がこだまして、地球は喧騒の極となる。一万トン巡洋艦で南半球の海を幾度となく航行したが、喧騒の時代には、ついぞ地球自転の音を聴くことはなかった。平穏な海がよみがえって四十余年、喧騒の時代に逝った英霊の御冥福を祈り、地球自転の音の聴ける平和な海が、永くつづくことを心から祈るのみである。

あとがき

高等商船学校は卒業まで五年半の学校で、三年を終えたあとの半年は、海軍砲術学校での教育が義務づけられていた。私が受けた海軍教育および応召後の教える側に立った体験を通して、海軍教育に関する所感の一端を記すことにする。

明治維新前の日本人の戦さは、関ヶ原の例をあげるまでもなく半日か一日、長くて数日の短期決戦であったといわれている。唯一の例外は長岡藩の河井継之助で、官軍と三ヵ月の間に城を取られたり、取り返したり、また取られたりしている。

日本人は長期戦が不得意なのかも知れない。短期戦に主眼をおくと、補給など継戦能力を軽視しがちになる。

長期戦では人的消耗が激しく、本職の軍人だけでは継戦は無理で、他からの人員の補充は不可欠となる。この視点を欠くと、召集された人たちの指導にゆがみが出る。

軍人は平時でも戦時でも本職のまま通せる。しかし、応召した人たちは本職をなげうって、多くの者はそれまでまったく無縁の軍務につくのである。

今次大戦の遠因、近因は歴史家にゆだねるとして、祖国存亡に際し防衛のため、戦いの場に立つのは自然の流れであろう。軍人を本職とする者だけでは、守り切れまい。このことは軍人を本職とする人たちに、よくよく考えてもらいたい。

祖国危急で応召した者は、戦争が終われば、船乗りは平和な海に、教育者は学校に、経済人は商いに、もとの職場にもどるのである。

このような人たちの心というか、思想といおうか的確な言葉を知らないが、中心となるなにかを、軍人のそれと同じにしなければ戦えない、と思うのは誤りである。

しかし軍は、そのようなことに重きをおきすぎた。軍のやり方を厳しく批判しながらも、戦場で立派に戦った人たちの例を、私はいくつも知っている。

戦さも経験の積み重ねで、場数をふめば各人しだいに力を発揮するようになる。

「秋月」が沈んでから満四十年の昭和五十九年、秋月会のおり、

「艦橋で私に包帯を巻いて下さった方は、どなただったのでしょう」

と話したら、

「私です。四分隊士は、艦長に報告し終わったら、ばったりその場に倒れたんです。私が起こして包帯を巻いたのです」

と申し出られたのは、当時の信号長であった。

「私が倒れた？　本当ですか」

「本当です」

私は信号長に心から感謝しつつ、まったく記憶にない戦場のひとこまに想いを馳せた。

昭和二十年八月下旬、海軍を去るにあたって、二年にわたる奉職履歴を手わたされた。それには、

「註　履歴書副本ハ大切ニ保存シ次回召集ノ際携帯シ得ラルル様為シ置クコト」

と判が押してある。

しかし、私が〝二度目の「秋月」〟を、広島での原爆の傷跡を体にとどめている妻が〝二度目の原爆〟を、体験しないですむように祈るや切である。

最後に、本書の刊行をお引き受け下さった光人社に、大変お世話になりました。厚く御礼申し上げます。

なお、私にとって専門外の本書の執筆に際し、種々助言を賜わった中国新聞元論説主幹山根博司氏に、深く感謝の意を表します。

著　者

参照引用文献（順不同・敬称略）＊阿川弘之「井上成美」新潮社＊阿川弘之「軍艦長門の生涯・下巻」新潮社＊榎本重治「戦時国際法梗概」＊遠藤昭「高角砲と防空艦」原書房＊大井篤「海上護衛戦」朝日ソノラマ＊奥宮正式「太平洋戦争と十人の提督・上下」朝日ソノラマ＊佐藤和正「艦長たちの太平洋戦争・正続篇」光人社＊佐藤和正「艦と乗員たちの太平洋戦争」光人社＊佐藤和正「軍艦・華麗なる生涯」光人社＊佐藤宗次「秘話海兵選修学生」東京経済＊島尾敏雄「魚雷艇学生」新潮社＊豊田穣「名将宮崎繁三郎」光人社＊西井務編「高等商船学校出身者の戦歴」高等商船学校出身者の戦歴刊行会＊秦郁彦「昭和史の軍人たち」文藝春秋社＊松永市郎「先任将校」光人社＊吉田俊雄「軍艦旗一旒に死す」光人社＊吉田俊雄「マリアナ沖海戦」朝日ソノラマ＊吉田俊雄・半藤一利「レイテ沖海戦・上下」朝日ソノラマ＊生出寿「ライオン艦長黛治夫」光人社＊「思い出集・南十字星に祈る・続編」秋月会＊「きけわだつみのこえ・第一集」光文社＊「軍艦伊勢・下巻」軍艦伊勢出版委員会＊「東京商船大学百年史」東京商船大学＊「雑誌丸別冊・静かなる戦場」潮書房＊「鳥羽商船高等専門学校史」鳥羽商船高等専門学校＊ジェームス・A・フィールドJr／中野五郎訳「レイテ湾の日本艦隊」日本弘報社

単行本　平成元年十一月「海軍予備士官の太平洋戦争」改題　光人社刊

ＮＦ文庫

防空駆逐艦「秋月」爆沈す　新装版

二〇一六年十月　十五日　印刷
二〇一六年十月二十一日　発行

著　者　山本平弥
発行者　高城直一
発行所　株式会社潮書房光人社
〒102-0073　東京都千代田区九段北一-九-十一
振替／〇〇一七〇-六-五四六九三
電話／〇三-三二六五-一八六四㈹
印刷所　慶昌堂印刷株式会社
製本所　東　京　美　術　紙　工

定価はカバーに表示してあります
乱丁・落丁のものはお取りかえ致します。本文は中性紙を使用

ISBN978-4-7698-2974-4　C0195
http://www.kojinsha.co.jp

NF文庫

刊行のことば

第二次世界大戦の戦火が熄《や》んで五〇年——その間、小社は夥しい数の戦争の記録を渉猟し、発掘し、常に公正なる立場を貫いて書誌とし、大方の絶讃を博して今日に及ぶが、その源は、散華された世代への熱き思い入れであり、同時に、その記録を誌して平和の礎とし、後世に伝えんとするにある。

小社の出版物は、戦記、伝記、文学、エッセイ、写真集、その他、すでに一、〇〇〇点を越え、加えて戦後五〇年になんなんとするを契機として、「光人社NF（ノンフィクション）文庫」を創刊して、読者諸賢の熱烈要望におこたえする次第である。人生のバイブルとして、心弱きときの活性の糧《かて》として、散華の世代からの感動の肉声に、あなたもぜひ、耳を傾けて下さい。

潮書房光人社が贈る勇気と感動を伝える人生のバイブル

ＮＦ文庫

ラバウル獣医戦記
大森常良

若き陸軍獣医大尉の最前線の戦い

ガ島攻防戦のソロモン戦線に赴任した若き獣医中尉。軍馬三千頭の管理と現地自活に奔走した二十六歳の士官の戦場生活を描く。

新説 ミッドウェー海戦
中村秀樹

海自潜水艦は米軍とこのように戦う

平成の時代から過去の戦場にタイムスリップした海上自衛隊の潜水艦はどんな威力を発揮するのか――衝撃のシミュレーション。

牛島満軍司令官沖縄に死す
小松茂朗

最後の決戦場に散った慈愛の将軍の生涯

日米あわせて二十万の死者を出した沖縄戦の実相を描きつつ、戦火のもとで苦悩する沖縄防衛軍司令官の人間像を綴った感動作。

軍艦「矢矧」海戦記
井川 聡

建築家・池田武邦の太平洋戦争

二一歳の海軍士官が見た新鋭軽巡洋艦の誕生から沈没まで。日本の超高層建築時代を拓いた建築家が初めて語る苛烈な戦場体験。

帝国陸海軍 軍事の常識
熊谷 直

日本の軍隊徹底研究

編制制度、組織から学校、教育、進級、人事、用語まで、七一一万人の大所帯・日本陸海軍のすべてを平易に綴るハンドブック。

遺書配達人
有馬頼義

戦友の最期を託された一兵士の巡礼

日本敗戦による飢餓とインフレの時代に、戦友十三名から預かった遺書を配り歩く西山民次上等兵。彼が見た戦争の爪あととは。

＊潮書房光人社が贈る勇気と感動を伝える人生のバイブル＊

ＮＦ文庫

輸送艦 給糧艦 測量艦 標的艦 他
大内建二
ガ島攻防の戦訓から始まる輸送を組織的に活用する特別な艦種とは！ 主力艦の陰に存在した特務艦艇を写真と図版で詳解する。

翔べ！ 空の巡洋艦「二式大艇」
佐々木孝輔ほか
制空権を持たぬ敵地への夜間爆撃、索敵・哨戒、救出、補給、特攻隊の誘導任務――精鋭搭乗員たちの勇猛な活躍を描く体験記。

奇才参謀の日露戦争 不世出の戦略家松川敏胤の生涯
小谷野修
「海の秋山、陸の松川」と謳われ、日露戦争を勝利に導いた不世出の軍師。『日本陸軍最高の頭脳』の見事な生涯を描く明治人物伝。

海上自衛隊 邦人救出作戦！ 小説・派遣海賊対処部隊物語
渡邉　直
海賊に乗っ取られた日本の自動車運搬船――自衛官はいかに行動したのか！ 海自水上部隊の精鋭たちが挑んだ危険な任務とは。

世界の大艦巨砲 八八艦隊平賀デザインと列強の計画案
石橋孝夫
日本海軍の軍艦デザイナー平賀譲をはじめ、米、英、独、露・ソ連各国に存在した巨大戦艦計画を図版と写真で辿る異色艦艇史。

隼戦闘隊長 加藤建夫 誇り高き一軍人の生涯
檜　與平
「空の軍神」の素顔――陸軍戦闘機隊を率いて航空部隊の至宝と呼ばれた名指揮官の人間像を身近に仕えたエースが鮮やかに描く。